U0923333

AMAZING MUSEUM

奇妙博物馆

奇妙博物馆 著

北京联合出版公司
Beijing United Publishing Co.,Ltd.

这座奇妙博物馆里，
总有你见或未见过的人心。

ZING MUSEUM
妙博物馆·

无论离家多远，生活多忙，请记得好好吃饭……

沉默，是对恶最大的纵容……

爱是一种奇妙的东西，会伤人也会治愈……

序

首先，感谢拿起这本书的你，不论你是通过视频内容认识的我们，还是无意中与这本书结缘，都感谢你的选择，也希望你会喜欢。

其次，还是感谢拿起这本书的你，感谢你能够在这个纸张离我们越来越远的时代，依旧选择与一本书相遇，给我们一个隔空相识的机会。

最后，请允许我占用些篇幅，介绍一下“奇妙博物馆”到底是什么，以及我们想传递什么。

2019 年 12 月 7 日，我们在抖音发布了第一条预告片，“奇妙博物馆”正式开馆。

开馆后的前三条片子分别以“贪、嗔、痴”为主题而创作，创作的最初是想找个地方表达一下我们对世界的认识，有点挖个树洞自嗨的意思，没想到会有那么多朋友看到我们、理解我们、喜欢我们。因为大家的喜欢和支持，我们在短短 55 天内拥有了 1000 万同道者，但同时，我们也遇到了当时最大的困难——2020 年以不可预测的疫情开年，拍摄受限，只好停更了一个半月。但所幸回来后，老朋友还在，新朋友还来。

为什么会叫“奇妙博物馆”呢？想必大家都去过线下的实体博物馆。我们经过每一个展台，看着上面的每一个展品，看到的都是它们和它们背后的故事，观感由观者创造，博物馆和展品本身是中立的。我们也是这样，希望能够以一个记录者中立的视角，尽量保持客观，去展示那些我们认为有思考意义的故事，希望观者能够在每个故事里找到自己的观看角度，期待引发观者的一些思考，哪怕只是在脑海中泛起了一丝涟漪。

我们推崇建立个人的思考意识，我们有些反娱乐化，我们做的内容不大众，但还好，还有这么多伙伴喜欢。再次感谢每一位关注我们、喜欢我们的伙伴。于是，除了影片，我们也开始尝试用文字表达的方式，记录每个“展品”背后的故事，也希望你们会喜欢这本书。

这本书能够面世，缘于一次很奇妙的相遇，感谢磨铁图书，感谢我们的项目经理王琪媛，感谢所有在这个项目中参与的伙伴，感谢各位，也希望你们喜欢。

接下来，就请各位读者跟着“我”进馆参观，听“我”介绍一下每个“展品”背后的故事吧！在参观过程中请一定牢记：保持清醒，切勿迷失。

好了，验票，进场。

奇妙博物馆 I 号讲解员

贪

痴

恶

目录

爱

欲

我给你的爱是兜底，

是连你都不喜欢自己时，

还有我来爱你。

爱

人鱼雕像

折扇

记忆贩卖机

颜料

冰箱

人鱼雕像

“如果有一天，我是为了救你而放弃声音撕裂双腿的人鱼，你会不会像王子那样，根本不记得我？”

1

我的丈夫最近很不对劲儿。

往日里，他会在清晨第一缕阳光照进卧室的时候，打开窗户，让阳光叫醒我，然后拉着我去洗漱，牙膏、洗脸巾，甚至厕纸都准备得妥妥当当，当牛奶和面包的香气从餐厅里飘过来的时候，我也刚刚洗漱好，他会过来，拉着我坐到餐桌前，一切都安排得恰到好处。

哦对了，我是个盲人，视力仅存微弱的光感，但从我的上述描述中，你可以体会到，我的生活依旧是幸福的，因为我有个对我照顾得无微不至的丈夫。

可是最近的丈夫和之前的他，几乎判若两人，对我没有了妥帖细致，我能感觉到他看到我的情绪——失去了耐心和柔情。我仔细地回想这一切的变化，似乎是从半个月前的那个晚上开始的。

那是个很普通的夜晚，丈夫比往常要显得沉默，我躺在他的怀里昏昏欲睡时，他突然问我："你知道人鱼的故事吗？"

"童话？"我下意识地回应了一句。

他轻轻地拍着我，语调低沉而缓慢，我在催眠一般的故事中快要睡去时，他突然紧紧地抱住了我，我惊醒了，他按住我，声音里满满都是苦涩。

他问我："如果有一天，我是为了救你而放弃声音撕裂双腿的人鱼，你会不会像王子那样，根本不记得我？"

我有些想笑，三十多岁的夫妻间，本就不该有童话这样的睡前故事，更不该认真地探讨故事人物的结局。

我拍了拍他，戏谑道："放心，我不但不会忘记你，还会为你承包整片鱼塘！"

他没有回答，轻轻地吻了吻我的眼睛，可是我能感觉到他心事重重，因为那晚，他一整夜都在翻来覆去。

第二天，他回来时直奔书房，似乎在摆弄什么。我摸过去时，他就有些反常地拦住我，我有些不服气，什么稀罕物件，对我也要隐瞒吗？

我趁着他不注意的时候，摸到了那个物件，是个人鱼雕塑，触感细腻，少女仰着头，鱼尾翘起，整个人被嵌在一个半圆之中。我想了想，那应该是泡沫吧。

我对这件事并不上心，或许它只是丈夫突然给我讲童话故事的契机而已。

直到很久之后，我才明白，当时的我，究竟忽略了什么。

丈夫一直对我照顾有加，我习惯不用盲杖，为了方便我活动，家里这么多年的陈设一成不变，我不用手摸就能毫无障碍地走到我想去的房间。

可是意外发生了，我被绊倒了。

重重地摔倒在地上之后，我在原地愣了半天，没有等来丈夫，我摸索地起身，发现原本应该空白的地方，多了一张凳子，应该是用餐时的凳子。我小心地继续摸索，果然，餐桌换了位置。

我有些诧异，大喊丈夫的名字，显然他不在家，他第一次出门不和我打招呼。我跌跌撞撞地直冲门廊，打开门的瞬间，丈夫和一个女人的声音同时传进我的耳朵。

我出现的大概不是时候，他们的谈话戛然而止，我闻到一阵奇异的香气扑面而来，紧接着，女了咯咯的娇笑声在我耳边响起。

她问我："你相信童话吗？"

我不明所以，她拉起我的手，往我手里塞了一张卡片，又咯咯笑着离去。

丈夫一把抓住我的手，粗暴地把卡片从我的手里抽出，他似乎有些紧张，吼道："你出来干什么？"

我闻到他身上居然有烟味。

再后来，他回家越来越晚，身上的味道也越来越复杂，烟味、酒味，甚至混杂着女人的香水味。

他醉醺醺地回来，我摸出去扶他的时候，他不耐烦地推开我。我跌到地上，手肘大概是磕出了一片青紫，按上去有些胀痛。这是我失明之后十五年来从未发生的事情，我有些生气，更多的是委屈。

我问过他，是否公司出了问题，他懒懒地回答说没有。或许是盲人的敏感，我能明显感觉到丈夫对我方方面面的敷衍和不耐烦。

我想起丈夫给我讲人鱼童话时的问题。

“如果有一天，我是为了救你而放弃声音撕裂双腿的人鱼，你会不会像王子那样，根本不记得我？”

我还记得我的承诺，可他……

一个念头在心里上上下下，可我问不出口，也不敢问。

普通夫妻还有七年、十年之痒，他对照顾我这个盲人，是否终于感到了厌倦？

2

我心里很烦躁，独自去看我的主治医师秦医生。这么多年每周的定期治疗，我、丈夫，还有她，在长时间的一周一会里，已经有了朋友的情谊，而最近两次丈夫的缺席、我的失落，她作为朋友，看在眼里，却也只能做些苍白的安慰。

她带着我做例行检查，全程有些小心翼翼。整个检查过程中，我唯一能感受到的就是器械冰冷的触感，缺失了丈夫手掌心的温度，我有些无措，胸口闷闷的。

直到听到秦医生惊喜地告诉我，我的眼睛病理突然有了好转。

我有很大希望复明。

这一刻，我突然又充满了力量。

是谁说，上帝为你关了一扇门，就会为你打开一扇窗。

从医院出来的时候，我是有些心急的，我想要第一时间回家，告诉丈夫这个好消息。

更重要的是，我想告诉他，请再给我一点点耐心，等我眼睛康复了，换我来照顾他。

迫不及待地和秦医生告别后，我才发现，习惯了丈夫牵着我的手走路，盲杖对于我是陌生的，大概是卡住了，我打不开它。我有些慌乱，试图循着光影摸索着往前走，可能我走错了方向，走错了位置，突然，周围一片混乱的车辆鸣笛声，刺得我耳朵发疼。

眼前一个模糊的影子闪过，胳膊骤然一紧，没有意料中的疼，我被很好地保护在一个人的怀里，有种奇怪的味道，却透着一种久违的熟悉感。

我差点儿以为那是丈夫。

然而并不是，他只是一个路过的流浪汉，又聋又哑，我能迷糊地看到他咿咿呀呀地在我的眼前比画着什么，可我看不清，更听不懂。我对着他说感谢，大概他也听不到，或许是有些着急，他一把抓住我的手，他的手掌有些粗糙，但是温暖又宽大，像极了丈夫的手。

也许是他和丈夫种种的相似，我并不反感他，甚至让他一路将我送到出租车上，我很想感谢他，他却突然转身，我挽留的手只摸到他破旧的衣襟。

我有些失落，越发想念我的丈夫，我很想马上回家看到他。

我向门口的保安求助时，他听起来很惊异，向来都是丈夫牵着我的手慢慢地走，不熟悉的人，很多不知道我是看不见的。

很快我被送回了家，摸索着打开房门，我直奔书房，这段时间，丈夫总喜欢待在书房。

我有些急，大概是被地毯绊了一下，我踉跄着冲了出去，慌乱中我似乎抓到了什么，却被人一把夺走，我失去了倚仗。

这次没有人再来护着我，我结结实实地摔了下去，书桌上有什么东西滚落下来，应该是酒瓶，因为我听到玻璃的碎裂声，还有空气中弥漫的酒味，我躺在地上不敢动，因为不清楚玻璃碎片的位置，我怕割伤自己。

“老公！老公！”我大声喊着，一双手毫不客气地把我从地上拉起来，有冰冷的碎片划过我的小腿，我感觉到疼。

“疼！”

我喊了出来，可是来不及委屈，我被粗暴地拉起来，甩进沙发里，丈夫不耐烦的声音就在我耳边响起。

“走路不会看着点儿！差点儿打碎我的雕像。”

雕像？心念电转间，我想起那个人鱼雕像，我刚才是抓到了它吗？

在他的眼里，现在的我，竟然都不如一个雕像了。

那种急着回家告诉他我的眼睛有可能复明的心情，瞬间荡然无存。

丈夫没有理我，踢踢踏踏地走开。我听到阳台门打开，听到地上的玻璃碎片被扫把归拢在一起，听到碎片倒进垃圾桶的声音。

“你不用纸包起来吗？会划伤别人的。”

我试探着出声询问，我的丈夫是个温柔的人，往常但凡有破碎的可能划伤人的垃圾，他都会细心地用报纸包起来，单独扔在玻璃制品的垃圾里，他怕划伤清洁工的手。

可是今天，他没有那样做，我听到他重重地把扫把扔在地上，看到他的影子冲着我过来，他指着我，怒吼：“你以为别人都像你一样，长双眼睛当摆设吗？”

一瞬间，我的心凉得透透的。

我确信，我的丈夫，变了！

3

晚上，被划伤的小腿有些疼，洗澡的时候没了丈夫的帮助，我又滑倒了一次，膝盖可能也受了伤。我看不见，只觉得浑身都疼，胡乱用浴巾裹着自己出来，还没有摸到床边，就被一双冰凉的手拉了过去。

我惊叫着，被浴巾绊倒在床边，一张嘴啃了过来，酒气和烟味扑了我一脸，是丈夫，我有些作呕。

我试图推开他，他不管不顾，一意求欢，一双手粗暴地捏着我的胳膊。我很疼，也很生气，我尖叫着奋力推开他，台灯被他撞落，摔在地上"咣"的一声，我唯一能感觉到的光消失了，他败兴地骂我。

"臭瞎子，要不是因为……切！老子找别的女人去。"

他欲言又止，摔门而去，可是我已经不关心了，我已经被这句恶毒的话伤到无法思考，现在的我，从里到外，遍体鳞伤！

从那天起，我的眼睛一天天地好了起来，从最初能看到模糊的影子，到几乎能清清楚楚地看到丈夫。

他时常会待在书房，摩挲着那座人鱼雕像，表情似乎在隐忍，他还记得给我讲人鱼童话时问的问题吗？

原本适合盲人居住的简单房间，也被他增加了很多媚俗的装修元素。

我看着住了十五年的家，再看着丈夫的脸，我想象了十五年的脸，觉得很陌生。

记忆里的丈夫，是十五岁少年的脸，带着点儿青涩。我们初见时，他被一群小混混欺负，整个人狼狈地被按在地上，只有脑袋倔强地抬着，试图用眼神杀死对手，可惜换来的是更多的拳头。

我救了他，用自己从小练习的跆拳道，横踢、下劈，打得小混混们哭爹喊娘，事后他眼睛亮亮地看着我，说要报答我、照顾我。

当时，我只是一笑，并没有放在心上，连自保能力都没有的瘦弱少年，拿什么来保护我？

记得我那时说："你照顾我？除非我瞎了、瘸了！"

一语成谶。

那场车祸来得猝不及防，失明也来得猝不及防，从天之骄女到可怜的瞎子，我把自己封闭起来，世界在我的眼前和心里同时消失。我拒绝所有的怜悯和同情，也拒绝所有的帮助，像只充满敌意的刺猬，随时亮着自己锋利的刺。

而他，像个不怕死的勇士，一次次地往我的刺上冲，承受了我那段时间所有的尖刻、偏激、乖戾，还有绝望。

他打开了我的世界，陪着我一走就是十五年。

可就在我重见光明的时刻，他似乎又离我而去。

我看着眼前的丈夫，和记忆里十五岁遇到的那张脸怎么也重合不到一起，甚至连带我的记忆都开始模糊。

我和丈夫的关系已经近乎冰点，我能清楚地看到他眼睛里快要按捺不住的忍耐，他现在已经开始往家里带女人了。

我的内心抗拒着，我复明的事情，也一直没有告诉他，而他，竟然也丝毫未察觉。

我越来越热切地想念那个当初我看不见却时刻在我身边的丈夫。

4

我独自来到秦医生这里，现在的我，视力已经和正常人无异。秦医生每次帮我做完例行检查，都会感叹这是医学的奇迹，可我一点儿都不兴奋。

复明之后的我，喜欢闭着眼，闭着眼幻想着从前。

我甚至会去找流浪汉，他又聋又哑，是个比秦医生更好的倾诉对象。

我会告诉流浪汉我和丈夫的很多往事，他会眼睛亮亮地看着我，盯着这样一双眼睛，有时候我会想起十五岁时的丈夫。

我知道这是一种病态的移情作用，秦医生也隐晦地向我推荐过一位心理医生，但我拒绝了。

等我在流浪汉面前追忆到丈夫给我讲的人鱼童话时，不觉间已经是两个月之后，十五年的陪伴光阴，听着很长，说起来很短，我讲不了一辈子。

但，足够温暖我一辈子了。

我的丈夫，也不必对我强自忍耐了。

我叹了口气，起身和流浪汉告别，我告诉他，我决定离婚。

他突然着急起来，咿咿呀呀地想要说什么。我笑了笑，我不想把这十五年的甜蜜，消耗在如今日复一日的怨念里。

丈夫不在，家里有些阴冷，家具都不在熟悉的位置，看起来很陌生。

我很不喜欢这种感觉。

我叫来搬家公司，忙活了一个下午，把所有的东西都归于记忆中的原位后，多出来很多东西。我把这些多余的东西都让搬家的工人拉走，它们不属于我的家。

就在这时，我看到了那个人鱼雕像。

我第一次仔细地打量这个雕像。

玉质的触感，莹润有光，少女仰着脸，表情看起来无比悲伤，腰部一圈鱼鳞，双腿膝盖并拢，脚尖分开跷起，整个人都被包裹在透亮的圆球里面，看起来若隐若现，像是马上就要消失。

我的心蓦地跳得飞快。

我闭上眼睛，重新仔细地，用盲人的方式，细细地摸了一遍。

我确认，即使当时我看不见，我对于雕像的记忆也丝毫没错。

我又想起了丈夫给我讲的那个人鱼童话。

“如果有一天，我是为了救你而放弃声音撕裂双腿的人鱼，你会不会像王子那样，根本不记得我？”

我抱着雕像，坐在地上，号啕大哭。

我的复明根本不是奇迹，那是丈夫付出了代价换来的。

他现在在哪儿呢？我要怎么办呢？

对了，我想起来了，那个有着奇异香气的女人，那个问我信不信童话的女人！

我冲进书房，翻箱倒柜，那样的女人，她给的卡片也一定是独特的。

我找到了。

那确实是一张一眼就让人难忘的卡片，黑色的曼陀罗枝叶纹理，环绕着一个红色的人鱼图案，诡异中透着凄美。

可是，没有任何联系方式，我很慌。

书房门被猛地推开，气喘吁吁的丈夫，不，恶魔，他红着眼站在门口，像一头随时会将我吞噬的野兽。

隔着一堆狼藉，他笑得很温柔。

“老婆，”他一步步地跨过来，“别动，你把东西给我！”

我看了看手里的雕塑和卡片，他明显地紧张起来。

“你别过来，我知道，你根本不是我丈夫！”

他舔了舔嘴唇：“你知道了？”

是的，我知道了，我现在唯一的愿望就是让我的丈夫回来，我求他：“你把我的丈夫还给我。”

他摇摇头：“回不来的，我也是付出了代价的，我牺牲了我的妻子儿女，才换来现在的财富地位，我是不会舍弃的。”

他步步紧逼向我，狞笑着。

“他回来了，你又会瞎的，你现在看着的这个世界，多美好，你不会愿意的！”

我笑了，这个世界如果没有了我的丈夫，我还真是一点儿都不稀罕看见呢。

尤其是眼前的这个人，他几乎毁掉了我心中这辈子最重要的人。

“我愿意，付出任何代价！”

我斩钉截铁地回答他。

他被激怒了，向我冲了过来。我一个横踢将他踢到一边，他垂死挣扎般地死死抱住我的腿。

“求你了，只要再一点点的时间，只要等雕像里的人鱼被泡沫吞没，我交换的一切才会真正属于我！”他哀求着，“我的妻子儿女不能白死啊！”

我瞬间明白了他之前对我的忍耐并不是错觉，可我等不了了，等交换的一切已成定局，我的丈夫，他是不是就回不来了？

我心急如焚！他破釜沉舟般，抄起书桌上的镇纸，狠狠地向我砸了下来。

天旋地转，我一个踉跄，雕像脱手而去。

“砰”的一声，雕像砸在地上，四分五裂！

我听见一声长长的嘶吼，像是野兽临死的哀鸣。

5

再次醒来的时候，我感觉到阳光融融的暖意照在我的眼睛上，一双手温柔地扶起我，我笑着扑向熟悉又温暖的怀抱。

我的眼前一片漆黑，可我的世界，一片光明……

折扇

“这扇子有灵性，能挡灾祸，旺命格，一旦失了，你这辈子将再无庇佑，后世都难以翻身！”

引子

铁链“咣”的一声砸在水泥地上，震得两只蟑螂四处逃窜。

“哼，你小子，命可真大啊！”牢头老谭收回钥匙，翻着眼睛使劲儿打量我。

“那个帮我说情的人，是谁？”我揉了揉手腕，端着两只手不知该往哪儿放。

“我哪儿知道，都是上面的事，你小子，有本事！”

我低着头，踟蹰地往前挪了两步，回想起三年前入狱，家父病亡，房子充公，亲人四散，而我本该当月斩首，但不知是谁跟上面打了招呼，刑期竟步步削减，转眼只剩三年，今天正是刑满释放的日子。

我走出待了三年的小房间，走廊上阴影交叠，一排排间隔开的小铁门，不时传来瘆人的号叫。它们在我眼中不断后退，沉重的大铁门缓缓分开，我提着自己的旧布包，踏入久违的光明。

1

晌午刚过，茶楼里正逢热闹的时候，一张张八仙桌上摆满蜜饯干果，客人陆续进来，一时间烟斗腾雾，满耳的高谈阔论。新招的伙计毛手毛脚，“哐啷”打碎一盏茶碗，后厨紧跟着一句骂，伙计拿白毛巾擦了擦我被茶水溅湿的袖口，慌慌张张地掀帘而去。

方桌前系着绣龙缀凤的桌围，我每日准时入座，总是端端正正地先摆上一方醒木，这些客人，都是为听书而来。

突然，毫无防备地，一支银飞镖“啪”的一声扎在桌前，正中龙的眼睛。

“说书的！”一声洪亮的怒喝，引得众人纷纷回头。

丰庆堂的胡老板，一身黑色长袍配缎面马褂，缓缓走近，手里举着个镶金的烟斗，抽上一口烟丝，眯起眼睛。身边一个大胡子带着几个打手，正怒不可遏地盯着我。

“胡老板，能不能，等我说完这一场？”我低头赔着笑脸，欠了人家几万大洋，不知多久才能还上。

还不等胡老板开口，打手们迅速围成一个圈，挡住我的退路。人群四散开来，既不想错过热闹，又害怕打起来伤着自己，纷纷躲在茶馆的角落里看戏。

“今儿个，恐怕没得商量了。”胡老板笑眯眯地说道。

“胡老板，您大人有大量……”我慌忙站起来，一头磕倒在胡老板面前。

不知谁猛地揪住我的衣领向后一扯，我顺势滚到打手们的脚下。大胡子话不多说，举起棍子，一闷棍下来带着风，直劈我的脑袋。我连滚带爬，钻到桌子下面。

“啪”的一声，桌子在我的脑袋顶裂开。我跌坐在地上，紧闭双眼，抱住脑袋，是死是活全看老天爷了！

棍子猛地砸在我的头上，但我并没有感到疼痛，四周反而奇怪地安静下来，一缕梅花的香味从远处飘来，越来越浓烈。

恍然间，我回到家中的梅园，眼前一树寒梅挺立在风中，树下站着一个女子，穿一身墨绿色的锦缎旗袍，摘下墨镜，容貌清丽，尤其是一双眼睛明若星河。

“她……她是陈清如！”

“陈小姐，我最爱看你演的《上海往事》！”

“给我签个名吧！”

四周的声音愈演愈烈，我拼命使自己清醒过来，梅花幻化成点点墨迹，落于纸扇之上。

陈清如站在我的面前，举着一把折扇，扇面上的一树寒梅傲然挺立，神腴气清。只可惜上面有一道划痕，破坏了整体的工整。

民国二十二年，没人不认识陈清如，电影界冉冉升起的一颗新星，影评界都说当今影坛，数她能与阮玲玉平分秋色。

“胡老板，今天看我的面子，容我先向他讨笔债，如何？”陈清如笑语盈盈，但气势不容拒绝。

胡老板哈哈一乐，谈笑间既保全陈清如的面子，又给了自己一个台阶，带着手下离去。

我站起身，一边拍着身上的土，一边收拾自己的破布袋子。

“下月二十，建国饭店，我和段五爷大婚！想问曹先生讨份贺礼，不知曹先生愿不愿意？”陈清如掷地有声，举着扇子走到我面前。

段五爷是上海有名的投资商，陈清如算是他一手捧红的明星，二人的关系，外界早已猜测纷纭，没想到，今天竟从本人口中得到了验证。

“哎呀，这扇面不知是谁的墨宝，笔锋虽稍显稚嫩，但意境孤高，颇有汪近人之风啊。”人群中一位老者如是说。

“有缘人送的。”陈清如端着扇子递到我眼前，微笑道，“连先生掌掌眼。”

“陈小姐，梅花虽好，也分时节，破了的东西，还是收起来吧。”我拨开眼前的折扇，向外走去。

突然，一句话迸出来截住了我的去路。

“我能保你出来，也能再送你进去。”

我一惊，抬头只见陈清如笑语盈盈，眉目间好似一个开心的孩童。

“明晚十二点，清风茶苑，我等你。”

一阵风把柳絮从窗外送进来，在空中飘荡，仿若鹅毛雪片，恍惚中又回到那个雪落的时节。

2

民国十年，冬至。

今年雪落得厚重，梅园的花好像得了雪水的滋养，开得比往年都好。我的屋子刚巧就在梅园的正对面，打开北窗，一眼望去，白雪点红装，胜却无数美景。

我喜爱书画，每逢雪后，画梅都是我的必修课。此刻，我正伏在窗前的案几上，洗笔研墨，而她，就坐在我的身旁，一脸欢欣地望着那一树树红梅。

她叫小莲，年仅十四岁，去年冬天被卖到曹府当丫鬟。

犹记得当日，大雪漫天，银装素裹，老仆牵着她的手，一脚深一脚浅地走进后院。

那时，我正趴在书屋窗前临摹窗外的红梅，先生拿着戒尺站在我的身后，只要分神，就是一尺子。

突然，一只黑尾喜鹊落在窗台上，迈着小碎步，低头啄着窗棂上的雪片。我的目光被这小东西吸引，探身出去看，她正巧走到我的窗前，一抬头，四目相对，只见一双眼睛衬在雪中，明若星辰。

“专心！”后脑勺儿立马挨了一尺子。

她狡黠地一笑，露出一颗调皮的小虎牙。

我抱住脑袋，来不及号，再往窗前探去，一老一小两个背影向远处走去。一片白茫茫中，唯独她头上绑的那根红绳，鲜艳饱满，一跃一跃地消失在转弯处。

几日之后，我知道她叫小莲，长我一岁，是六姨娘房中的丫鬟。此后，我日日跑到六姨娘房中，拿块石头当醒木，说书哄她开心。不过，我总要找各种理由，让小莲留下伺候，没过多久，我故意找借口不再去，这小丫头果然主动缠上我，一个劲儿地问秦叔宝后来怎么了。

“这扇子做工真巧。”小莲拿起桌上的扇子仔细端详，苏工的洒金扇面，精美细致，扇骨用的是上好的白玉，通透无瑕。

“听父亲说，是我出生当日，一个瞎眼的算命师傅送的。”

我教小莲握笔的姿势，一来一回间，握住她的手，一瓣红梅在扇面绽开。她学得有模有样，发丝轻扫我的脖颈，痒得我心神不宁，手一抖，花枝歪了，垂在一边。我重新取墨，添上三两笔，这一枝红梅离群傲立，画面瞬间活跃起来。

“小莲，等你长大了，”我故意抬高声调，“嫁给我好不好？”

一低头，只见小莲愣愣地望着我，脸颊上一片绯红，比梅花还好看。

“死丫头！六太太到处找你！”管下人的老刘远远地冲着小莲吼道，“你倒躲起清闲了！”

“我得走了。”小莲红着脸匆匆离开。

我把画好的扇子架在窗前，窗外皑皑白雪，衬得红梅更加鲜艳。

我坐在椅子上，感觉心里空落落的。突然，一阵风从窗缝中钻进来，我打了个寒战，却闻到一股淡淡的梅花香气，抬眼一看，愣住。

风过之处，纸扇上的红梅随风飘动，栩栩如生！

我不敢相信，揉揉眼睛，风停了，红梅稳稳地落在扇面上，我坐在窗前，久久回不过神来。

当晚，大雪纷飞，一树红梅入梦来。

终于盼到赶集的日子，我借口买糖，带着小莲出来凑热闹。她兴奋地左瞧右瞧，我追在她的后面，一起朝杂耍班子跑去。

突然，一辆轿车横冲直撞地驶来，司机不停地鸣着喇叭。

“小莲！”我扯着嗓子喊她。

小莲一心盯着杂耍，毫无察觉地跑在马路上。眼见车子越来越近，我顾不得许多，扑上去一把将小莲推开，眼见她摔倒在路沿上，我身体一软，倒在地上。

还没等司机下车，我已经站了起来，拍着身上的土。小莲担心地跑到我身边，吃惊地看着活动自如的我。

“刚才吓死我了！你整个人都被撞飞了！在地上滚了好几圈！”小莲惊魂未定。

“是吗？”我没有感觉到任何疼痛，身体也不见伤痕。

“扇子！”小莲惊呼。

扇子躺在地上，离车轱辘只差半寸。我心疼不已，赶忙跑去捡起，打开一看，扇子上竟多出一道划痕。

我怔怔地捧着扇子。

“少爷，出门在外可要小心啊。”身边不知什么时候多了一个拄着拐杖的瞎眼老头。

“关你什么事？”

我吹了吹扇子上的土，朝小莲走去，突然，身后悠悠地飘来一句话。

“这扇子有灵性，能挡灾祸，旺命格，一旦失了，你这辈子将再无庇佑，后世都难以翻身！”

我刚想问个明白，回头一看，瞎眼老头已经没了踪影。

3

清冷昏暗的街道，一块牌匾挂在正中：清风茶苑。

束手叩门，一位老者站在阴影里上下打量我几个回合，才引我入内。大厅里一片漆黑，老者点着一盏煤油灯，带我走上二楼，来到一个包间门口。

"陈小姐，人来了。"老者轻声道。

陈清如一身素色旗袍，斜斜地倚在灯影里，指尖夹着一根卷烟，轻启朱唇，烟气轻轻袅袅，好似仙雾飞升。

"坐吧。"

这是间茶室，眼前一张胡桃木书桌，上面摆着文房四宝，正中放着那把梅花扇。

"陈小姐请我来所为何事？"

陈清如灭了烟，亮出扇子空白的那一面，笑语嫣然地看向我："我想问你讨份贺礼，肯不肯？"

浓墨散开，化成一瓣红梅落在纸上，陈清如的发香直冲我的脑袋，我轻轻覆上她消瘦的手，十指交叠，迟迟不敢落笔。

"你怎么了？"陈清如看着我颤抖的右手，问道。

三年牢狱，除了一身伤病，什么也没落下。画画最讲究的是气韵，与人的境遇关系紧密，我的技法虽未退步，但心境大不如前，落在纸上终归落寞。

"没什么。"

我望着洇开的墨渍出神，记忆翻涌而至。

民国十五年，春分。

深夜，我已酣然入睡，突然，房门被人一把推开，一个黑影闯进来，直扑到我的床前。我毫无防备，吓得一跃而起，摸起窗边的凳子，差点儿劈了来人的脑袋。

“是我！”黑影开口，一声哭腔。

我缓过神，月光下，只见小莲跪在我的面前，脸上挂着两行清泪。

我叹了口气，听完她的话，我一时没了主意，开口问她，你跑出来的时候，没人撞见吧？

“禹之，我怎么办？”小莲摇头，无助地捧着茶杯。

“你别害怕，父亲准是喝多了，”我安慰小莲，其实是在安慰自己，“他一喝多就犯浑，肯定是认错人了！”

“可他叫了我的名字！”

“你一定听错了，他是在叫六姨娘，”我矢口否认，连连摇头，“今日的事，除了我，你谁也不能说！”

我死死箍住小莲的肩膀，顾不得她还在发抖，急着要她保证，不把这件事说出去。

“小莲！这事关系我父亲的名声，”我正色道，“他喝多了，你不会怪他的，对吧？”我满脑子只顾着保存父亲的颜面。

她张了张嘴，什么也没说出来，眼泪一颗一颗地掉下来，就这么直直地看着我，眼神里有很多复杂的、我看不懂的东西。

“你放心，我谁都不说。”她抹了把脸，站起身向外走去。

第二日一早，我听闻小莲跑了，急急出门，正撞见她被两个家丁绑回来，形容憔悴。

她被绑在柴房里教训了三天，中间我偷偷去找她，把折扇塞进她的怀里，只说了一句："藏好，它保护你。"

"这扇子有灵性，能挡灾祸，旺命格，一旦失了，你这辈子将再无庇佑，后世都难以翻身！"离开的路上，算命先生的话"哐"的一声砸进我的脑袋，嗡嗡作响。

一块贺寿铜匾扎着红色绸带，由两个下人抬着送进大门，上书四个大字：懿德延年。父亲一见，眉开眼笑地迎上去。来人四十岁左右，一身合体西装，戴一副金丝眼镜，模样斯文。

听人说，那就是段五爷，上海玉龙会的老大，一身本事都是从泥潭里滚出来的，尤其善于投机钻营，无论是前清遗老、军阀政客，还是社会名流、金融大亨，无不对其执礼甚恭，倾力结交。

今日是父亲的五十大寿，天气舒朗，八桌宴席就设在前院。作为一方司令，父亲的寿宴总是宾朋满座，热闹不已。

我的视线一直偷偷地寻找小莲，好一会儿才见她端着一大盆王八汤走来，刚走到段五爷的身边，她脚下一滑，汤盆瞬间打翻在地。父亲拍桌震怒，唤下人带段五爷去更衣。

我赶紧站起来，想替小莲说情，还未开口，只见五爷抖了抖身上的汤渍，一抬手，示意大家就座。

"你叫什么名字？"五爷俯身端详小莲的容貌。

"回五爷，小莲。"她不敢抬头。

"哪里人？"

"青州，小地方。"

五爷若有所思地点点头，父亲看在眼里。

几日之后，我在家里找不到小莲，情急之下，六姨娘偷偷告诉我，父亲察觉段五爷对小莲感兴趣，将小莲送去了段五爷那里。

我在父亲房外跪了一夜。清早，小丫鬟伺候父亲漱口，他淡淡道：“段五爷要带她回上海，连夜起程，这会儿恐怕已经到徐州了。”

“你怎么不早点儿告诉我！”我差点儿失去理智，要跟父亲动手。

“告诉你又能怎样？”父亲在用白巾擦手，神色平静，道，“那丫头跟着段五爷，将来有的是荣华富贵，轮不到你操心！”

“可是她，她跟我……”我说着说着，底气泄了一半，她和我，除了那一扇红梅，什么都没有。甚至，她从来没说过，是不是真的想嫁给我。说穿了，我心里也觉着她身份低微，嫁给我，她怎么可能不乐意？

我不甘心，为此绝食三个星期，送到医院，差点儿没抢救过来。只换回父亲一句：我曹某人的儿子，想要卓州哪个女人都可以，唯独段五爷看上的，不行！

小莲去了上海，这一别，再无消息。

后来，父亲替我做主，娶了一门亲事。女方出身本地的大户人家，家里做木材生意。慧珊知书达理，温婉可人，嫁给一个整日花天酒地的少爷，实在委屈。

直至两年后，父亲病重，我出门替他抓药，路过书店，门口摆着一份时下最火的电影杂志——《联华画报》。封面是新晋影星陈清如，夸张的妆容也掩盖不住那熟悉的眉眼，尤其是一双眼睛，顾盼生辉。

“先生，买一本吧，这期是影星陈清如，阮玲玉未来的接班人！”书店老板热情地吆喝。

我笑了，摇摇头。

等我提着药包赶回家，还未踏入大门，一声恸哭惊住我的脚步，回荡在曹家府宅。

4

民国十九年，白露。

一条白绸子被风托在半空，伴着满天的纸钱，洋洋洒洒地落入我的眼底。

还未见人影，吹拉弹唱的弦胡声已从东街飘至西街，时不时有百姓从大院里探出脑袋，白眼一翻，啐上一口唾沫。

谁家的丧事能配得起这样的待遇？

“曹贼死啦！”卖报的小报童一路小跑，高喊着这句话，满脸的欢欣雀跃，比打了胜仗还激动。

百姓议论纷纷，都在声讨这个“姓曹的狗屁司令”。军阀连年混战，曹司令巧立名目，苛待百姓，赴任卓州，好事儿没干几件，家里的女人倒是从六姨太收到了九姨太，如今也怨不得人心向背，死了还有人沿街叫好。

我走在队伍的最前面，一身素白，怀中抱着父亲的遗像。

“《上海往事》公映啦！”剧场门口，一位工作人员拿着大喇叭，激动地宣布这个消息。

我抬起头，两个工人踩在梯子上，举着一张巨幅海报正往墙上挂。上面是一袭华服的陈清如，容颜华贵，眼神妩媚。

挺好。挺好。

我抱紧胸口的遗像，迎着寒风，踩着一路的纸钱向前走去。

父亲虽然病逝，但这世道对曹家的审判还远没有结束。

父亲还没出头七，曹宅就被政府定为非法所得，按律充公！一家老小一时间全都慌了。我作为家里的长子，出面打点关系，从父亲的老部下开始，一路托人，上上下下力气全都使尽了，也只落得几句“节哀顺变”的托辞。

人走不仅茶凉，还要被泼得远远的，谁都怕溅自己一身湿。

九个姨太，五个都逃回娘家去了，连夜收拾行装，家里值钱的古董字画、金银首饰，装得下的，全带上路了。

家里如今一片狼藉，昨天刚来了一拨债主，带着十几号人，进来就是明抢。我拼命护着，才把慧珊的嫁妆保了下来。我帮她收拾行囊，送她上船，特地多给了船夫两块大洋，让他这一路多多关照。

半月之后，父亲过三七，我跪在他老人家墓前磕了几个头，一对铐子早已等候在一旁。当日宣判，我以通敌罪名被处以死刑，缓期一年。

我心里清楚，这不过是新任司令要斩除旧势力，演的一出戏罢了。

国民革命军在北伐战争中节节胜利，随着我父亲的去世，北洋军阀时代彻底结束。

同年，陈清如凭借主演的《上海往事》在全国声名大噪，风光一时无两。

5

一只大红绣鞋刚踏出轿外，鞭炮一串接一串地“噼啪”炸开，小孩子四处乱窜，大喊着：“新娘子来咯！”

我揣着画好的扇子，在门口小厮异样的眼神中走进建国饭店。

刚进主厅，就听见里面一片混乱嘈杂之声。我一听不好，挤开人群，只见陈清如一身凤冠霞帔，面如桃花，站在高台之上，右手握着一把匕首，抵住自己的脖子。

“哎呀，吉时马上就要过了！”一位老妇急得乱转。

段五爷刚往前迈了一步，陈清如的匕首也近了一寸，吓得他不敢再动弹。陈清如红着眼，突然看见我，盯住我怀中的扇子，笑了。

“我等的贺礼来了！”

“恭贺陈小姐和段五爷，百年好合，永结同心！”我把扇子抛向陈清如。

陈清如稳稳接住，打开扇子，道：“你猜，上个月，我遇见谁了？”

我还没回答，陈清如悠悠地点上一根红烛，自顾自地说起来：“我遇见一个瞎眼的算命师傅，他问我，你这扇子是从哪儿来的？”

“我说，一个老朋友送的。他问了我一句，你的朋友，可还好？”

陈清如苦笑一声，眼神落寞。

“禹之，”她竟叫出我的旧名，缓缓道，“那时我才明白，你送我的究竟是什么。”

我缓缓向前一步，伸出手，语气尽量温和，微笑道："小莲，把刀子给我。"

她听到这两个字一愣，梅花在烛光下艳如晚霞，隐约间暗香浮动，她的眼角也被衬出一抹嫣红。

"都过去了，现在不都挺好的。"我面不改色地说出违心话。

她笑了，笑容像绽开的梅花，眼中潋滟波动，眼神却从我身上移开，望着慌了神的段五爷，温柔道："五爷，这些年，数你对我好，我随口一句想演戏，你就找了全上海最好的老师。我喜欢阮玲玉，第一部电影就让我和她搭戏。知道我想家，年年清明都送我回青州。"

"是，是，清如，你下来，等我们完婚，你就是我明媒正娶的太太了。"段五爷双手伸向陈清如，满眼恳求。

"可我欠了别人的东西，你说，该不该还？"

"你欠了什么，是钱还是人情，我替你还！"段五爷着急道。

她细细地抚摩扇子上的红梅，喃喃道："这么好的花，可惜了。"

陈清如突然拿起红烛，轻轻一歪，将蜡油滴在扇面上，烛火一碰，腾地燃烧起来。

"你干什么！"我心里一急，上去就要抢。陈清如猛地掉转刀锋，直直地抵住我的喉咙，一只手举着正在燃烧的纸扇。

"别动！"陈清如露出微笑，火光在她的双眼中燃烧，看上去凄然又壮丽。

"禹之，谢谢你。"

这是她留给我的最后一句话。

梅花在火光中凋零，释放出最后一缕香气，星星点点的花瓣飘落下来，我仰起头，闭上眼睛。

忽然，手心触到一丝冰凉，睁开眼，掌中躺着一片雪花。正巧，一只黑尾喜鹊飞来，落在窗台上，低头啄起窗棂上的雪片，我刚想看个仔细，后脑勺儿一疼，只听身后一声怒喝道："专心！"

我揉揉脑袋，朝先生的背影做了个鬼脸。再去看，喜鹊已经飞走，窗外白雪皑皑，远处老仆牵着一个瘦小的身影，她头上的红绳在雪地里格外鲜艳。

一阵寒风钻进来，我赶忙缩回屋内，重新提笔，一口气完成了这幅梅花扇面。

此后，这把扇子日夜伴我左右，曹家兴旺，直至百年。

记忆贩卖机

“您好，请问需要购买记忆还是贩卖记忆？”

1

刺眼的白光照耀着，伴随着剧烈的头痛，我睁开了眼睛。

“小姐，您醒了？”

我打量着眼前年纪接近五十岁的中年妇女，她穿着得体的西装，看上去十分担心我的样子。可我对她一点儿印象都没有，只感觉自己的头快要四分五裂了。

“小姐，我是你的管家啊！”

“管家？我不记得了。”

看我捂着脑袋痛苦的样子，这位自称管家的女人很是心疼。

“医生！”

她离开病房去找医生，我这才发现这间病房里只有我一个人。从病房的装潢来看，这里应该是间 VIP 病房。实在可笑，我什么都记不起来，却能辨认出这间病房价格不菲。

“陈小姐，你现在还能记起其他的家人或者朋友吗？”

我摇了摇头："我全都想不起来了，甚至不记得自己是谁。"

医生点点头，严肃地告诉管家："看来是瘀血压迫了神经，让她的记忆出现了问题。"

"那以后能想起来吗？"

"不太乐观，压迫的位置靠近海马体，失忆症的病人也许一辈子都记不起来之前的事情了。"

管家的表情十分微妙，听到医生的话，她似乎松了一口气。

"没关系，我们可以慢慢来。"

在管家的介绍下，我这才知道了自己的身份。我是本市著名企业家的独生女，由于父母双双过世，一直以来都是靠管家照料，仅仅依靠遗产就可以下半辈子衣食无忧，也就是说，任何能用钱解决的问题，对我来说都不是问题。而这次失忆，是因为外出的路上出了车祸。

很快，我就出院回家了。我跟着管家来到郊外一座独立别墅中，这座别墅临近山林，十分适合休养。管家告诉我，这是我父母住过的地方。这里的设施非常完善，简直就是一个独立的社区，健身房、游泳池、运动室，甚至还有游戏厅。管家说，游戏厅是我在失忆之前刚刚建好的。

我拿起摆在茶几上的相片，上面是一对中年夫妻。管家告诉我，这是我的父母，在一场飞机坠毁事故中去世。

看着他们慈爱的笑容，我却没有任何熟悉的感觉。

管家确实是个不错的人，她将我的生活安排得井井有条。上午钢琴课，下午练习舞蹈或者油画，晚上就待在家里看电视。

她是除了父母外最了解我的人，她说我是一个十分全能的艺术家。依照我在电视中对艺术家的理解，我显然能力完全达不到该有的水准。她却十分强势，每天都监视着我的练习，不允许我有丝毫放松，因为医生说过，除了吃药，还能通过学习各种技能增强人的记忆功能，刺激神经的恢复。可已经刺激了半年，我的记忆丝毫没有恢复迹象，并且越来越差。

比如，我会经常忘记自己是不是已经洗过澡，放好的东西总是找不到。

记性变差后，我越来越不想去上各种各样的课，终日躺在游戏厅里玩各种各样的游戏。这可能是我唯一和从前相似的地方。

很快，游戏厅也使我感到厌倦，我躺在沙发上玩着手中的游戏币，反复地抛向高空又接住，百无聊赖。管家不允许我一个人乱跑，可我没有了记忆，也就没有了生活的计划，外界的人一概不认识，家族的生意也都被放着。这样的生活有什么意思呢？

手中的游戏币因为我的晃神突然掉落在地，滚落到沙发下面。我翻身趴在地上，努力用手摸着游戏币，却摸到了一根光滑的棍子，好像连在地上。

这可真是奇怪，我握住棍子想要拉出它看看到底长什么样，却听见游戏厅的墙壁轰隆作响，一扇暗门在投篮器旁打开了，里面是一架自动贩卖机，上面亮起了霓虹灯：记忆贩卖机。

2

游戏厅是失忆前的我一手建造的，那这个机关只能是我设置的，但为什么要藏在这么隐蔽的地方？

我走近这架记忆贩卖机，透明玻璃中放了一个看上去像 VR 眼镜一样的东西。

“请投币使用。”

机器发出了语音提示，我找到投币口投入了一枚游戏币，拿出了这个奇怪的仪器，戴在自己头上。

我的眼前立刻出现了一个西装革履的男人，虽然已经很接近真人的形态，但他笑起来不自然的形态让我明白这是一个程序中的虚拟人物。这个虚拟人物用机器男声恭敬的语气向我问好：“您好，请问需要购买记忆还是贩卖记忆？”

“什么？记忆可以拿来买卖？”

“当然可以。人的记忆构成了人的本质，这是宝贵的财富。有人想获取幸福的记忆，有人想去除痛苦的回忆，都可以通过买卖来实现。”

我立刻来了兴趣：“那能不能买到自己失去的记忆？”

男人依旧用僵硬的微笑对我说：“不可以。我们收集的是来自全世界人类的记忆，数量太过庞大，如果您无法提供准确的记忆信息，我们就找不到您需要的记忆。这是悖论。”

“你们是如何给记忆标价的？”

“根据记忆的好坏和重要程度，系统会自动标价，越幸福的记忆售价越高，越重要的记忆售价越高。”

“怎么买？”

“金钱可以直接购买，也可以用价值更高的记忆信息来换取价值稍微低些的记忆信息。”

我点点头，思索着。这个东西，也不知道是真是假，如果贸然地信任这个西装男，万一出事就不好了。我可以先用低级价值的记忆来试试。

“我想买钢琴家的记忆。”这样就可以减少一门课程的练习。

“好的，价值一百万。”

“这么贵？”

“不贵，一个好的钢琴家，需要付出的太多了。”

我想了想，即便我的钱是大风刮来的，这生意也太亏了。

“那就不要钢琴家的记忆，只需要一段钢琴老师的记忆就行。”

“二十万。”

“成交。”

我放下VR，匆匆忙忙地找到了在大厅内给仆人做培训的管家。

“我的信用卡放在哪里？”

管家无奈地摇头：“就在你的床头柜里面啊，密码记得吗？”

我不等她说完话就赶紧跑到卧室的床头柜，拿上一张余额不多的银行卡和身份证。根据证件，我推测出了银行卡的密码是我的生日日期。

返回游戏厅，我再次戴上VR眼镜，在机器的扫描处划过了银行卡。

“交易完成，次日早上就会生效，祝您生活愉快，拥有美好回忆。”

我摘下 VR 放回机器中，再次找到了沙发下的把手，用力将它推回原处。那扇门合上了，墙壁十分平整，看不出任何痕迹。

这天晚上，我早早地就上床睡觉，期待着第二天的到来。

3

记忆贩卖机，竟然真的可以实现买卖记忆。

我拥有了钢琴老师的记忆，对于高级的曲目也能信手拈来，虽然不能掌握钢琴家的技能，但应付圈外人绰绰有余。

管家对于我的进步神速感到诧异，要知道，在她的逼迫下，我练习了两个月的成果也不过是会弹简单的拜厄的曲目而已。

如此有趣的交易，我一定要好好利用，虽然原本的记忆恢复不了，但那记忆贩卖机中一定还有更有意思的记忆内容。钱，我有的是！如果能够足不出户，便可享受世界上各种各样的经历，该有多爽！我需要源源不断的记忆来填充自己这具空壳，生活太无聊了，我需要更加刺激的事情来弥补这份无聊。

于是接下来，我开始不断地购买记忆：从过山车到赛车，从跳伞到潜水。试想，如果我真的投入某种极限运动，需要承担极大的风险，这样真实地感受一番，比任何 VR 的手段都要更加真实，代入感非常强。拥有这些记忆，体验这些让人肾上腺素飙升的经历，仿佛我真的可以上天入地，无所不能。

记忆渐渐改变了我的性格，我变得极具冒险精神，越来越想要更自由的生活。但管家坚持认为我应当像从前一样安安稳稳地待在家中，在她构建的安全城堡中生活。管家成了我自由生活最大的敌人，我们的关系越来越差。

与此同时，我对刺激性事件的阈值越来越高，许多刺激的经历都被我买到了，我又开始感到乏味。管家从财务专家那里得知近期我的花销非常大，于是每次吃午饭，她都要提醒我，要控制自己的物质欲望。呵，愚蠢的人，她根本不知道，我已经不再是那个任人摆布的玩具了。

管家实在是个麻烦，我实在无法理解她为什么要处处约束我。难道她真的以为她是我的监护人？

夜晚，我打开电视，打算看看电影，扫到一部关于警察的纪录电影，我一下子来了兴趣。这是关于警察击毙连环杀人案凶手的现场。警察！这个职业太特殊了，一定会有很多我没有看过的事情！

我迫不及待地买下了一个小警察的记忆。

夜晚，我做了一个梦，每次购买的记忆都会通过梦融入我的真实体验里。我看到警戒线围住了我家的别墅，我跟随这位警官，来到我父亲生前居住的房间，刚打开房门，看到房间里遍布血迹，尸体的腐烂味儿十分严重，警官的胃部翻江倒海，拼命忍住了呕吐的欲望，走了进去。卧室的床上躺着一个人，被床单裹得严严实实。小警察伸手扯开被单，一个肿胀的头颅翻着白眼，面目全非。警官显然是个新手，被这样的场景刺激到鼻腔，他转身冲进了厕所，对着马桶一阵狂吐。外面的上级大喊起来：“小陈，你有点儿出息！”

回忆到这里结束，我也从梦里惊醒，胃里像是被人重重打了好几拳，积攒的食物向食道猛冲。我赶紧跑进厕所，吐得胆汁都快出来了才停。

我冲了个澡，冷静下来。

现在是凌晨三点，我第一次觉得房子大也有不好的地方。打开灯重新躺回到床上，我回想着刚刚的记忆。

为什么？我的父亲明显死于凶杀，管家却骗我他死于坠机。那么多的血，一定会在房间里留下痕迹。我打开手机，输入我父亲的名字：陈德发。

新闻标题十分吸引人：本市首富陈德发昨日遭谋杀，现场惨不忍睹。凶手逍遥法外。

我下了床，溜出房间。

父亲的房间在二层走廊尽头，我回家后从没打开过他的房间，我失去了记忆，甚至没有对于父亲情感上的依恋。原本我对他毫无兴趣，但是现在，事情变得有趣起来。

我打开了他的房间，这个房间是传统的中式设计，书房连通了卧室，展示柜里有不少名贵的古董。我往里走去，犹豫了一下，转动了卧室的门把手。

打开灯后，我发现这里整洁得好像从来没有人住过，真像个样板房。

我走近床，上下翻动。

一个血点子都没有，甚至连地板都是新铺的，和那位警官的记忆不太一样。

明显的清理痕迹，不合常理。

“你不睡觉在这儿干吗？”

我吓了一跳，转过头。管家穿着睡裙，面如死尸，我心虚地回答：“想看看我爸爸不行吗？”

管家突然疾步向我冲过来，逼近我的脸：“没事儿别来这个房间！”

“知……知道了。”

我被她的态度吓到了，这个女人从未如此失态。我小跑回房间，管家跟在我后面，看到我躺回床上才关门离开。

恐怖的巫婆！

这么想掩盖我爸的死亡，一定是知道什么，凶手到现在都还没抓到，太奇怪了。

我继续查看案件的相关新闻，据说这个案件最奇怪的部分就是整个房间的指纹都被擦得干干净净。凶手显然十分冷静，不是冲动杀人。

我父亲出事的第二天，我也在从外地回家的路上出了车祸，难道，是管家？

我有了一个大胆的猜测，如果父亲死亡，那么管家一定会成为我唯一的监护人，也就是说，如果我再出事，那我们家的产业不全都是她说了算吗？我的车祸，一定也不单纯。试想，没有记忆的我，将会一直被攥在她的手里，变成一具傀儡。

不行，一定要想想办法摆脱她！

4

尼采说过，当你凝望深渊的同时，深渊也在凝望你。如果想了解一个罪犯，最好的方法就是知晓罪犯的犯罪心理。

“我要买，罪犯的记忆。”

“这……我们不能随意出售违法行为的记忆。”

西装男人摇摇头，不再是那副欠揍的微笑表情。

“为什么？我会给你们钱，要多少？”

“罪犯的记忆，普通人无法承受。”

“我可以承受！我看了那么多恐怖电影，还拥有了很多极限运动的记忆，我的心理素质很强！”

“那也会产生许多副作用，比如心理异化、情感丧失。”

“不重要！我本来就是失忆症，哪儿来的情感！来吧，我已经做好准备了。”

“好吧，我们将挑选一段极端犯罪记忆。请付款。”

我连着刷了三张信用卡才支付完成，没想到犯罪记忆的价值竟然如此之大。

夜晚，我早早躺在床上，辗转反侧。根据记忆介绍，这是一个杀死自己丈夫的女人的记忆。

昏昏沉沉中，我进入了梦境。

房间里十分昏暗，这个凶手没有开灯，她拿着一支蜡烛走到一张桌子旁，桌子上放着杯子。她戴着手套，拿起杯子观察，杯子里的水只剩下了一点儿，昏黄的灯光下可以看到浮起的粉末，凶手满意地放下杯子；被害人已经喝下了药粉，凶手转身，前方出现了一张床，上面躺着一个熟睡的男人，我无法辨认男人的容貌，只看到他身上盖着的丝绸被有点儿眼熟，像是我家的同款。凶手抬起了右手，寒光乍现，我才发现原来凶手的手上一直都拿着一把匕首，像是切开西瓜一般，她一刀又一刀，精准地落在这个睡得如同死尸一般的男人的头上，凶手的心中憋着一股强烈的恨意，直到将这颗脑袋砍得血流如注也不停止。血液是黑色的，顺着床流到了地上，血腥气在空气中挥散，这味道带来了令人战栗的快感，她冷静而决绝地完成了一次痛快的杀戮。突然，门口响起了人的脚步声，一个女人的声音尖厉地刺破夜空。

那是管家，她的皱纹吸收了烛光，沟壑的纹路布满她的脸庞。

我从梦境中惊醒过来，心脏狂跳不止。

天哪，那房间，竟然是我父亲的房间。

而凶手，不是管家！

我的双手仿佛沾满了父亲的鲜血，我开始控制不住地颤抖，乃至抽搐。

我突然感到后悔，我买了这份记忆，就相当于我亲手杀掉了自己的父亲。

巨大的冲击让我无法平静，血液里的凶暴因子拼命涌动起来，我冲进了管家的房间，随手拿起台灯朝着睡梦中的她一阵乱打。她被痛醒，哇哇乱叫着，翻滚下床，黑暗中我追着她发狂一般地叫喊。

灯亮了，我看着她，头上破了个洞，血染红了她洁白的睡裙。

“你……你是不是买了不该有的记忆？！”

“你说什么？你知道记忆贩卖机的存在？”

管家捂着头上的伤口，大口大口地喘着粗气，流下了眼泪。

“说！是谁杀了我爸爸？”

我对她鳄鱼的眼泪感到不解，如果她说不出我想要的答案，我会像那个人杀死爸爸一样，毫不留情地结束她的生命。

她长吸了一口气，控制住自己的哭腔：“为什么，为什么我会生下你这种孩子？”

“你……你在胡说什么？”

我被她的话所迷惑，这和我父亲的死有什么关系？

“你个妖怪！我不该帮你的，好不容易忘记了，为什么偏偏要去找！你这个杀人的魔鬼！”

5

我瘫坐在地上，管家头上的伤口并不是很严重，但因为声嘶力竭地痛骂，她已经精疲力竭。

在她的咒骂中，我得知了事情的全部真相。

我根本不是富二代。

我生在普通的家庭，父母离异，要强的母亲对我十分严格，然而家教太严，她又没什么挣钱的本事，只能给有钱人家做阿姨。她期望我成为人中龙凤，奈何我普普通通，我痛恨她的控制欲，也痛恨自己出身贫穷。

一次吵架后，我凌晨离家出走，发现了街角的记忆贩卖机。起初，我只是卖掉自己一些快乐的回忆换些零用钱，慢慢地，我的物欲逐渐增加。我认识了大我二十岁的陈德发，我爱他的钱，他爱我年轻的身体，我们各取所需。但这件事情被我妈知道了，她将我痛打一顿，要我断绝和陈德发的来往，我不肯，并且想到了绝妙的主意能够报复她这二十年来对我的精神控制。我嫁给了陈德发。而我妈最终后悔，选择进入陈德发家中做管家，才能再次接近我，在这期间，她从没有透露过自己的身份。

直到我发现，陈德发的遗嘱中竟然没有我的部分。我崩溃了，我跟了他快五年，我的青春全都给了他，他已经快六十岁了，没几年就要入土，不留给我应得的东西怎么行呢？也许是频繁地卖掉记忆，我的人性真的受损，在一个晚上，我给陈德发的杯子里下了药，手起刀落，将这个老头子干掉了。

这一切都被我的管家，哦不，我妈看到了。她承诺帮助我逃脱，逃脱之前，我将她带到了游戏厅，这里藏着那架记忆贩卖机，我专门从街角把它搬回了自己家中。

我卖掉自己三十年来所有的记忆，随后连夜去往外地，然后故意在白天返程，将车撞向高速路的围栏，昏睡了过去。而我的母亲，伟大的母亲，她小心地擦去了屋内的指纹，打碎了玻璃后报警，伪造了入室谋杀的假象，然后将我保护起来。

我听完她的叙述，浑身发软。也许，我确实是一个妖怪，从一生下来，就带着卑劣的血液，我站起来，望着窗外，夜晚很宁静。

我利用跑酷记忆，三步就冲到了窗边，拉开窗，我听到母亲在我耳后的哭喊。

“妞妞！”

我翻身下落，就像一只自由的鸟。

记忆：

小梅在家里翻出了一台很破旧的记忆贩卖机，记忆贩卖机上写着：闲置记忆交换机。隔一行写着：出售不必要的记忆，回报同等价值物品。记忆越重要，价值越高。

小梅露出了欣喜的微笑。

小梅摁了机器，机器吐出一张纸。

小梅写道：忘记初中之前的记忆。

小梅放回字条。手机传来提示短信：收入增加 10000 元。

小梅高兴极了。

白天，商场里。

路人甲：小梅，是你吗？咱们小学同班的。

小梅：你谁啊？

小梅拉着男友走开。突然看到前面的奢侈品店。

小梅：你不是说要给我买那个新款包的吗？快进去吧。

男友：对不起，我们最近演出根本没赚钱，你再等等。

小梅：哼，我看我是等不到了。你们那个破乐队能赚钱？

男友：怎么说话呢？你就是一普通人，别老做富婆梦！

夜间，小梅家。

小梅：都怪你！我根本不适合那个工作！我这么有艺术天赋，全让你给耽误了！我本应该站在演奏台最好的位置！

母亲：是妈没能力，可是你这个专业也很吃香的，将来当个公务员多稳定！

小梅：我不要稳定！我要钱！我要穿最好看的衣服，住最好的房子，享受万人瞩目的生活。我真希望你不是我妈。

小梅愤怒地冲出家门。

夜间，小巷子。

小梅来到 ATM 机前。

小梅摁了机器，接过一张纸。

小梅写道：出售和家人的记忆，和男友的记忆。

小梅将银行卡插入机器中。

夜间，小巷子。

母亲来到记忆贩卖机跟前。

母亲：记忆贩卖？那能不能交换赎回呢？

记忆售卖机显示：可以赎回，但需要等价商品。

母亲在字条上写下：全部记忆。

白天，医院。

母亲坐在病床上，看上去神情呆滞。

颜料

爱是一种奇妙的东西，会伤人也会治愈……

1

窗外下起了雨，刘念猛地推开门，迎着雨跑到了马路上。

来到那个曾经夺走他一切的马路上，刘念抬起头，任由雨水打在脸上，好像只有这样，他才能找到一点儿关于夏璃的气息。

刘念和夏璃是在大一的迎新晚会上认识的，两个人都是数字媒体专业的，平时，总是相约一起去画室画画。

久而久之，便对彼此产生了好感，走到一起水到渠成。

夏璃是个多愁善感的人。

有一次，她问刘念："如果我死了的话，你怎么办？"

刘念神秘兮兮地拿出一盒颜料："我有一盒神奇的颜料，如果你死了，我就用它为你画一幅肖像。只要颜料不干，我就可以长长久久地留住你，这样我们就能过一辈子了。"

夏璃自然不信，但是她相信他们能够白头偕老。

"好，我相信你！"

刘念小心翼翼地收好了颜料，摸了摸夏璃的头：“我们会永远在一起的。”

时间飞逝，很快两个人都毕业了。

毕业后，他们第一时间举办了婚礼。而刘念的那盒颜料，也跟随着他们进了他们的新房子。

婚后，刘念和夏璃依然恩爱如初，两人在房子里装修出了一间画室。

除了工作，两人几乎每天都一起泡在画室里。

所爱之人与自己有共同语言，这恐怕是这个世界上最美好的事情了。

本以为这样的日子可以一直持续下去。

然而就在他们结婚不到半年的时候，夏璃出了意外。

那是一个雨天，刘念早早下班回到家，做了一桌子饭菜，等待夏璃回家一起吃饭。

他没有等到夏璃，等到的只有夏璃出事的消息。

等到刘念跑到医院的时候，夏璃已经没有了呼吸。

刘念万念俱灰，这个时候，那盒颜料出现在了他的脑海中。

几天后，处理完一切，刘念回到家一头扎进了画室，小心翼翼地拿出了那盒他一直珍藏着的神奇颜料。

取出画笔，蘸取颜料，不用看照片，他就可以将夏璃画得惟妙惟肖。

那一笔一笔就好像是从他的内心生长出来的，通过指尖的画笔输出到了画面上。

那画面，也有了灵魂一般。

这一晚，刘念一直画到深夜才停笔。

几乎没有任何停顿，刘念一气呵成完成了夏璃的肖像画。

看着眼前的画像，闻着神奇颜料散发出来的阵阵香气，似乎画布上的人真的活了一般，正在朝他眨眼睛。

刘念露出了微笑，接着他就睡着了。

这段时间发生的事情让刘念精疲力尽，这一夜他睡得很踏实，一直到早晨阳光照进画室他才醒过来。

一醒过来他就吓了一跳，意外和惊喜瞬间充满了他的内心。

因为就在他准备起身的时候，刘念发现自己身上披着一条毯子。

他明明记得昨晚是直接睡着的，而且家里除了他没有别人。

如果非要说还有别人的话，只能是眼前画像中的夏璃了。

神奇颜料果然有用，他成功了，他将夏璃留在了身边。

2

刘念很高兴，他重新对生活充满了动力。

拉开窗帘，让久违的阳光照进来，温暖了整个房间。

洗衣服、收拾房间、做饭，而且是做两个人的饭。

洗手的时候，他抬起头看到了镜子中的自己，吓了一跳，曾经的他是多么在意自己的形象啊。

而如今，他满脸的胡子，眼窝深陷，整个人憔悴不堪。

他朝着画室的方向看了看，露出了微笑：“小璃，别担心，我这就刮胡子。”

收拾干净、神清气爽，他又回到了当初的样子。

从这天开始，不管刘念走到哪里，都带着那张夏璃的画像。

因为他能够感觉到夏璃就在他的身边，并没有走远。

而从这天开始，刘念也养成了一个习惯，那就是每天蘸一点儿新的颜料涂在画面上，从而保持画面上的颜料不会干涸。

这种习惯就好像是定期给家里的绿植浇水、定期给家里的动物喂食一样。

而对于刘念来说，乐此不疲。

说来也奇怪，他每晚都会梦到夏璃。

在梦中，他与夏璃一起一遍又一遍地重新经历他们的过往。

从相识到相恋，从相恋到结婚。

…………

点点滴滴，一丝不漏。

慢慢地，刘念越来越喜欢睡觉，除了上班之外，回到家他就将画像搬到卧室。

拿出画笔，蘸上新的颜料，涂在画布上。

接着和画像相拥而眠，梦里，故事依然在继续。

时间久了，刘念已经有些分不清楚现实和梦境了。

偶尔的清醒，他也会坦然面对这一切。

既然画像上自己的妻子只能在梦中和自己相见，那么哪个是梦、哪个是现实真的重要吗?

朋友们都为刘念这么快地从阴影里走出来感到高兴，但是没有人知道，回到家之后，是画面上的夏璃给了刘念安慰和勇气。

唯一让刘念忐忑不安的，就是日渐减少的颜料。

他知道，是颜料将夏璃留在了自己身边，也是颜料让夏璃能够通过这种方式继续与自己生活在一起。

而颜料用尽的那一刻，也就是夏璃真正意义上离开他的那一刻。

这种颜料是他偶然间得来的，据说世间只此一盒，用完了，就没有了。

因此时间久了，刘念脸上的忧虑又慢慢回来了。

使用颜料，也从开始的肆无忌惮，不求其他，一心只想要夏璃留下来，到现在每次蘸取颜料都要小心翼翼，生怕蘸多了浪费。

一天，刘念一如既往地在梦中和夏璃相见。

梦里的夏璃还穿着那条她最喜欢的白裙子，笑意盈盈地看着刘念，那种感觉，就好像是他们第一次在迎新晚会上相见时候的感觉，勾起了刘念满满的回忆。

就在他想要去牵夏璃的手的时候，突然碰翻了放在桌子一角的颜料。

虽然是在梦中，但是刘念的感觉依然十分清楚。

他猛地去接即将掉落在地上的颜料，突然醒了过来。

一睁开眼睛，刚好看到公司新来的学妹正拿起那盒神奇的颜料。

刘念当时就急了："你放下！你怎么会在我们家？"

3

学妹被刘念吓得一哆嗦，手里的颜料盒直接掉在了地上，颜料撒了一地。

刘念赶紧扑过去，几下子将还没有弄脏的颜料收起来，放进颜料盒。

即便是这样，颜料也损失了大半。

深知惹祸了的学妹当时就哭了：“对不起，学长，对不起。”

刘念冷冷地看着她：“我问你，你怎么会在我家？谁给你的钥匙？”

学妹抽泣着：“学长，学姐的事情我们都知道了，不管怎么样，你都要坚强地生活下去，这才是学姐想要看到的，不是吗？”

刘念没有回答她，依然冷冰冰地板着脸。

学妹这才意识到刚才并没有回答刘念的问题。

于是她止住哭泣：“上次……上次学长喝多了，老板让我送你回来的。我不放心你一个人，怕你出什么事，所以就私自配了钥匙，想着有空的时候可以随时来看看你，帮你做做家务。”

刘念此时的心思全部在打翻的颜料上，根本没工夫搭理她。

学妹看了看画面上的夏璃，下意识地往后退了一步。

因为她明显感觉到，那幅画上面，似乎有着隐隐的寒气，那种寒气让她不敢靠近。

刘念没有管学妹是什么时候离开的，因为又到了他修补画面的时候了。

他拿出画笔，小心翼翼地蘸了些颜料，轻轻地涂抹在了画面上。

刘念摩挲着画面，自言自语："小璃，你放心，我永远都不会让任何人伤害你，不管多难多远，我一定会在这盒颜料用完之前，找到可以替代的颜料。"

这一点小插曲并没有影响到学妹的行动。

从这天开始，她反倒是每隔几天就会来刘念家里一趟。

有时候是给他带吃的，有时候是带一些新上市的物品或服饰。

开始的时候，刘念对她爱搭不理。

慢慢地，刘念对学妹的感觉就没那么排斥了，他甚至慢慢开始习惯这个咋咋呼呼的小姑娘的存在。

只是这一切，刘念自己都不清楚。

随着学妹来家里的次数增多，刘念在梦中和夏璃相见的时间越来越少。

一天晚上，刘念刚睡着就感觉到一阵寒风。

他猛地惊醒，看到画面上的夏璃正在看着自己。

接着，一个熟悉的声音响起："你为什么不拒绝那个学妹？你想选择她，是吗？"

是夏璃的声音！

刘念打了个寒战："没……没有，小璃，你听我解释，我只是……我只是……"

他想了半天也没有说出为什么自己一直允许学妹来家里，而且从来不拒绝她的示好。

正在刘念着急的时候，他猛地醒了过来。

此时，外面还是深夜，而且淅淅沥沥地下起了雨。

跟夏璃离开他的那天晚上很像，他摸了摸眼前的画像，拿起笔，又将画面翻新了一番。

“小璃，你放心，明天我就会跟她说清楚，让她不要再来咱们家了。”

4

第二天一早，刘念家的门就被打开了。

学妹提着刚买的早餐，一边催促刘念吃，一边给他讲路上的奇闻趣事。

刘念几次想要开口，都被学妹的热情给打断了。

他只好先吃早饭，吃完了，学妹又去给他煲汤，而且说今天是周末，有一档综艺节目特别好看，想让刘念陪他一起看。

还没等刘念答应，学妹就打开了电视，一边看，一边哈哈大笑。

那个样子，像极了夏璃。

不知道为什么，刘念想要赶她走，可是几次话到嘴边就是说不出口。

日子就这样又过了几个月。

即便是刘念省着用，颜料也逐渐见底儿了，而最近，学妹来家里的次数越来越多了。有时候，他也会因为学妹的盛情难却而陪她去游乐场、公园、景区。

刘念发现，自己甚至会对着学妹笑了。

晚上他也开始逐渐梦不到夏璃了，甚至在他给画面涂颜料的时候，也感受不到太多夏璃的气息了。

他慌了，这种失落的感觉将刘念整个掏空了。

在一个雨夜，他终于忍不住内心的慌乱，跑上了马路，跑到了当初夏璃出事的地方。

任由雨点打在他的脸上，他贪婪地呼吸，用力感受着夏璃的气息。

雨滴将他整个人都淋湿了，可是刘念毫不在意，因为此时的他内心十分复杂，甚至还有一丝赎罪的情感在其中。

最终，刘念并没有感受到属于夏璃的气息，反倒是发起了高烧。

学妹知道刘念发了高烧，第一时间赶到了他们家，毫无怨言地照顾了他好几天。

“谢谢！”

终于，在刘念身体有所好转的时候，他真诚地向学妹说出了这两个字。

学妹笑了笑，并没有说什么，但是依然对他照顾有加。

“学妹，我……我想麻烦你一件事。”

“好，你说。”

“你可以，帮我给夏璃的画像添上几笔颜料吗？我要保持画面的颜料始终湿润。”

“好，我去画。”

看着学妹坐在夏璃的画像前，一笔一画地将颜料涂在画面上，刘念的心里又产生了一丝涟漪。

他下了决心，一定要跟学妹坦白，不能白白浪费一个姑娘的大好青春，而且，他也不能食言，他一定要去寻找奇妙颜料，将夏璃永远留在自己的身边。

看着学妹背对着自己画画的背影，刘念缓缓开口："学妹，你以后，不要再来了。"

学妹并没有回头，依然继续着手中的动作："不，只有这件事不能听学长的。"

刘念听了学妹的话，有些愧疚："我不想对不起夏璃，她还在我的身边，我能感觉到，她还在我的身边！"

学妹将颜料盒子里剩下的颜料全部涂在了画面上："不，学长，学姐她半个月前的确还在你的身边，但是现在，她不在了。"

"半个月前？她不是半年以前就出事故了吗？怎么会半个月前还在？"

学妹将那盒已经见底的颜料拿在手里看了看："这一切，都是学姐安排的，包括这盒颜料。"

一阵复杂的情绪涌上心头："这到底是怎么回事？"

5

学妹将用光的颜料盒子递给了刘念："其实我喜欢学长这件事，学姐在大学的时候就知道。我手里的钥匙，也并不是我私自配的，而是学姐给我的。"

刘念从来都没有想过夏璃竟然知道一切，他更不知道夏璃竟然在半个月之前还活着。

他是亲眼看着夏璃没有了呼吸的，虽然夏璃的后事他当时因为太过悲痛恍恍惚惚，可是她半个月前还活着也太过匪夷所思。

还有就是，既然夏璃半个月前还活着，为什么要骗自己？

学妹继续道："学姐跟我说过，她知道我喜欢你，而且她相信，爱可以治愈一切，所以她放心将你交给我，也才跟我说了一切。"

刘念非常急躁："到底是怎么回事？"

学妹转过身："学姐跟你结婚不久就查出自己得了不治之症，可是她并不想你因为她的离开伤心，所以才提前制造了这场'意外'，又假借颜料的奇妙效果，帮助你度过悲伤期。"

刘念看了看那幅画："你的意思，颜料是假的？"

学妹点了点头："其实这颜料最多只是香味有一定的催眠作用，人闻多了就会安然入睡，且睡着之后也会恍恍惚惚的，所以学姐多次趁着你睡着的时候，来看过你，只是她还有些不放心。"

听了学妹的话，刘念立刻起身，披上外套就朝外跑了出去。

学妹放下手上的颜料盒，也跟了出去。

两人来到了夏璃的墓地。

看着墓碑上夏璃的笑脸，刘念的心情复杂。

他很悲伤，但是内心多了一丝温暖。

因为他知道，夏璃之所以这样做，就是希望他能够好好活下去。

学妹趁此机会，慢慢拉住了刘念的手。

刘念并没有将手抽出去，两人就这样立在夏璃的照片前，一直到太阳落山才驱车离开。

从此之后，刘念便将画室锁了起来。

几个月来，学妹一有时间就来找刘念，有了夏璃的一番安排，刘念的心情恢复得也比较快。

很快刘念就能够乐观地面对接下来的生活了，也逐渐接受生活中多了一个学妹。

刘念和学妹相处得也算是愉快。

到了刘念和夏璃的结婚纪念日，在这个特殊的日子，他重新打开了画室。

一进屋，刘念就发现整个画室被收拾得很干净，并不像是很久没有人来过的样子。

他慢慢走到了夏璃的画像前，却惊讶地发现，画布上夏璃的画像不知道什么时候不翼而飞了。

整个画面上只剩下几笔背景颜料，整个人物的形象竟然完全消失了。

刘念努力回想了一下夏璃画像的样子，奇怪的是，无论他怎么努力，都想不起来之前的画面到底是什么样的了。

他摸了摸画布，人物周围的颜料都好好地在原地，只少了人物画像！

刘念似乎明白了什么！

他猛地转身，学妹正笑盈盈地站在门口看着他。

此时，学妹手里拿着一盒颜料，对着刘念默默念道："学长，我是你的妻子啊……"

冰箱

无论离家多远，生活多忙，请记得好好吃饭……

1

漆黑的夜里，迎面一个黑色的人影笨拙地骑着电动车，在马路上拐来拐去。

张嘉有些害怕，她不知道自己现在在哪里，更不知道自己怎么会莫名其妙地来到这里。

她想要看清楚路上的人影是谁，可是用尽了力气也看不清。

就在这个时候，一辆车从张嘉的身后高速驶过。

借着那辆车的灯光，她看清楚了那个人影，正是她的父亲老张。

老张的车把上挂着一个塑料袋，随着电动车的晃动来回摆动。她欣喜地朝着父亲跑了过去，可是那辆车的速度比她的速度快多了。她刚跑了几步，那辆车就快速朝着老张撞了过去，还没等到她反应过来，老张已经被撞倒了。

此时，张嘉的胃部传来一阵剧痛。

“爸——”

她大喊了一声，猛然从梦中惊醒。

一切太过真实，让她心有余悸，梦是假的，可是胃部传来的疼痛是真的。

张嘉擦了一把头上的汗，拿起手机看了一下，现在是凌晨两点。

张嘉挣扎着起身给自己倒了一杯热水，喝了两口，又重新躺回床上。

胃部的疼痛缓解了一些，取而代之的是强烈的饥饿感。

现在回想起刚才梦里的一幕，她虽然后怕，但知道不是真的，也就放心了。

倒是父亲车把上挂着的那个塑料袋勾起了她的回忆。张嘉的父母是开饭店的，从小到大，父母经常叮嘱她，即便发生天大的事也要好好吃饭。

她刚才仿佛闻到了那袋子里的饭香味儿，不出所料的话，那袋子里应该是她最爱吃的、父亲亲手做的打卤面吧。

跟大多数年轻人一样，为了生活，张嘉夜以继日地打拼，毕业三年来事业小有所成，可是不按时吃饭的习惯也在这三年中慢慢养成了。

一个人住，即便是吃饭也都是叫外卖。

最近她感觉到胃疼的次数越来越频繁了，可是因为工作太忙，她总是喝点儿热水或者吃几片胃药了事，实在舍不得请假去看病。

饿着饿着，她就睡着了。

第二天一早，张嘉被一阵嘈杂声吵醒，开门一看，父亲老张带着几个工人抬上来一台冰箱。

安置好了冰箱，送走了工人，老张拿起肩膀上搭着的毛巾擦了擦汗："嘉嘉，你一个人在外面住，爸怕你不好好吃饭，给你送台冰箱。"

老张一边说着，一边把塑料袋里的打卤面拿出来，放到餐桌上。

看到那碗打卤面，张嘉瞪大了眼睛，昨晚上的梦境又一次出现在她的脑海中。

她猛地看向父亲："爸——"

老张不明所以地看着张嘉："你这孩子，怎么了这是？赶紧吃，一会儿凉了。"

张嘉不知道该怎么说，只能敷衍过去："没什么。"

老张的店里很忙，在张嘉的出租房里坐了一会儿，就回到位于华东市郊区的店里忙生意去了。

老张回去后，张嘉看了看那台冰箱，实在不知道应该买点儿什么放进去。她知道，即便是买了菜，她也没空做饭。

2

几天后，张嘉在下班的路上买了几根冰棍，回到家顺手扔在了冰箱里。

洗完澡，她一边揉着头发，一边打开冰箱，想要吃根冰棍看会儿电视。

可是一打开冰箱，发现里面的冰棍已经化成了水。冰箱不知道什么时候坏了。她皱着眉将里面的冰棍水弄进了垃圾桶里，拿起手机打给冰箱的售后客服，可是官网电话提示人工客服已经下班了。

这个时候恰好父亲打来了电话，张嘉赶忙问了冰箱是在哪儿买的，怎么会刚用几天就坏了。

父亲说是在网上订的，让张嘉别担心，明天他找店家问问换一台新的。

张嘉刚要挂电话，父亲就又开始叮嘱她要好好吃饭。

张嘉有些不耐烦，敷衍了几句就挂断了电话。

最近她的压力很大，事业到了上升期，如果她不趁着这个时候拼一把，以后就没有机会了。什么按时吃饭、好好生活，根本不重要，对她来说，升职加薪才是自己想要的。

不过挂了电话之后，肚子的确有些饿了，她拿起手机翻了翻，点了个外卖。

一忙起来就忘了冰箱的事，第二天晚上下班快到家才想起来。她一拍脑门儿心想算了，反正最近也不怎么用冰箱，坏了就坏了吧。

可是一进屋却听到了冰箱启动的声音，张嘉走到冰箱前面，仔细听了听，声音的确是从冰箱里发出来的。

打开冰箱，一股轻微的冷气散发出来，冰箱竟然好了。

她仔细看了看，还是那台冰箱，并没有换成新的。

晚上，张嘉把没吃完的外卖放进了冰箱，打算明天早上简单热一下当早饭。

可是第二天一早，张嘉打开冰箱却闻到了一股极其难闻的味道，外卖已经完全坏掉了，而且比放在冰箱外面坏得还彻底。

张嘉有些恼火，抱怨着将冰箱里的外卖丢进了垃圾桶。

张嘉觉得这些东西怎么就总是跟自己作对，自己已经很忙了，它们还给自己找事，有些生气地低声嘟囔：“什么情况，又坏了！”

这个时候，母亲的电话打了过来。

张嘉有些不耐烦："喂，妈。"

电话另一端，张嘉的妈妈高兴地说："嘉嘉，你爸给你做了你最爱吃的打卤面，一会儿让他给你送过去。"

"不用了，这么远，你们自己吃吧，我忙着呢。"

母亲知道张嘉一直在忙事业，一直怕她不会好好吃饭，听了张嘉的话，担心地说："那你好好吃饭，注意身体。"

张嘉更加不耐烦了："知道了，知道了。"

刚挂断电话，剧烈的疼痛就从胃部开始，席卷了张嘉的全身。

她挣扎着起身，喝了几口水，暂时缓解了一下疼痛，就立刻下楼打车去了华东市第一人民医院。

经过一系列检查，结果是急性肠胃炎。

在医院打了吊瓶，折腾到很晚才回到家里。张嘉奇怪地发现，冰箱竟然又自己好了。

她不免对冰箱产生了好奇，难道这台冰箱是一放东西就坏？那厂家生产这台冰箱是干什么的？专门用来销毁食物的？

3

虽然现在已经很晚了，可是张嘉的好奇心彻底被激发了出来。她立刻穿衣服下楼，去 24 小时便利店买了一个手工面包和一盒纯牛奶，放进了运转着的冰箱里。

这一夜，张嘉心里总是有事，所以一直没怎么睡着。

早上还没等闹钟响，她就快速起床，第一时间打开了冰箱。

奇怪的是，这次里面的食物不但没有坏，里面的面包和牛奶反而都散发出轻微的热气，好像是刚加热过的。

张嘉奇怪地将食物拿出来吃了，还挺好吃，一顿早饭下肚，胃也舒服了不少。

上班的路上，张嘉一直出神，她似乎想明白了什么。如果放进去的是垃圾食品，冰箱就会立刻销毁这些食物；如果放进去的是健康食品，冰箱不但不会销毁，反倒会简单加工一下，让它们更好吃。

这么好的冰箱，父亲是从哪儿买的？

也不知道这是高科技，还是自己的奇遇，不知道父亲知不知道这件事？

想到这儿，她想给父亲打个电话问问，可是刚好车到站了，张嘉赶紧下车，电话也就暂时没有打出去。

冰箱成功地吸引了张嘉的注意力，一整天除了工作，她满脑子都是那台奇怪的冰箱。

晚上下班，张嘉迫不及待地去了超市，买了芹菜和猪肉。她想要再试一次，看冰箱是不是会自己区分垃圾食品和健康食品。

张嘉充满期待地将食材放进了冰箱，却怎么都睡不着了，这台冰箱的功能超出了她的认知。

第二天一早，张嘉迫不及待地打开了冰箱，让她始料未及的事情发生了。昨晚买的芹菜和肉不但没有变质，竟然被做成了一盘热气腾腾的猪肉芹菜饺子！

这一次，张嘉彻底不淡定了。看着那盘饺子，一阵恐惧席卷全身，张嘉顿时出了一身冷汗。

不对，有问题！

是自己太天真了，哪儿有这么智能的冰箱？这房子是租的，前面换过多少房客，她根本不清楚，难免那些人里面有坏人。一定是这样的，一定是有人偷偷配了钥匙，躲在暗处偷窥自己！

她立刻跑到了卧室，拿出一直放在枕头下的防狼喷雾，大喊着："谁？谁在我家？"

"砰！"

好巧不巧的，挂在墙上的挂画突然掉了下来。张嘉的恐惧被引爆，一边四处喷着防狼喷雾，一边大喊："啊啊，别过来！"

折腾了半天，并没有坏人出现，张嘉的心绪平复了一些。

此时，她的肚子"咕咕"叫了起来。她将那盘饺子拿出来，试探性地尝了一个，味道还挺好的，于是也顾不得许多了，将饺子全部吃光。

吃完饭，她将家里彻底检查了一番，并没有发现有其他人来过的痕迹，就连厨房她都仔细检查了，也没有做过饭的痕迹，那么冰箱里的芹菜和猪肉是怎么变成饺子的？

难道……真的是这台冰箱有问题？

张嘉将冰箱仔仔细细地查看了一番，里面根本没有能藏进去一个人的空间。她犹豫地关上了房门，检查再三才去公司。

到了公司，张嘉给房东打了个电话，并没有直言出了什么事，只说怀疑有人进了房子，问是否之前的租客可能配了钥匙。

房东再三保证，说之前的房客她都进行了登记，都是正经人，绝对不会出现这样的情况。

4

晚上下班，张嘉又去了超市，买了大豆、面包、青菜和猪肉，回到家后小心翼翼地放进了冰箱里。

接着她仔细检查了一下整个房间，连床底下和橱柜里都检查了。房间里除了自己，并没有其他人。

她又拿了一根细线，小心翼翼地夹在了入户门的门缝里，这才安心地上床睡觉。

清晨醒来，她并没有急着去打开冰箱，而是直奔入户门，仔细检查了一下，发现那根细线还在门上夹着，位置都没有改变，说明昨天晚上并没有人趁着她熟睡时进入房间。

张嘉的目光锁定在了冰箱上，看看这回冰箱还能不能做出美味的食物。

随着距离冰箱越来越近，张嘉感觉到自己的心跳越来越快。她猛地打开了冰箱门，出乎意料的是，冰箱里的青菜和猪肉都好好地放在里面，而大豆和面包则变成了热气腾腾的豆浆和三明治。

张嘉兴奋地将豆浆和三明治拿出来，坐在餐桌旁开心地享受着美味。

这一次她确定了，并没有人来过房间，是她无意间拥有了一台神奇的冰箱。

这台冰箱不仅可以判断垃圾食品和健康食品，还能够简单加工食材，甚至可以通过她打开冰箱的时间，选择性地判断应该准备什么样的食物！

张嘉只需要将早、午、晚餐所需的食材放进冰箱，冰箱就会自行选择什么时候准备什么样的食物，不但能够保证张嘉每顿饭都有健康的食物，而且还能够避免她在不适合吃饭的时间进食。

从这天开始，每个饭点，冰箱里都会准时出现刚刚做好的营养餐点，连张嘉想要吃消夜的时候，冰箱都会为她准备好。

这几天张嘉的工作状态也好了很多，整个人精神十足，容光焕发。

“嘉姐，你是不是谈恋爱了？”

同事看到这几天张嘉的精神状态很好，偷偷私下里问张嘉。

张嘉笑了笑：“哪有，我的生活圈子你还不知道？家里公司两点一线，想认识个男的也没机会啊。”

“嘉姐，有了情况可不要瞒着我们哦！”

“不会不会，真的没有啦。”

因为每天冰箱都会为张嘉准备好精美的餐点，张嘉不需要想吃什么，也不需要吃垃圾食品，工作效率和身体状况都有了明显提升。

老板也因为最近张嘉的表现，对张嘉的工作很满意，升职加薪就在眼前，张嘉感觉到了从来没有过的轻松和畅快。

这个冰箱真的是为张嘉解除了后顾之忧，冰箱就像是她的父母，按照她的口味，按时、按点准备好可口的饭菜。

周末张嘉在家里加班工作，也不用为吃什么而苦恼。冰箱成了她的生活保姆，既体贴又周到，仅仅三五天，张嘉就习惯了有冰箱的存在，而且慢慢开始依赖起了冰箱。

可是好景不长，就在张嘉发现冰箱神奇功能的第七天，冰箱坏了。

那天是周六，她在家赶一个策划，忙完一抬头已经到了中午，张嘉起身活动了一下筋骨，打算吃午饭。

可是打开冰箱，并没有拿到她想要的食物。

冰箱的灯黑了，里面的食材原模原样地躺在冰箱里。

5

张嘉有些慌了，她赶紧去检查是不是插头出现了问题。

忙活了大半天，张嘉确定冰箱是真的坏了。她站在冰箱前，看着里面原封不动的食材，突然有些恍惚。

这七天的事情是真实发生的，还是一切都是自己的幻想？无迹可循。

正在张嘉迷茫的时候，手机响了起来。

“喂，妈，不着急，你慢慢说。”

电话接通，母亲着急地哭着跟她说，她父亲一周前来给她送打卤面，路上出了车祸，现在人已经快不行了。

顾不得冰箱坏没坏了，张嘉赶忙问母亲为什么不早告诉她。

母亲说知道张嘉最近在忙事业，不想打扰她。前几天老张就进了重症监护室，但是医生说还有希望，她就没有给张嘉打电话，想要观察一下再说。

现在打来电话，是因为医生说老张快不行了，她想让张嘉来见父亲最后一面。

张嘉二话不说，一边打着电话一边套上外套下楼，在楼下打车直奔医院。

“即便发生天大的事也要好好吃饭。”

在出租车上，父亲一直叮嘱她的话在她的内心深处响起，她下意识地摸了摸胃，不疼了。

张嘉跑到病房的时候，父亲老张已经不行了。

母亲抱着她大哭，告诉她，父亲留下的最后一句话就是：“这是女儿最爱吃的卤，她说不送就不送啦？走啦。”

张嘉的眼泪顺着脸颊流下来，小时候父亲一次次叮嘱自己就算发生天大的事也要好好吃饭的画面一遍遍地出现在她的面前。

母亲告诉张嘉，她跟老张说的最后一句话是“早点儿回来”，可是老张再也回不来了。

办好了医院的手续，张嘉带着母亲回到了家里的小餐馆。

父亲的电动车已经被送回来了，孤零零地立在餐馆门前的树荫下。她仿佛看到了父亲骑在电动车上面，车把上挂着塑料袋，塑料袋里装着盛满打卤面的碗，笑盈盈地叮嘱她好好吃饭的画面。

可是这一切，都回不去了。

晚上母亲睡着了，她一个人环顾这个小餐馆，她是在这里长大的，她最爱吃的面里，总有父亲做的卤。他们总对她说，就算发生天大的事，也要好好吃饭呀。

但是，不知道从什么时候开始，张嘉忘记了好好吃饭。

几天后，张嘉帮母亲将餐馆盘了出去，带着母亲回到了她的家里。从此以后，她要好好吃饭，而且要给母亲做饭。

两个人一进屋，张嘉一眼就看到了父亲送给自己的冰箱。这冰箱已坏了很长时间了，最近张嘉一直没回出租屋，都忘了这件事了。

张嘉走到冰箱跟前，慢慢地打开冰箱，一碗已经冷了的打卤面安安静静地躺在冰箱里面。

好像在提醒张嘉，“无论你离家多么远，生活多么忙碌，就算发生天大的事，都要记得好好吃饭……”

生活中有两个悲剧。

一个是你的欲望得不到满足，

另一个则是你的欲望得到了满足。

欲

胶水

真正的喜欢和占有欲之间，站着一个自私的恶魔……

1

南方的冬天，下了一场雪。

张晓丽趴在窗前，望着银装素裹的美景，喜出望外，心想我一定要告诉吴歌，告诉他，南方也能下雪。

吴歌是她的男朋友，二人在哈尔滨的同一所学校里上大学，校园里相识，一见倾心。张晓丽觉得这个男孩子注定是她一辈子的追求，一天到晚与吴歌黏在一起，如胶似漆。

吴歌寒门苦读，终于熬出了山窝窝。大学毕业之后，他想在大城市安个家，努力赚钱，回报父母的养育之恩。可是他对南方很陌生，而且他有一种怪病，身体极其怕热，张晓丽时常端起脸盆，跑到户外搬雪，让吴歌大把大把地往嘴里塞。

他说，感受不到冰雪的滋润，夜里时常会做噩梦。

医生说，这应该是异食症。有人喜欢吃土，有人喜欢吃铁，他是喜欢吃雪，主要原因可能是情绪抑郁。

其实吴歌还有另一层担忧，大城市的姑娘看上穷小子，这种小说里的情节怎么会发生在自己身上。心里总是惴惴不安。只是爱情并没有他想象中的那么复杂，张晓丽每天准时三个电话，早上起来哼哼撒娇，中午郑重其事地叮嘱爱人记得吃饭，晚上入睡前，一声“晚安”整整喊了三年，从未间断。

吴歌终于释怀，是的，这就是家的感觉。

新年的车站，雪花纷飞，张晓丽望眼欲穿，终于等来了日夜思念的爱人。二人深情相拥时，张晓丽仿佛在大海中抱紧了浮木，任由过往行人异样的目光探视，久久不肯放手：“如果以后我也天天这样黏着你，你会不会烦我……”

“怎么会？我巴不得你天天这样黏着我。”

“那如果有一天……你不喜欢这种感觉了，怎么办呢？”

吴歌亲吻张晓丽的额头，柔声笑道：“如果我不喜欢了，你就用胶水把咱俩粘在一起。”

张晓丽眨了眨眼睛，一把钩住吴歌的手指：“这可是你说的哦！拉钩上吊，一百年不许变！”

结婚之后，吴歌找到一家外企，一腔热情，任劳任怨。张晓丽与爱人形影相随，早上起来要抱着老公再躺两分钟，中午做好丰盛的午饭，悉心装进保温壶，亲自给老公送到公司。风雨无阻，雷打不动。

晚上老公回到家中，张晓丽洗衣叠被，嘘寒问暖，搂住老公的胳膊，打听公司里的奇闻趣事。但是绝对不能提及女同事，只要吴歌嘴里偶尔带出一个女人的名字，她的眼里就会泛起一层冰冷的雾气。

甚至每次电话铃声一响，只要是公司业务上的往来，张晓丽必定抢先一步，替老公婉言拒绝。

吴歌虽然有些尴尬，但是老婆的爱意绵绵，总有一些甜如蜜汁的感动，让人心慵意懒。

冬去春来，花谢花开。

吴歌天资聪颖，业务上渐渐熟练，短短三年的时间，荣升部门经理，事业蒸蒸日上。只是吴经理的家中有一位奇葩异卉般的娇妻，尽人皆知，不管同事是嘲讽还是羡慕，他从来都是付之一笑，淡然置之。

2

天空飘着细雨，张晓丽像往常一样，捧着保温壶，上楼给老公送午饭。走廊的过道上传来窃窃私语之声。

“哎哎，吴夫人又来送饭了。”

“哼，真是个黏人精。我要是吴哥，我肯定受不了！整天把男人拴得死死的，跟她家养的狗似的！”

“是啊，吴哥人不错的呀，都不知道她在担心什么……”

张晓丽脸上带着微笑，脚步依然轻松自如。

她走到办公区，瞧了一眼经理室的百叶窗，看见业务部的秘书小百合正搔首弄姿地守候在自己老公的身后，指着笔记本咯咯笑着：“吴经理，这些数据半小时就整理好了，您真的好厉害！我要向您多多学习。”

吴歌脸色微红，谦虚地说："数据是可以随时变动的，你在业务上的知识，我可教不了。"

"吴经理，那晚上我请你吃饭好吗？你可以教教我怎么跟客户交流嘛。"小百合挑了挑吴歌的衬衫衣领，满眼春意。

"这个……就不用了，谢谢。"吴歌有些紧张。

小百合正要去拉扯吴经理的胳膊，玻璃门上忽然"咚咚"两声，张晓丽的脸上结起一层冰霜，冷冷地站在门口："外面的东西，他吃不惯。"

"嫂……嫂子。"

小百合心慌地收拾起桌上的笔记本，转身离开办公室。刚走到门口，身后传来"啪"的一声，一记清脆的耳光好像打在她的脸上一样，她吓得缩了缩脑袋，腿脚几乎迈不开步 。

"快吃饭吧……老公，今天的秋葵，特别新鲜。"

张晓丽语气温柔，心疼地抚摩着老公的脸庞，眼中突然凝结出一缕缥缈的雾气。

窗外细雨蒙蒙，飘进了吴歌的心头。

吴经理挨了老婆一记耳光，消息不胫而走。几个同事在朋友圈里争相转告，恨不得找个卖报的孩童跑去大街上散发传单，嘴里一定要加上一句：号外！号外！小娇妻豢养男宠，凤凰男惨遭虐待！

有人说张晓丽的占有欲太强，完全不顾及老公的感受，迟早要出事；也有人说，吴经理本是飞上枝头的凤凰，他享了美人之福，失去自由就是代价，没什么好大惊小怪的。

流言止于智者，八卦死于沉默。

吴歌像往常一样，每天高高兴兴上班，平平安安回家，在业务专注力上更加精益求精，几乎到了废寝忘食的地步，深得公司高层的认可。只要是约定与客户当面洽谈的项目，他必定积极主动地参与。

他的工作越来越忙，时常加班到深夜十二点，拖着疲累不堪的身子回家，第二天照常上班，从不迟到。而妻子依然每天上楼送饭，脸上再也没有露过笑容，一双冷漠的眼睛只要落在女同事的身上，冰雾渐浓。

吴歌偶尔会将妻子中午送来的饭菜，偷偷倒掉一半，接着去冰柜取来冰块，装进塑料袋里砸成一颗颗冰粒，倒进嘴里狼吞虎咽。

这些微妙的变化，当然瞒不住同事的眼睛，第二季的朋友圈预告，再次来临。

3

“大伙儿说说想法！鄙人认为，吴经理正在计划逃离围城！”

“没这么简单。我倒是有一种预感……你看他经常在咬冰块，你以为真是口渴吗？有些人的性格很难猜的，他既然没有在沉默中变坏，就很有可能在沉默中变态！”

“你啥意思？他能把老婆杀了？”

茶余饭后的八卦，很少有人念念不忘。

但是一次意外，让同事们想起了朋友圈里的争论，细思极恐。

只因张晓丽的肚子不争气，心情容易焦虑，据说那天她在家里淋浴，被地上的冰碴儿滑倒，直接被故障喷淋头电晕。幸好吴歌及时发现，手忙脚乱地送她去了医院，破天荒地请了几天假，守在病床边，几天没合眼。

生活中时常会有意外，但是张晓丽触电的原因，正是因为水能导电。冰块当然也是水，万万不能忽略。

按理说虚惊一场，她人既然没事，何必浪费医疗保险？可是张晓丽死活不肯出院，公司同事为了表示慰问，相继去医院探访，而秘书小百合对张晓丽的“耳光”心有余悸，打死不敢去。

到了医院，夫妻二人并没有什么异常，但是同事们能感觉出来。吴经理有些烦躁，提醒业务员小刘，说约好的大客户，我必须亲自出马，你回家收拾一下行李，明天咱们火车站见。

吴歌在业务上的能力，一直被传为佳话，小刘有吴经理相陪，当然信心满满。二人下了火车，来到陌生的城市，风尘仆仆地赶到客户的公司，一番洽谈之后，大功告成。

“哈哈，吴哥，这次您亲自陪我出差，该不会是为了躲嫂子吧？”小刘走出酒店电梯，热情地帮吴经理搬运行李。

“瞎说什么。”吴歌笑得有些不自然。

“哎，您别说啊，这招还真绝了！难得出来放一次风，就好好体验一下当地的风土人情。嘿嘿，晚上咱俩去喝上几盅……”小刘话还没说完，房间门外忽然响起了敲门声。

吴歌转身去开门，顿时目瞪口呆。

只见张晓丽撩动鬓发，目光流转，将一件厚厚的外套披在老公的身上，嘴角扬起一抹奇怪的笑容：“光顾着工作，也不告诉我上哪儿出差？害得我找了好久。幸好公司有详细地址……你看看你，天冷了，衣服也不多带一件……”

我的天！吴经理这是找了个贴身保镖吗？小刘觉得头皮有些发麻。

在返程的路上，三个人一声不吭，气氛极其尴尬。

吴歌搂住妻子的肩头过马路，左右观望。张晓丽老远看见一辆出租车，一个箭步跑过去，想挥手拦下。可是她并没有注意到，出租车的侧面还跟着一辆车。

吴歌一个转身，张晓丽突然滑了出去，飞驰而过的车辆一个急刹车，忍不住破口大骂。吴歌慌忙上前扶起妻子，连连向司机道歉。张晓丽狠狠地瞪了老公一眼，表情极其复杂，疑惑间仿佛又有一种哀怨。

小刘的心里咯噔一下，浴室触电、马路推人，这些事情看似巧合，但是往深处一想，令人毛骨悚然。

4

吴歌瘦了一圈，他病了。

他向公司高层申请住在公司大楼里，只顾埋头工作，沉默寡言。每天中午，楼道上那个抱着保温壶的身影，再也没有出现。或许漂泊在外的人们，想找个家的感觉，而被困在家里的人，最迫切的心情，就是向往原野。

同事们议论纷纷，朋友圈意见完全一致，推断夫妻二人已临近了冷战冰点，不出半月，必有结果。

窗外大雪纷飞，吴歌的脸上露出久违的笑容，望着白雪皑皑的街景出神。

南方的城市，已经好多年没有下雪了。

他记得张晓丽最喜欢白雪的纯洁，每逢下雪天，快乐得就像个孩子，当初如果他没有来到这座城市，会不会是另一种结局？

或许张晓丽真正爱上吴歌的，正是他喜欢吃雪的异食症。爱情的起点本来就让人莫名其妙。

楼道响起了脚步声，高跟鞋的节奏似曾相识。

办公室里出现了熟悉的身影，熟悉的保温壶。同事们满眼诧异地望着张晓丽，心想，她怎么又来送饭了？难道夫妻俩的感情已经修复了？

进了办公室，张晓丽随手关门，拉下了百叶窗帘："我说过，今年的冬天一定会下雪的。你还记得当初在校园里，我给你装了满满的一盆雪吗？就算是缘分尽了，也让我再给你盛一碗雪。"

张晓丽送上楼的保温壶里，已经没有了新鲜的秋葵，装的却是一壶晶莹透亮的冰雪。

"你瞧瞧，保温壶也坏了，都快融成冰水了。"张晓丽拎起保温壶晃了晃。

吴歌的眼眶有点儿红，他怎么会忘记校园里的欢声笑语，忘记那些情意浓浓的瞬间："晓丽，有些事情不是你想的那样……"

"我懂。"张晓丽轻轻地点了点头，语气很平静，"你喝完我就走，家里一堆衣服没洗呢。"

吴歌捧着保温壶，落下一滴眼泪，他仰头将壶里的冰水喝下，狠心地转过身去，抹了抹脸颊。

张晓丽默默地看着老公吃完，悠悠地说："你还记得答应过我的事吗？如果哪天你不喜欢我们在一起的感觉了，就用胶水把咱俩粘在一起……"

她突然叹了一口气，瞳孔里弥散一缕雾气，空气仿佛在瞬间凝结，骤然寒冷，完全就是被困在冰窖里的体验。

"你？你给我吃了什么……"吴歌突然觉得有点儿头晕目眩，眼神中充满了恐惧。他的身子禁不住开始剧烈地抖动，已经使不出说话的力气，整个人立即瘫坐在椅子上。

"难道你已经忘记了？"

张晓丽表情冷漠，从外套的口袋里取出好几支强力黏合剂，咬牙切齿地挤在吴歌的手臂上、脖子上、脸上……她的情绪越来越激动，将黏合剂死命地往吴歌的嘴里塞："我知道的！你肯定没有忘记！我知道的……你现在不需要我给你盛雪了，你已经戒了是不是？你把我也戒了？你一直怪我不给你生孩子，对不对？你把我们的爱也戒了……"

她声嘶力竭地叫喊，几乎耗尽了所有的力气。

5

爱，能令人欢愉，同时也可以让人疯狂。

张晓丽又从口袋里摸出一把剪刀，剪开老公的衬衫袖口，一路撕到肩膀，颤抖着将强力黏合剂挤在自己的左手臂上："我把咱俩粘在一起，以后再也不分开了……”

一切准备就绪，张晓丽抬起手臂死死地按在老公的胳臂上，仿佛即将与老公融为一体，眼神有点儿兴奋。

吴歌面无人色，一句话也说不了，呼吸渐渐微弱。他抬起手臂，指了指办公桌上的电脑。

电脑屏幕上是一封没有发出去的电子邮件，上面写了几段话：

晓丽，爱情永远是自私的，我从来没有怪过你。

可是你对我的爱，让我感到了不适和苦闷。我知道，浴室里的冰块是你故意想引起我的自责；我也知道，过马路的时候，你想试试我会不会挺身救你，你就跟胶水一样，想把我们牢牢粘在一起。可是你知道吗？你误解了胶水真正的意义。

爱情不就是胶水吗？可它粘住的是心，不是我们的肉体。

每个人都应该给自己留一丝缝隙，呼吸一口空气，过度追求无处不在的黏合力，往往事与愿违。只有彼此心灵的靠近，才是世界上最牢不可破的东西。

我本来打算起草离婚协议的，但是今年南方下雪了……我喜欢吃雪，是敬畏白雪的纯洁，它能洗涤我的心灵，就像敬畏你我的爱情一样。你说，异食症我都能治愈，还有什么事情能难倒我？为了你，我在公司重温冰水的快感。为了你，我甚至想跑到大学寝室的楼下，把咱俩栽下的白鹃梅挖出来，给你一个惊喜。

我好久没有见到雪了，我觉得这是上天给我们的机会。

其实我最大的心愿，是回到大学的寝室，再吃一回你端来的雪，笑着听你对我说："我就喜欢你这个傻小子。"

你知道吗？就是因为你这句话，给了我追寻爱的勇气。

邮件后面的附件，是一张在大学宿舍楼下拍的照片。

画面是张晓丽捧着一脸盆的雪往吴歌的脸上泼去，吴歌抱头鼠窜，雪花飞扬，仿佛能听见张晓丽婉转如银铃般的笑声。

张晓丽一字一句地读完信件，突然抓起桌子上的保温壶，使出全身力气，砸向办公室的玻璃门！

同事们正在好奇，夫妻二人锁在办公室里有没有讨论出结果，听到耳边"哐当"一声巨响，整个部门鸦雀无声。

"快！求求你们！快救救我老公……"张晓丽此时情绪失控，眼前一片天旋地转。

同事们赶紧冲进办公室，只见吴经理坐在椅子上，四肢僵硬，脸上黏糊糊的，浑身一股刺鼻的胶水味儿。而张晓丽跪在老公的脚边，放声大哭，拼命拉扯二人紧紧黏合在一起的手臂。

吴歌的意识仍然是清醒的，眼中一滴泪水无声地滑落，滑过脸上黏人的胶水，滑过那一颗敬爱如雪的心灵。

布偶

孝顺和“妈宝”不是一回事儿……

1

喜欢布偶，是大多数女孩子的天性。

可是对于刘小敏来说，布偶是她一生的噩梦。

因为，在她的生活中，出现了一个布偶。这个布偶不但断送了她的婚姻，还要了她的命。

刘小敏第一次见到那个布偶，是在跟王大志确定恋爱关系的当天。

在昏黄的烛光下，刘小敏问王大志：“大志，你为什么一直对我这么好啊？”

“我妈让的。”

听到这句话，刘小敏有些意外和反感，可是当时并没有特别在意。

吃完饭在前台结账的时候，王大志手里拿着一捧玫瑰花，让刘小敏帮着把手机从包里拿出来。

刘小敏拿手机的过程中，从王大志的包里带出来了一个布偶。

王大志看到布偶掉在了地上，立刻紧张地扔掉了手里的玫瑰花弯腰去捡，脸上似乎还有些怒气。

一个布偶至于这样吗?

王大志的过激反应引起了刘小敏的注意，她特意仔细端详了一下那个布偶。那是一个巴掌大、木质的布偶，一点儿都不好看，甚至……有那么点恐怖。

尤其是那布偶的一双眼睛，刘小敏总觉得那双眼睛像是真人的眼睛，发出一种让人后背发凉的光芒。

王大志拿起布偶，立刻小心翼翼地放回了包里。

刘小敏不想破坏约会的气氛，索性没有再提。

可是从那天开始，那个布偶就总是出现在刘小敏的梦中。

而且每次出现在她梦里的时候，布偶都是瞪着眼诡异地笑着，并且不停地将布条一圈一圈地缠在王大志的身上。

每次，刘小敏梦到这个场景的时候，都会从梦中惊醒。

她跟王大志提过，王大志只说是她工作压力太大了，都是胡思乱想的。

刘小敏问过王大志布偶的来历，王大志只说那布偶是他妈送给他的。

至于王大志的母亲是从哪儿得来的布偶，王大志那时候还小，只记得一次母亲去外婆家，半路上遇到了一个老婆婆。那个老婆婆给了母亲这个布偶，并且告诉他母亲，有了这个布偶，他们一家就会永远在一起。

所以王大志的母亲非常在意这个布偶，自然，王大志也很在意。

每次约会，王大志都会带着那个布偶。

其实刘小敏很介意，而且每次看到那个布偶，她都会想起时不时出现在她梦中的场景。

除此之外，王大志不抽烟、不喝酒，也不玩游戏，倒是个好青年，挺符合刘小敏对未来老公的标准。

刘小敏对王大志的印象是靠谱、孝顺，而且还有一点儿木讷。

刚在一起的时候，王大志还只是把布偶放在包里，现在，他一天中的大部分时间都将布偶拿在手里，公司已经有人开始说三道四了。

相处久了，结婚便顺理成章，就在他们马上准备结婚的时候，王大志却没有跟刘小敏商量就去了别的公司。

“王大志，你去别的公司怎么也不提前跟我说一声？”

听到这个消息，刘小敏立刻打电话质问王大志。

“我妈说，鸡蛋不能放在同一个篮子里。”

2

王大志的解释让刘小敏更加反感，她觉得王大志越来越木讷，越来越不可理喻。

婚期将至，她第一次动摇了，不确定是否要跟这个男人共度余生。

而且，她最近做梦梦到那个布偶的频率越来越高，梦里布偶在王大志身上缠绕的布条也越来越多。

每次从梦中惊醒她都会出一身冷汗，可是每次跟王大志说，王大志总是说她压力太大，想得太多。

下班后刘小敏约了几个朋友去酒吧买醉，朋友们都嘲笑刘小敏是婚前恐惧症。

“王大志挺好的了，是个暖男，而且还恋旧，你看他每天抱着的布偶，哪个男人能这么有爱心？”

朋友们的话让刘小敏对自己产生了怀疑，是否真的是自己太过敏感了？

最近，刘小敏有意避开和王大志见面，她要好好想想。

而王大志也很听话，刘小敏说要给自己一点儿时间，他也没有缠着刘小敏。

两个人除了试婚纱、拍婚纱照之外，连订婚礼用品都是在网上沟通的。

婚礼如期举行，却并没有想象中的顺利。

就在互换信物的时候，刘小敏看到王大志的手里竟然还拿着那个布偶！

在牧师问她是否要嫁给眼前这个男人的时候，刘小敏犹豫了，她觉得王大志手里的布偶怎么看怎么刺眼。她甚至能够感觉到那个布偶在嘲笑她，那种感觉，让人有些不寒而栗。

第一次，刘小敏感觉到王大志在受这个布偶的掌控，她想要逃跑，可是不知道该如何承担后果。

貌似逃婚这种事情，只有在电视剧里才会发生吧。

“刘小敏，你想什么呢！”

一个尖厉的声音穿过人群，进入了刘小敏的耳朵里。

她猛然清醒过来，看了看眼前憨态可掬的王大志，才意识到声音是从王大志母亲的嘴里发出来的。

看了看台下满眼期待的朋友、担心的父母，她点了点头。

“我愿意……”

声音极低，但是并不影响这句话在流程中的作用，婚礼继续。

刘小敏不知道婚礼是怎么结束的，等到晚上房间里只剩下他们两个人的时候，刘小敏实在忍不住了。

“王大志，你为什么在婚礼上还要拿着这个布偶，它对你就真的那么重要吗？”

王大志将布偶小心翼翼地放在了他们的婚床上。

“我妈说……”

“好了好了，我不问了，不早了，睡觉吧。”

刘小敏脱下礼服、卸了妆，自己在婚床的一边睡着了。

她一晚上都没有换一个姿势，因为她总觉得本来挺大的婚床，因为那个布偶显得特别拥挤。

那天晚上，她又一次做了那个噩梦，而且梦到布偶手里的布条已经缠到了王大志的脖子。

她猛地醒了过来，感觉到布偶就在身边，她瑟瑟发抖，可是不知道为什么，就好像是自己也被捆绑住了一样，她并没有离开婚床。

不知道是恐惧，还是无力，总之，这一晚刘小敏过得特别压抑。

婚后的生活，布偶给刘小敏带来的干扰变本加厉。

开始的时候，王大志还只是吃饭、睡觉的时候拿着布偶，后来，连洗澡、上厕所，他都要拿着那个布偶。

刘小敏对那个布偶越来越恐惧，她甚至觉得那个布偶是有生命的，在跟她抢男人。

3

刘小敏几次试图跟王大志沟通，他都含糊了事。

最近，刘小敏察觉到王大志的状态越来越不对劲儿。

之前王大志只是随身携带布偶，但是跟自己的沟通交流还算正常。

可是最近两个人的对话越来越少了，反而王大志时不时地会对着那个布偶自言自语。

最过分的是一天晚上，刘小敏已经睡着了，睡梦中听到王大志似乎在叫自己，刘小敏被吵醒，睁开眼睛一看，竟然发现王大志正在跟布偶对话。

刘小敏想要带王大志去做个心理咨询，可是每次提起王大志都很抗拒。

恐惧、愤怒、委屈越积越多，最终，在一个早晨爆发了。

“你能不能把那破玩意儿放下？”

像是一拳打在了棉花上，王大志并没有因为刘小敏的暴怒而认识到问题的严重性。

他继续摆弄着手里的布偶：“这是我妈送给我的，我妈说了，让我一直把它带在身边。”

以前她以为王大志喜欢布偶，是因为重感情、恋旧，有童心、有爱心。

以前她以为王大志的母亲鼓励儿子追求自己，还一手包办自己的婚事，是因为喜欢自己、重视自己。

现在刘小敏才看清楚这一切，王大志就是个十足的妈宝男！

而那个布偶，一定是王大志的母亲不知道从哪儿弄来的、专门控制王大志心性的巫蛊之术！

王大志手里的布偶，在刘小敏的眼睛里逐渐扩大，刘小敏甚至感觉到那个布偶下一秒就会开口说话。

她再也忍不下去了，刘小敏想要继续发飙，可是气得不知道如何开口："我吃饱了，我去上班了。"

刘小敏夺门而出，可是眼泪不自觉地顺着脸颊淌了下来，她立刻抬起头看了看天，今天还要见客户。

一整天也没有联系王大志，晚上下班她回到家，想趁着王大志还没下班，自己好好冷静一下。

开门进屋，一眼就看到了黑着灯坐在沙发上看电视的王大志，手里依然拿着他的布偶。

"你怎么这么早就回来了？"

"你们公司今天不是有聚会吗？"

连问了两句，王大志都低头摆弄着手里的布偶，就像没听见似的。

刘小敏无奈地走过去在王大志的肩膀上拍了一下。

"问你话呢！"

王大志连头都没抬，将手里的布偶攥得紧了紧，这才缓缓开口："我妈说了，不让我去参加聚会。再说了，他们……"

还没说完，刘小敏就不耐烦地打断了后面的话。

“停，别说了，我不想再听见你妈了。”

刘小敏感觉到了恐惧，来自对布偶的恐惧，更深一层的是来自对王大志母亲的恐惧。

4

布偶对于他们俩的掌控，就像是一条条无形的胶带，捆绑得刘小敏喘不过气来。

在刘小敏看来，那些胶带就是从布偶里面钻出来的，将王大志和她越捆越紧。

她想逃出去，她更想带着王大志一起逃出去。

晚上洗完澡躺在床上，刘小敏翻来覆去睡不着。

直说的话，王大志只会反感和抵触。

刘小敏想了想，决定抛去之前的偏见，以正常的方式跟王大志交流一下，这也是她为了自己的婚姻做的最后一次挣扎。

她要想个话题，既不敏感，又能跟王大志沟通，这样慢慢地，也许她就能将王大志给拉回来。

想了想，自己一直想要买一辆车，那就以这个话题作为突破口。

“大志，咱家是不是得买辆车了？出门老挤公交车也不是个事儿啊。”

说了两句话，王大志都没有应声。

刘小敏以为王大志睡着了，翻过身，一眼就看到了放在他们中间的布偶！

一阵寒意从心底升起，她再也忍不下去了，一把夺过王大志手里的布偶，像是扔掉一颗定时炸弹一般使劲儿扔在了地上。

王大志并没有睡着，被抢了布偶后立刻睁开了眼睛："干吗呀你！"

刘小敏生气地问："我刚说的话，你听见了没有？"

王大志一边下床捡起被丢在地上的布偶，一边低声嘟囔："听见了。"

重新回到床上，他将布偶小心翼翼地放在了手心里，生气地背对着刘小敏："但是我没钱，要买你自己掏钱。"

刘小敏更加生气了，自从他们结婚，两个人的财务一直都是独立的，而且家里的花销基本上都是刘小敏承担，王大志的钱都是自己存着的。

现在说要买车，他竟然说没钱，让刘小敏掏钱。

"你的钱不都一直存着呢吗？"

王大志攥着他的布偶，看都不看刘小敏一眼，任由刘小敏发飙，依然毫无情绪波动："钱我都给我妈了，我妈说我的钱她帮我存着。"

"你妈你妈，啥都是你妈说，这日子还过不过了？！"

她一边吼着，一边将王大志从床上拉起来推到了地上，接着起身就往外走。

她本以为这么多年的感情，现在已经是凌晨了，她穿着一身睡衣往外走，王大志会起身拦住她。

没想到王大志只是从地上爬起来，靠着床沿坐着，紧紧攥着布偶说：“这我得问我妈。”

已经走到卧室门口的刘小敏再也没有什么留恋了。

刘小敏气急败坏地往外走，这个家，她一分钟都不想待下去了。

可是走到门口才发现自己还穿着睡衣，她转身回来，看到王大志不但没有追自己，还在拿着手机打字，于是一把将手机夺了过来。

手机上的字，如同一把把刀子，直插进刘小敏的心里。

她都已经要走了，王大志竟然还在问他妈要怎么做！

刘小敏对眼前这个男人彻底失望了。

刚才刘小敏要走王大志不着急，现在手机被抢，王大志立刻就急了：“你把手机还给我，这是我妈，也不是外人，我问问她意见怎么了？”

刘小敏将手机扔给王大志，一边往外走一边说：“离婚！”

5

刘小敏简单收拾了一下行李，换了件衣服，拉着行李箱就往外走。

此时，她心里尤其平静。

结婚以来，她每天都过得心力交瘁，现在反倒是轻松了，她冷笑了一声，他们的感情，最终还是败给了那个布偶。

王大志看到刘小敏真的要走了，才知道事情的严重性，一边追一边喊："刘小敏，你闹够了没有？"

刘小敏一开门，刚好赶上王大志的母亲匆匆赶来。刘小敏并没有因此停留，直接摔门离开了这个家。

在门关上的那一刻，刘小敏听到王大志的母亲对王大志说："随她去，乖，听话！"

刘小敏突然大笑了几声，她想要从布偶的手里将王大志拯救出来，可也要王大志愿意跟她走出来才行。

离开了王大志，生活又恢复到了从前。开始的时候，刘小敏还有些难过，所以她全身心地投入了工作当中。

忙着忙着，难过的情绪就被冲淡了。

中间她也试图联系过几次王大志，希望能够尽快去办手续，可是王大志的手机一直关机。

她也去王大志的公司找过他，可是公司的同事说，王大志已经很久没来上班了。

仔细算了一下时间，同事说王大志开始没来上班的那天，刚好是她离开家的那天。

总这么拖着也不是个事儿，刘小敏决定有空还是回一趟她曾经的家，虽然她根本不想再踏足那个地方。

各种方式都联系不到王大志，最终，刘小敏还是选了个周日去了她曾经的家。

刘小敏站在门口敲了半天门，里面一点儿动静都没有。

她拿出手机给王大志打电话，依然显示关机。

之前她沉浸在跟王大志分开的悲伤中，而且一想起来那件事，就觉得王大志面目可憎，所以联系不到他也没有这么着急。

最近情绪越来越平淡，而且一直联系不到人，刘小敏突然有些慌了，王大志该不会是出事了吧？

就在她在房门口急得团团转的时候，突然想起来自己包里还有房门钥匙。

刘小敏的双手不知道是因为着急还是紧张，竟然有些颤抖。

她拿出了房门钥匙，开了几次才打开门。

“王大志，你在家吗？王大志！”

没有回应，刘小敏这下子是真的慌了，她快速地查看每一个房间，可是都没有王大志的身影。

就在这个时候，主卧床上的东西吸引到了刘小敏的注意力。

王大志不见了，可是他们的床上，躺着两个布偶。

一阵寒意从脚底升起，刘小敏似乎意识到了什么，她起身就要离开这里，可是刚一站起来，就听到“咔嚓”一声。

是房门被锁上的声音！

紧接着，王大志的母亲就出现在了门口，微笑着看着刘小敏。

几天后，王大志的母亲拿出了一个皮箱，将三个布偶放进了皮箱里：“从今往后，我们一家人，永远在一起。”

在她打开箱子的那一刻，里面赫然躺着另外两个布偶……

珍珠奶茶

“没有什么烦恼是一杯奶茶解决不了的，如果有，那就两杯。”

1

黑珍珠，圆润，饱满，色泽绚烂，隐有晕彩。

一颗已是难得，数十颗一般大小，品质上佳，更是极品啊。

珠宝鉴定师摘下眼镜，面露喜色：“女士是从哪里得来的？”

被询问的女子有四五十岁，皮肤蜡黄，眼袋下垂，嘴唇倒是精心涂了口红，可鲜艳的红让她唇上的死皮更为显眼，整个人的气色更是透出一种诡异的不和谐。

“家传的。”她说。

鉴定师显然并不是很相信，但专业素养让他的表情不至于显得过分鄙夷，对面的女人也就没有注意到。

他们并不是一家正规的珠宝行，到这里的货来路不明者比比皆是，钱货两讫，谁想多管闲事呢？

“行，您开价。”

对面的女人皱眉，脸上的皱纹更重了些：“我开，我开……这应该开多少啊？”

“我要是您，我不卖。”

突然有声音从背后传来，一个年轻男人走过来，指着珍珠：“给这位女士做条珍珠项链吧，手工费我来出。”

鉴定师有些莫名其妙，来人过分年轻甚至称得上英俊，看反应两人并不认识，对一个毫无吸引力的女人献殷勤？

他疑惑地看着那个年轻人，看他走上前，弯曲膝盖半蹲，和坐着的女人平视，表情真挚：“相信我，这条珍珠项链一定很配你。”

2

许月琴回到家的时候，马建军并不在。

是的，早上他们又一次吵架了，她甚至想不起来是为了什么，反正不外乎钱、老家父母、孩子、柴米油盐。马建军骂了一句“黄脸婆”就摔门走了，她一个人在家气得胸闷，决定也出门走走，临走前想起那句“黄脸婆”，特地拿出仅有的一支口红涂了涂。

再之后，她看到了一家奶茶店。她知道，城里的小姑娘都爱喝这个，自己却因为省钱不曾尝过。

为什么我就要委屈自己，许月琴心里这样想，她走了进去。

奶茶店的门头很小，却难得地安静。原本满心怒火的许月琴奇异般地平静下来，她没有开口，只是默默打量着店面和吧台后大约是老板的年轻人。

他大概二十出头吧，正在冲调一杯饮料，杯子里的白色粉末在水光的映衬下闪着颇为诱人的光泽。

“那个……”

“大姐您好，要喝点儿啥？”年轻人听见动静，招呼起来，露出一排整齐的小米牙。

帅哥对无论什么年纪的女人都是有吸引力的，许月琴感到了久违的一丝羞怯，赶忙低下头去看摆在吧台上的饮品单，这一看，什么茶类、果汁类、奶茶类，琳琅满目，无从下手，她越发尴尬起来。

好在小帅哥非常贴心，主动递过来一个台阶：

“推荐您珍珠奶茶哦，经典又好喝。”

“好。”

得到同意的年轻人一口喝完了自己的饮料，转身忙碌起来。

许月琴注意到这家店的墙上挂了不少照片，她好奇心起，一张张看过去，照片里似乎都是这位店主，显然年份差得不少。这张有明显的胶卷冲印的痕迹，而再往前几张是黑白照，照片里的人穿着中山装，意气风发。

“姐姐，奶茶好了！”

许月琴回神，感慨道：“你、你爸爸、你爷爷，简直一个模子印出来的啊！”

小帅哥又露出了小米牙：“是，好多人都这么说呢。奶茶要给您打开吗？”

3

她从奶茶里，喝出了真正的珍珠。

许月琴颤抖着捧出项链时，对这个事实依然一阵恍惚。

当时她走出奶茶店，发狠一样猛吸了一大口，还没来得及品出滋味，牙倒是先被一个硬物崩了一下。

吐出来一看，就是奶茶里那个圆滚滚、光溜溜的珍珠，硬得和石头一样。

她将那颗珍珠捏起来，对着太阳的方向举了起来。

冬日的早晨，阳光甚至也带着些许冷气，照在这颗珍珠上，反射出盈润的色泽，就这样映衬在她的眼里，好似与她互相回望。

她下意识地摇了摇手里剩下的奶茶，珍珠豆互相撞击，发出清脆的响声。

我是不是应该先拿去珠宝店看看？许月琴心想。

她不敢去什么专业的鉴定机构，也下意识地不想回去和马建军商量，只好在小巷子里像没头苍蝇似的乱转。

或许是上天眷顾，在许月琴几乎放弃的时候，那家匾额仅有“珠宝鉴定”四个大字的店，出现在她的面前。

是珍珠，而且成色很好，很值钱。如果卖掉的话，也许她和马建军就不会总为了钱吵架，儿子不用放假都不回家，自己打工去赚学费。

直到那个年轻人开口。她觉得年轻人有些面熟，却怎么都想不起来，甚至现在回忆起来除了年轻且算得上英俊，她甚至无法勾勒出他具体的长相。

可是他说——很配她。

有太多年没有人告诉她，任何美好的东西是与她相配的，她在那个瞬间就决定要留下这串珍珠。

项链刚做好的时候，许月琴试戴了一下，确实漂亮，熠熠生辉，整个人像年轻了好几岁。

她的手轻轻地抬起，颤抖着想要抚摩珍珠，粗大的关节，明显的老茧，在镜子里一览无余。她已很久没有这样认真地观察自己了：脸上的皮肤已然松弛下垂，老年斑不知道什么时候偷偷爬了上来，枯黄的发梢倔强地竖起，这一次在天然珍珠的映衬下显得滑稽可笑，似乎在提醒许月琴，这并不是属于她的生活。

年轻人的声音适时地响起，带着难掩的愉悦："果然适合你。"

她有点儿慌忙，似乎怕他下一秒又看出自己的不堪，连忙摘下来收起项链："我先走了。"

年轻人一点儿也没看出她的局促，不紧不慢："传说，神女的眼泪形成露珠，落进海里，如果正好被一只张开口的海贝接住，就可以形成一颗晶莹的珍珠，若落泪恰好是在夜色正浓的子夜时分，形成的就是一颗黑珍珠。所以如果佩戴黑珍珠，就一定要在子夜之前摘掉。"

许月琴摇了摇头："这个传说不好。"

"传说嘛。珍珠能养人，人也能养珍珠，多注意总是好的。"他收敛了笑意，压低了声音，"宁可信其有，不可信其无。"

许月琴打了个寒战。

4

许月琴在衣柜里翻找了半个多小时，终于找到了那条自己很喜欢的裙子，可惜因为有些发福许久没有穿过，今天试了试，倒是又合身了。

这个裙子的领口设计偏低，她开心地站在镜子前，想再度欣赏一下脖子上的项链。

她愣住了，镜子里的女人，皮肤白皙，几无瑕疵，黑眼珠清明而透亮，整个人都洋溢着青春的味道，分明不是她，又分明是她，二十岁不到的她，十八岁的她。

岁月留下的痕迹在她身上消失无踪，她的目光从镜子再移到自己的手上，那甚至是她十八岁都不曾有过的一双手，骨节分明，没有老茧，没有疤痕。她把这双手抬起来，摘下了脖子上的珍珠项链。

镜子里的脸逐渐干瘪下垂，长出褐斑和皱纹，数十年时光在几分钟的时间里压缩。

如果你回到年轻的时候，会做些什么?

许月琴从没有空去想这类稍显哲学的问题，偏偏是她遇到了。

她不知道自己该做什么，但第一反应是离开——离开这个束缚了她几十年的家，离开马建军，既然可以重新拥有青春，她当然要好好享受。

她起初住在小旅馆，可总有人对着自己脖子上的项链指指点点，更多的是对着这样一个总在旅馆住着的独身女孩不怀好意地打招呼。她想换酒店，可身份证又是个问题，于是她一边联系着办假证，一边委托中介租到了一个环境还算不错的小区。

衣食住行自然都是开销，对于省了大半辈子的许月琴来说，她从没想过自己有朝一日可以如此“大手大脚”，然而也正是因为省了大半辈子，她才有了和二十岁“同龄”女孩相比更显优渥的资本。

她模仿电视里年轻靓丽的都市白领，听从网上光鲜舒适的女性生活指南。

生活正向她预想的方向发展。

许小月，和任何城市的二十岁女孩没有什么差别，即使有差异，也只能是更美、更自由。以及，脖子上随时随地都戴着的珍珠项链。

“一定要在子夜之前摘掉。”这句话有如附骨之疽总在她的脑海里回响。不摘掉会怎样呢？珍珠会从此失效？她会瞬间变老？还是会直接……死？

她不是没想过冒险一试，可在午夜钟声敲响之前还是会忍不住摘掉项链。她不敢尝试，无论哪一个后果都让她无法承受。

只是每次摘掉项链后越来越苍老的脸，让她无法面对。于是她会在十一点四十分的时候设置一个闹铃，准时前去做最后的洗漱，然后在黑暗中摘掉项链，进入梦乡。第二天醒来的第一件事就是戴上项链，这样，她永远都是许小月。

5

今天的闹钟也如约响了起来。

许小月看着舞池里扭动的男男女女，开始着急起来。

今天是她和杜清杰认识一个月的纪念日，他说想带她见见自己的朋友，许小月没有办法拒绝。

可是不应该这么晚的。她拿起包，找到人群中的杜清杰，示意自己需要先离开，转头就走。没几步就被追出来的杜清杰拉住了。

他脸上还有刚刚跳舞的薄汗，喘着粗气："小月，你生气了？不太适应这里吧？他们非拉着我要玩，你一个人很无聊？"

许小月轻轻地摇头："没生气，只是太晚了，我要回家。"

杜清杰拍了拍脑袋："对，你说过你家里规定十二点前得回家，我把这事给忘了。我送你，你给家里打个电话说一声，让他们放心。"

许小月有些慌，她下意识地拉住杜清杰："我……我自己打车回去就行，你玩你的。"

"这怎么行，晚上了你一个小姑娘不安全。"他揉揉许小月的脑袋，"何况这会儿根本不好打车，你会回去得更迟。"

"不是……"许小月一时找不到合适的理由，只好由着杜清杰拉着她走向地下车库。

零点钟声敲响的时候，许小月愣在了原地，她甚至没有勇气低头看一眼自己的身体。

杜清杰回头："你怎么了？"

这句话问出口，许小月的泪水几乎控制不住："我……我……"

杜清杰有点儿慌了："小月，你别哭啊，回去迟一会儿这么严重吗？"

许小月愣愣地感受杜清杰掏出纸巾帮她擦干泪水，抱了抱她，拉着她的手来到车门。她透过后视镜看着自己——年轻而鲜嫩的脸庞，刚刚哭过的眼圈有未褪去的红，惹人怜惜，脖子上的黑珍珠安静地挂在那里，凝望着她。

什么都没有变。

尽管灰姑娘没来得及在午夜钟声敲响前离开，可辛德瑞拉没有丢失自己的水晶鞋。

她看向杜清杰、她的王子，英俊多金又温柔贴心，她本配不上和他产生任何交集，现在所有的一切，都是她骗来的，无论是她的家世、她的习惯，甚至她的年龄。

杜清杰不可能没有一点儿察觉，但是他从未追问，许小月觉得这是他的教养和信任所至，而她辜负了这份信任。

原来什么都不会发生。许小月一边想，一边上前抱住了杜清杰。

她张开双臂抱住杜清杰，说："已经迟了，就不回去了吧。"

杜清杰回抱了她。

6

她的身体陷在宾馆柔软的大床里，感受着他的触摸、他的亲吻。

他的手来到她的脖子，解开扣子，又想要解开那束缚的珍珠项链。

“不可以！”许小月几乎瞬间清醒，按住了杜清杰的手。

杜清杰吓了一跳，疑惑地看着她。

“这是，这是妈妈生前留给我的，很……很重要的。”她磕磕巴巴，“我……我第一次……紧张，想……想这个珍珠陪着我。”

杜清杰笑着说“好”，低头吻住了一颗珍珠。

像梦一样，她不用再担心子夜之后会如何，只要她拥有这串项链，她就拥有永恒的青春、无穷的爱。

她就此度过了生命中至今最快乐的日子。没错，至今，因为拥有了项链之后，她每天都比上一天快乐。

杜清杰洗完澡，许小月抱住他，帮他擦拭滴水的头发。

“小月啊，”杜清杰喃喃，“你这条项链似乎又亮了些。”

许小月瞬间从迷乱中惊醒，她来到镜子前，看着那串“黑珍珠”，是啊，黑色又淡了一些，甚至说是“灰了一点儿”的白珍珠都不为过。她想，明天必须得抽空去珠宝行问问，得避开杜清杰。

杜清杰看着她深沉的脸色，询问：“你这串珍珠项链究竟有什么特别？我们在一起这么久了，从来没见你摘下来过，连洗澡都……”

“我不是说了吗，妈妈留下的，很珍贵，所以舍不得。”

“可……”

“好了，别想这些了。”杜小月欺身上前，“我们在一起就好了，其他的都不重要。”

杜清杰笑了：“你说得对。”

7

许小月翻了个身，手习惯性地搭在床的左边，却搭了个空。

杜清杰不在？

“杰？”她坐起身呼唤，却没有得到回应。

奇怪，杜清杰绝对不是一个能早起的人，天刚蒙蒙亮，他去哪里了。

许小月一边下床一边拿起手机给杜清杰打电话，走到洗手台边，始终都无人接听。她皱了皱眉，算了，先洗漱再说吧。

“啊！”

一声尖叫，短促又凄厉。

那天，京海酒店流传着这样一个故事。

二十二楼女人的尖叫声响起，保安敲门却无人应答，正当他们准备破门而入的时候，一个女人从房里走了出来。

有人说这个女人五十岁上下，有人却说满头白发起码也有七八十岁。

总之，这个并不年轻的女人穿着非常不适合她的衣服，说自己丢了一串珍珠项链，疯狂地质疑酒店安保，歇斯底里地要求查监控，就像一个疯子。

可报警之后，这个女人突然冲出了酒店大门，再也没有了踪迹。

后来，酒店监控人员查看监控和入住记录时候才想起来，那个房间本来是长住着一对正当韶华的情侣，为什么会有一个老人出现，让人百思不得其解。

8

许月琴终于看见了杜清杰，就坐在马路对面的露天茶座，正打着电话。

她第一时间就想扑进他的怀里痛哭，告诉他自己最珍爱的项链失去了踪迹，可是当她快速走近的时候意识到，杜清杰怎么会认识现在的自己呢，连她都不敢相信这个垂垂老矣的女人还不到五十岁。

她只好悄悄地靠近。

杜清杰眉头也一直没有放松，许月琴想，一定是自己突然跑了，他也很着急吧。

“装大小姐装得自己都信了，什么油水都捞不出来，之前还挺大方，这几天恨不得酒店钱都让我掏。”

他在说谁？

“那倒是，长得好看，带劲儿，也不算太亏。”

他在说什么？

“别说，她那串宝贝项链还真神奇，我拿下来的时候确认了，成色特好的白珍珠，多少值一点儿，而且挺奇怪的，我拿下来之后觉得她瞬间好像就老了一点点……”

“浑蛋，把珍珠还给我！”许月琴疯了一样地冲上前去，扑打杜清杰。

杜清杰一边躲闪一边感到莫名：“疯婆子，你是谁？”

有路人停下来，伸长了脖子看戏。

许月琴突然停下来，她整理了一下自己的头发，抬起头用她所能想到的最优雅的步伐，一步步逼近：“我是你的小月啊，不认识了吗？”

杜清杰一步步后退：“开……开什么玩笑。”

他下意识地把手伸进口袋，摩挲着珍珠，银白的光被许月琴的眼神捕捉到，她上前抓着杜清杰的胳膊：“还我！”

杜清杰反手将她推倒在地，转头就跑上了马路。

一辆车疾驰而来。

马路上留下明显的刹车痕迹，血以杜清杰的身体为中心，晕染开来。

周围人的惊呼，司机报警的声音，甚至杜清杰在血中不甘心依然睁着的眼睛……许月琴统统感受不到，她只知道，就在那个口袋里，她的珍珠项链就在那里等她。只要戴上项链，她还是年轻貌美、家境优渥、未来有无限可能的许小月，就在那里，只要戴上。

她的手透过血伸进杜清杰的口袋，什么都没有，另一边，只有浸透了血的烟和打火机。

她疯狂搜寻着杜清杰逐渐僵硬的身体，那样不顾一切，周围甚至没有人敢上去阻止。

9

“月琴，到底咋回事？”

马建军以家属身份从警局领回许月琴之后，只能反复问这一个问题。

他想不通，自己的老婆为什么失踪小半年，毫无音信，好不容易等到警察的消息，却是这样一番景象：许月琴像是老了三十岁，连走路都变得困难，整个人精神涣散，无论自己问什么都无法回答。

他只好搀扶着她，一边往回走一边自言自语：“警察说了还得带你做个精神鉴定。唉，月琴，以后我再也不和你吵架了，怎么闹成这样了呢……对了，家里的钱你都带走了，不晓得还有没有剩啊？妈住院手术急需钱，找不着你，没办法就把房子卖了，但还没搬，说只是为了投资也不住。我啊，担心你想回家找不到路，就求人家继续租给我，买家人好，还同意了……我知道你不高兴了，当时房子刚到手你那开心劲儿我还记着呢！没事儿啊，我继续赚钱，孩子也大了，我们会有新房子的，买个大点儿的好不……月琴啊，跟着我委屈你啦。”

马建军正自说自话，许月琴突然从他手里抽出了自己的手，刚刚站也站不稳的她不知哪里来的力气，转身飞快地向远方跑去。

“月琴！”马建军试图追上她，却没成功。

10

“没有什么烦恼是一杯奶茶解决不了的，如果有，那就两杯。”

许月琴走进了这家奶茶店。

店主是一个英俊的年轻人，转身热情地招呼她：“奶奶，您喝点什么？”

“喀、喀、喀——”她想要回答，但咳了起来。她颤抖着伸出手，指着桌子。

一颗白珍珠，圆润，饱满，色泽绚烂，隐有晕彩。

年轻人把它放在一个石臼里，一点一点儿地碾碎、研磨。

许月琴想要尖叫，却只能发出“嗬、嗬”的声音。

“珍珠粉，上品白珍珠磨成的，冲调之后喝了能延年益寿，还能……”他笑得纯真，“永葆青春。”

“很珍贵的，想要养到这么透亮真的很难，虽然这说明你不太听话……”

他看着许月琴，目光真挚：“但我还是得谢谢你。”

许月琴感觉到时光在被无情抽走，就像失去珍珠后的这段时间每一刻一样，她用尽全身的力气：“我一定还在哪里见过你。”

他又笑了：“珍珠能养人，人也能养珍珠，多注意总是好的。宁可信其有，不可信其无。不是吗？”

鼠标

“这东西不仅能不用任何链接设备就打开任何电脑，而且刚刚我还用它打开了我的抽屉。”

1

深夜，淅淅沥沥地下着小雨，市中心的大街上，零星几名行人跑到路边的公交亭下躲雨，一辆出租车驶过，几人连忙招手拦车。出租车停下，李俊采从车上快速走下，手里握着电话。

“你今天一天干吗去了？打电话也不接，全公司的人都以为你不干了！”李俊采一边走一边说着。

“这你就别管了，咱俩那个项目，方案客户过了没？”电话那头传来朱旭慵懒的声音。

“过个屁，你不在，我一个人哪儿弄得完，今天被老板劈头盖脸骂了一顿。”李俊采愤愤地答道。

“怨我，白天有事，今天晚上一定陪你改完。”

“白天不在，晚上叫我到公司陪你加班，真有你的。”

“谁叫咱俩是大学四年一个宿舍的兄弟呢。”

的确，毕业后身边再也没有可以称兄道弟的人了，李俊采愤怒的情绪被“兄弟”这两个字冰释。

“得得得，是兄弟就少坑我吧，不说了，我进公司大楼了，一会儿见。”

挂掉电话，李俊采心想，这个朱旭今天到底去哪儿了。大学四年，游手好闲，工作后晚上从不加班，混日子的舍友，今天竟然破天荒地主动叫自己来公司加班，李俊采竟然觉得这个同学有些陌生。一声惊雷打断了李俊采的思绪，雨突然下大，李俊采将公文包举过头顶，快速跑进空荡荡的写字楼。

2

“叮——13 楼到了。”伴随着电梯的语音播报，李俊采从电梯内走出，刷脸进入办公室，偌大的办公室里一片漆黑。

李俊采暗骂一声。

李俊采：“朱旭，这么黑。你个孙子也不说开个灯，咋，替公司省电费呢！”

李俊采摸着墙边，找到开关，按下去，没反应。李俊采再次反复按了两下，办公室依然一片漆黑，而且也没有听到朱旭的回应。

李俊采心里狐疑，这是断电了？朱旭这小子去哪儿了？

李俊采：“朱旭？”

还是没有回应。

李俊采：“这孙子。”

李俊采心里有些不耐烦，拿出手机，打开手机手电筒，气冲冲地朝朱旭的工位走去，发现工位上电脑盖子开着，但位置上空无一人。

突然，李俊采的身后传来“噼噼啪啪”的声音，在偌大漆黑的办公室内听得李俊采心里瘆得慌。听得出，“噼噼啪啪”的声音正朝自己这个方向移动，越来越近，频率也越来越快。

李俊采举起手机手电筒，猛地转过身。

一张面容苍白的脸几乎贴着自己的鼻子出现在李俊采眼前。

李俊采“啊”地惊叫一声，顺手抄起手机就朝这张脸打去，但李俊采动作太猛，“砰”的一声闷响，手里的手机掉在地上，手电筒那面扣在了地上。但李俊采感觉刚才像是打在了棉花上，而且对方并未发出任何疼痛的呻吟。

顷刻，对面的黑影发出声音。

“李大个，你打我干啥？”

李俊采听出是朱旭的声音，害怕的情绪立刻消失，嘴里立刻迸出难听的脏话。

“朱旭，大爷的，你大半夜装神弄鬼干啥呢？”

李俊采捡起地上的手机，照在朱旭的身上。朱旭一脸憔悴，一副三天三夜没合眼的样子。

朱旭：“哦，刚才去上了个厕所。”

朱旭说着，刚才“噼噼啪啪”的声音又开始响。

李俊采用手电筒照到朱旭的手，朱旭手里拿着一个无线鼠标，手指在快速地点击。

李俊采：“你带着鼠标上厕所？”

李俊采想伸手去拿朱旭的鼠标，突然窗外一声惊雷，朱旭猛地将拿着鼠标的手向后缩。李俊采注意到了朱旭的不自然，但他心里只想着赶紧改完方案回家睡觉。

李俊采：“行了，赶紧干活儿，早点儿干完早点儿回家睡觉。”

朱旭弱弱地说道：“估计今晚是回不去了。”

李俊采看了眼手机，“00 : 00”。

李俊采：“咱们争取半个小时弄完。”

朱旭没理李俊采，坐到工位上。李俊采见朱旭没理自己，本想发作，但一方面因为朱旭从大学开始就这个德行，另一方面也为赶时间改方案，只好忍着也坐到工位上打开电脑。

电脑屏幕出现开机动画，李俊采开始与朱旭沟通方案的事。

李俊采：“关于方案，你这边有什么想法？”

朱旭却一声不吭，只是点着鼠标。

李俊采：“唉，你这孙子……”

朱旭突然起身。

“我去趟厕所。”

然后朱旭离开。

李俊采：“懒人屎尿多，一点儿都没变。”

李俊采骂了一句，电脑已经开机，李俊采点击鼠标操作，可是电脑却发出“嘟嘟嘟”的声音，鼠标指针纹丝不动。李俊采挪动鼠标，显示器上的鼠标指针依然不做反应。李俊采疯狂地移动、点击鼠标，鼠标依然不动，只有“嘟嘟嘟”的声音，李俊采气急败坏地奋力将鼠标往桌子上一摔。

“人倒霉喝口凉水都塞牙，加个班容易吗？”

李俊采重新插拔鼠标，依然没有反应，这时李俊采看向旁边朱旭工位上的鼠标。

李俊采：“反正你也不打算好好加班，不如让我用。”

李俊采拿过朱旭的鼠标，窗外又是一声惊雷，李俊采吓了一跳，握着鼠标的手动了下，朱旭电脑屏保被解除，屏幕桌面上有一张人民币百元大钞的图片。

李俊采：“这孙子想钱想疯了，桌面屏保都换成钱了。”

李俊采将鼠标拿到自己的桌子上，突然发现这只是无线鼠标，李俊采再次起身在朱旭的电脑上找无线鼠标的外接驱动，发现朱旭的电脑上并没有无线驱动。

李俊采坐回到座位上，操作鼠标，竟然发现自己电脑上的鼠标指针开始移动。李俊采先是以为自己看错了，接着继续移动鼠标，指针真的跟随自己的动作在移动。

李俊采感到狐疑，随后左键双击“我的电脑”，“我的电脑”被打开。李俊采拿起鼠标欲观察，突然发现黑暗中，自己工位下的储物柜上出现鼠标指针，李俊采揉揉眼睛，指针依然在，李俊采试着双击鼠标，文件柜的抽屉自动打开。

李俊采惊讶地站起身，鼠标指针也随之移动，一声惊雷，李俊采看到闪电下朱旭的影子。

李俊采有些激动地说着：“朱旭，你这鼠标……”

朱旭：“谁让你动我的鼠标了？”

李俊采：“我……”

朱旭：“你都知道了？”

李俊采：“这……这鼠标怎么……你这鼠标从哪里来的？”

朱旭缓缓走到李俊采跟前，从李俊采手里拿过鼠标。

“公司老刘给我的。”

李俊采：“老刘？昨天到今天一直没在公司看见老刘，你俩是不是一起去哪儿了？”

朱旭冷哼一声。

李俊采：“这么好的东西，老刘舍得给你？”

朱旭转过头，李俊采感觉到朱旭在盯着自己。

朱旭：“好东西？你觉得这是好东西？”

面对朱旭的质疑，李俊采有些激动地说道：“这东西不仅能不用任何链接设备就打开任何电脑，而且刚刚我还用它打开了我的抽屉。”

看到李俊采这么兴奋，朱旭将椅子往李俊采跟前挪了一下。

朱旭：“那你知道这鼠标还能打开什么吗？”

朱旭的语气中透着一丝诡异，李俊采摇摇头。

李俊采：“还能打开什么？”

朱旭起身，拿着鼠标，走向办公室的另一个方向。

朱旭：“跟我来。”

李俊采起身跟着朱旭，鼠标指针像幽灵一样跟随朱旭胳膊的摆幅移动，李俊采跟着朱旭来到财务室的门口。

李俊采：“朱旭，你这是……”

朱旭：“马上你就知道了。”

朱旭移动鼠标，将鼠标指针移动到财务室的门上。

“噼啪”，朱旭轻轻双击鼠标，“咯噔”一声，财务室的铁门打开一条缝。

朱旭回头看了眼目瞪口呆的李俊采，随后轻蔑地一笑，走进财务室，李俊采呆呆地留在原地。

李俊采：“朱旭，这……这样不好吧。”

财务室里面传来朱旭的声音。

朱旭：“你要是觉得不好，可以不用进来。”

李俊采眉头一挑，环顾整个空无一人的办公室，走进财务室。

3

李俊采刚走进财务室，就看到朱旭正蹲在财务室最里面的保险柜前。

李俊采：“你这是……”

只见朱旭移动鼠标，将指针移动到保险柜门上，“噼啪”一声，保险柜的门应声打开。

满满一保险柜的钞票出现在李俊采的眼前，李俊采呆呆地站在原地，看着保险柜里的现金，下巴都快掉到地上了。

朱旭回过身，看着李俊采，从保险柜拿出一沓钞票，露出诡异的笑容。

朱旭：“怎么样？”

李俊采：“这……这样不好吧。”

朱旭露出不满的表情，突然变得有些恐怖，走到李俊采跟前。

朱旭：“有什么不好！”

李俊采：“这钱，这钱不是咱的，不能拿。”

朱旭：“不能拿？哈哈哈——你还是和大学的时候一样，一点儿没变。不能拿，哈哈哈——”

李俊采：“你笑什么？”

朱旭：“我笑你太天真，这么多钱摆在面前，你竟然说不拿，我们得奋斗多少年才能赚到这么多钱。”

李俊采：“可是……”

朱旭：“可是什么！你好好想想你大学的女朋友是因为什么离开你的？再想想你自己，就甘心打一辈子工吗？别人整天开着豪车，住着豪宅，你每天租着房子，上下班挤公交，打个车都要算计多少钱。”

李俊采开始有些动摇，朱旭接着说：“你就算不为你自己，也想想你家里的父母。你现在每月那点儿工资，连自己都养不起，你爸妈老了，你拿什么养他们，拿什么给他们看病。”

李俊采默默低下头，朱旭缓缓拿起手里的一沓钱，递到李俊采的跟前。李俊采深吸一口气，推开朱旭，直接走到保险柜跟前，伸手拿保险柜里面的钞票，又是一声惊雷。

李俊采疯狂地从里面拿钱，朱旭站在身后看着李俊采的背影，长舒一口气。

李俊采一个劲儿地往怀里塞钱，怀里早已装不下，李俊采脱下外套，铺到地上，将钱往外套上放，随后保险柜被掏空。李俊采的外套上放了厚厚一沓钱，李俊采快速绑好衣服，擦擦头上的汗，站起身，看着身后的朱旭。

李俊采：“我看保险柜里钱满满的，你没拿？”

朱旭得意地笑了下。

朱旭：“你拿着钱跟我出来。”

朱旭走出财务室，李俊采扛着重重的外套包好的钱跟在后面。

4

李俊采跟着朱旭来到朱旭的工位上，朱旭移动鼠标，朱旭的电脑屏保打开，一张百元钞票照片出现在桌面上。

朱旭将鼠标移动到钞票上，右键点击鼠标，选择“复制”。

李俊采惊讶地看着朱旭的操作：“这是……”

朱旭打开自己的储物柜，里面装满了钞票。

朱旭转过头看着李俊采。

朱旭：“可以复制，你把你那包钱打开。”

李俊采服从地打开衣服，朱旭移动鼠标的指针到钱堆上，右键，选择“粘贴”，钱堆竟然变成了原来的两倍。

李俊采目瞪口呆。

李俊采：“这……”

朱旭：“跟我来。”

说完，朱旭走向和财务室相反的方向，李俊采赶忙跟过去。

5

李俊采跟随朱旭来到卫生间的门口。

朱旭：“知道我为什么一直往卫生间跑吗？”

李俊采摇头。

朱旭走进卫生间的大门，李俊采也跟进去。

卫生间的地上，一地的钞票！李俊采被眼前的景象惊呆了。

朱旭："我是在卫生间发现钞票可以复制的，就在你刚进办公室的时候。一张钞票，复制100次，2的100次方，你算算有多少？"

李俊采的表情变得贪婪。

李俊采："这么多钱，我们想干什么就干什么！"

李俊采激动地将双手搭在朱旭的肩膀上。

李俊采："就知道你是好兄弟，叫我来原来是这么个好事。"

朱旭机械地一笑。

李俊采："你今天白天去哪儿了，去找老刘要这个鼠标了？老刘平时看起来令人讨厌，竟然也愿意把鼠标给你。"

朱旭冷冷说道："别提那个老家伙了。"

李俊采："那我们还在这儿改什么破方案，还不快拿着这些钱走？"

李俊采兴奋地抱起地上的一堆钱，就打算往外走，但朱旭依然留在原地。

李俊采："朱旭，你还待在这儿干啥，舍不得这么些钱？有那个鼠标，想要多少有多少。"

朱旭依然立在原地看着李俊采。

李俊采："咋了？"

朱旭："但是有个问题，这些钱……"

李俊采："这些钱怎么了？是假的！？"

朱旭摇摇头："是真的。"

李俊采："那还有啥问题。"

朱旭："这些钱带不走。"

李俊采狐疑地看着朱旭："带不走？"

6

电梯口，李俊采光着腿，左肩上背着上衣外套包着的满满当当的钞票，脖子上挂着两个裤腿，裤腿鼓鼓的，裤了口被绑住。一旁的朱旭身上没有带任何东西，除了那只鼠标。

李俊采："真有你说的那么邪乎，出不去？"

朱旭没有回应，"叮"电梯打开。

李俊采迫不及待地走进电梯，朱旭站在电梯外，不敢进入。

李俊采："进来啊。"

朱旭有些犹豫。

李俊采："哎呀，快进来。"

李俊采将朱旭拉进电梯。

李俊采快速按下"1"，电梯门关上，李俊采盯着电梯内的楼层显示器。

"13""12""11"……

李俊采轻松地说道："你看，这不是能下去吗？"

朱旭依然表情紧张。

过了一会儿电梯显示器显示"1"，"叮"，电梯门打开。

李俊采："这不是到一层了嘛。"

李俊采兴高采烈地走出电梯，突然身子僵住，朱旭跟着走出电梯，可两人的眼前并未出现写字楼一楼大厅，而是自己公司的门禁玻璃门。

李俊采："这……真的出不去吗？"

朱旭表情平静地看着李俊采，点点头。

李俊采非常不甘心："不行，再试试！"

说罢，李俊采进入电梯，回头看到朱旭站在电梯外。

李俊采："进来再试试啊。"

朱旭摇摇头。

李俊采："那我一个人试。"

朱旭："俊采……"

李俊采："怎么了？"

朱旭："把钱留下。"

李俊采："呸！你还怕我丢下你一个人跑了不成，多年的兄弟了。"

李俊采将身上的钱扔出电梯，李俊采按下"1"，电梯关闭，过了会儿电梯打开，李俊采抬头，看到写字楼一楼大厅。李俊采确认这是一楼，随后开心地进入电梯，再次回到13楼。

电梯打开，朱旭站在电梯外，李俊采兴奋地跑出电梯。

李俊采："朱旭，可以出去！我们再试试。"

李俊采说着拉着朱旭进入电梯，再次按下"1"层，电梯门关闭。

片刻，电梯门打开，李俊采走出电梯。大骂一声。

李俊采："大爷的！怎么又出不去了！"

突然，李俊采愣住，看向朱旭手里的鼠标。

李俊采："是不是，你拿了鼠标的缘故？"

李俊采一把夺过朱旭手里的鼠标，放到公司门口，拉着朱旭再次进入电梯，按下"1"层。

李俊采："这下应该可以了，刚才我下去就是没拿鼠标。"

朱旭依然面无表情，站在电梯一角，"叮"电梯门打开。

李俊采兴奋地冲出去，整个人僵住了，朱旭缓缓走出电梯，依然是13楼，那只鼠标放在公司门口。

李俊采思考片刻，一拍大腿。

李俊采："走楼梯！"

李俊采说着便拉着朱旭走进楼梯间，楼梯间一片漆黑，朱旭打开手机手电筒，扛着重重的钞票，一步步下楼，下到一层，走出楼梯间，朱旭紧跟在李俊采的身后。

李俊采："大爷的！怎么还是13楼？！"

朱旭冷冷地说道："出不去的。"

李俊采："一定可以出去的！不然老刘是咋出去的，再下一层！"

朱旭："别试了，没用的。"

说着李俊采又一次进入楼梯间大门，走进大门，李俊采突然意识到什么，回头问朱旭。

李俊采："如果你知道出不去，叫我来公司干什么？"

李俊采刚回头，却看到朱旭站在电梯里，表情有些内疚。

李俊采："朱旭，你这是……"

朱旭摆摆手："李大个子，对不起……"

随后朱旭按下电梯，电梯门关闭，李俊采赶紧跑上前，但电梯已经下行。李俊采看着电梯数字“13”“12”“11”……“1”。

随后李俊采快速按电梯，电梯“1”“2”“3”“4”……“13”。

“叮”电梯门打开，里面空无一人。

李俊采仔细回想，刚才自己第一次下去和这次朱旭下去，都是没有带钱，于是虽然很舍不得，但只能将钱放在电梯外，进入电梯，按下“1”，电梯门关闭，下行。

电梯门打开，李俊采走出来，表情绝望，外面依然是13楼。

李俊采：“大爷的！怎么回事？！”

这时电话消息响，李俊采打开微信，朱旭发来的消息。

“只要碰了保险柜里面的钱，就会被困在13楼，除非另一个人来替换掉自己，对不起。”

“你大爷的！”

李俊采生气地看向地上的鼠标，一脚踢开，回过头，鼠标竟然完好无损地出现在脚下，李俊采蹲在墙角，陷入绝望。

7

天亮了，李俊采在工位上醒来，办公室周围已坐满人。

“原来是场梦。”

这时，李俊采看到老刘坐在一旁。

李俊采：“老刘，前两天干吗去了？”

老刘却没理李俊采，李俊采还想对老刘说什么，这时朱旭走进公司，李俊采起身想去打朱旭。

李俊采：“孙子，你知道我昨晚梦什么了吗……”

李俊采的拳头像空气一样穿过朱旭的身子，李俊采表情一惊。

李俊采：“怎么回事？”

这时传来老板的声音。

“朱旭，你昨天一天干吗去了！打电话不接，李俊采呢！这都上班了怎么还没来？”

朱旭：“不知道，可能生病了吧。”

“一天天的，今天这个请假，明天那个请假。”

随后老板离开，朱旭坐到工位上。老刘看到朱旭，先是一愣，有些害怕，随后看了看李俊采的座位，眼神闪过一丝诡异，对着朱旭一笑，继续办公。

朱旭看着空着的李俊采的座位，上面摆着昨晚的那只鼠标。

画笔

传言，张大仙 10 岁那年从将要辞世的恩师那里得到了一支不寻常的画笔……

1

严小周入职报到的第一天就撞上一桩大案。

原本他就特意起了个大早，对着镜子左看右看看了半天，临走前仍不忘给他那额前一撮“微型刘海”抹抹发胶。二十分钟的车程还是太紧张，严小周只顾专心致志设计着自己的惊艳亮相，没想到局里人影寥寥，他十分尴尬，讪讪地溜到工位。还没等屁股坐热，叶大队长的紧急调令就已来到面前，同去的资料处小王脸上的神情让他觉得，大事不好！

只怪小周早上没留意，新闻报道已然在街头巷尾传得沸沸扬扬——市东区那家赫赫有名的私人藏馆于昨夜失窃了一架价值上百万元的屏风。安保严密的私人藏馆藏品失窃，本就格外引人注目，还偏巧的就是这架——当代著名艺术绘画师张大仙先生三十多年前的最后作品。其实这张大仙今年不过七十岁出头，但在精神病院已度过了三十年的时间，说这是他的收山之作也毫不夸张。

据说多年前的那个夜晚，因无法忍受爱人的离去，他为情癫狂，用画笔将所爱之人藏在这张画屏中，从此只愿活在画中似的，既无法与人交流，亦未能再拿起画笔，时间久了，精神病院于他是最好的归宿。

一路上，小周拿小王的案情梳理当传奇故事听，等站在藏馆门口才发现，与其说这是一个做收藏的私人藏馆，不如说是一个屹立在都市中的哥特风鬼屋，连接见他的藏馆负责人都能瞬间让他脑补吸血鬼管家的形象。

“这是张大仙个人展廊，属于特殊馆藏，很少对外开放。两侧会进行画师生平二百多幅画作的轮番展列，走廊尽头便是此次遗失的屏风原本摆放的位置。除了屏风，馆内其他收藏皆没有任何损毁痕迹。”

看来小偷目标非常明确——小周环视四周。拉起封条的现场里，一些警务人员做着最后的线索收集。由于藏馆的照明颇为阴沉，他们头戴照明灯，显得像正在地下艰苦作业的矿工。小周却没了平日里的玩世不恭，只觉得头皮发麻，神经紧绷，仅仅转个身都感到心里一惊。

“不好意思啊，常说张老先生画的葡萄让人想吃掉，他笔下的人物更是仿佛注入生命般，活了一样，因此很多人在观看时都会产生不适。”藏馆负责人习以为常地解释着，倒看不出他有多么不好意思。

“不轻易对外开放，屏风又是在夜间丢失的。窃贼应该非常了解馆内布局和藏品价值，还有时间仔细清理现场痕迹，这不难排查吧？”

“主要锁定了几名安保人员。尤其其中一位比较可疑，是特意和人换班到昨晚的。不过……他也是按点来，按点走，整个晚上都在馆内，没有什么作案时间。”

小周皱了下眉头，但还是记下几个关键地址，准备稍后逐一走访，正要离开时却对上一张大黑狗的脸。

2

“一般人怕也真是不敢来吧！”临出门没留意，小周整个人又被那幅画吓了一激灵，不免抱怨，却又想起来，“都说张老先生平生怕极了狗，怎么……”

藏馆负责人似乎终于对小周刮目相看，变了副表情：“这幅画上的狗，是张老先生幼年唯一的玩伴。说起来，当年张老能够改变命运遇到恩师，都要归结于这条大黑狗的功劳！”

原来这张大仙生于山野，小小年纪便无父无母，唯一能照顾他的爷爷还腿脚不好，眼神不清楚，耳朵不灵光。张大仙虽与爷爷感情颇深，大多数时候却只有这一条大黑狗做伴。要说这狗也灵性得很，不仅饿了能给他踅摸点儿吃食，冷了能给他拽条毯子，连张大仙五岁那年与恩师黄老邪的相遇也是拜它所赐。完全可以想象，时年十二岁的张大仙看着从小伴在自己身边的大黑狗要咽气时伤心欲绝的心情——如果说是因为张大仙心性敏感，不愿再面对曾经死别的痛苦，倒也不是不能理解，可张大仙怕得连这幅出自纪念之意的画也一分一毫都不敢看，小周便觉得这个解释有些牵强。

“这里面自然另有隐情。”面对小周的质疑，藏馆负责人颇为含糊其词，最终将他拉至一侧，和盘托出，脸上甚至洋溢着几分热情，仿佛从小周问出那个问题起，他已然引小周为同道中人。

传言，张大仙十岁那年从将要辞世的恩师那里得到了一支不寻常的画笔，由于分外珍贵便束之高阁，只在有特定用途时取用。大黑狗死掉这次便是张大仙第一次用那画笔。黑狗呜咽了一天一夜，张大仙一边落泪一边作画，好在终于赶在咽气前作成了画，也算了却缅怀之意。可令张大仙后怕的事也是在这时发生的……

来到那位藏馆保安黄永强家的门口时，小周还沉浸在刚刚藏馆负责人给他绘声绘色讲述的故事中。可能这就是艺术的力量吧，精湛的笔力，栩栩如生的画作不仅让每个旁观者感到真实的害怕，连画师自己也为其中似真非真的力量迷惑。如果世人竭力追求的真实是令人害怕的，那我们如此执着的真相到底又是什么呢？小周晃了晃脑袋，敲门，将自己重新拉进现实。

见了黄永强本人，小周暗暗痛下决心，往后办案一定要对收集来的信息材料认真审阅。因为他发现，这位藏馆保安黄永强不仅是位七十岁精神矍铄的鹤发老头，他不大的家中还满是水墨画作的成品、半成品。如果说有哪个保安和这次屏风失窃案有关，严小周觉得非眼前这位黄永强莫属。

“四十年前你就在美国攻读化学博士，多年旅居海外，三个月前才回国，应聘到藏馆做保安，理由是平生倾心绘画艺术却没从事过相关事业，年纪大了想弥补遗憾。那么黄永强先生我想问问你，把木制品、丝织品无声无息地化为粉末状的六种方法，你用了哪一种？”

与准备充分、目光凌厉的严小周相比，黄永强没有做了亏心事的遮掩，反而对犯罪事实供认不讳：“是，屏风已经不在了，是我亲手把它损毁的，没让任何人知道。你们可以抓我，但张大仙才是那个罪人，他不配拥有现在的名声。”

犯罪者的内心独白，就留在警察局里慢慢陈述吧——小周看着被带走的黄永强，不知是喜是忧。好巧不巧，正接到藏馆负责人的来电，严小周的心里五味杂陈。早上不长的一番交谈让他感受到这位负责人对张大仙画作的热情，所以虽然那时小周便根据现场线索有所怀疑，却没将这样的结果相告，希望真相并没有那么残忍，现在他竟不知要如何把这份赤裸裸的打击说出口。还没等严小周说上些什么，电话那头的声音兴致高昂地响起：“那架屏风找到了！就摆放在市南区张大仙先生一处旧居的客厅正当中！我现在正要赶过去办手续，多谢你们啊！”

3

小周是丈二和尚摸不着头脑，要不是知道早上去市南区摸查的是叶大队长一行人，他都要认为这是一个陷阱。直至坐上车，司机问他是否要回局里，他仍然处于精神恍惚中。

“我们知道黄永强和张大仙从前是艺术同好的话，案情就很清晰了。”陪同的小王拿着笔在案情调查记录上写写画画着。

“你有没有注意刚刚黄永强的那些画作？其意蕴情趣高雅，绝非妒忌生恶之人所能画出的。有没有隐情我不知道，但黄永强此番费尽心机有计划地将屏风损毁得如此彻底，绝不是出于对张大仙的妒忌与恨意。”

“说到这儿我也想起来了，刚刚黄永强最后说到‘张大仙才是那个罪人’，确实……我们要回局里去听听他的解释吗？”

“不，先去精神病院。我们要做两手准备，否则很可能永远都不知道真相是什么了。”小周的心里沉甸甸的，还在思考藏馆负责人口中那架忽然又出现的屏风的事。由于还说不清楚，他并没有告诉小王。

进精神病院的手续有些复杂，小周在接待处等了老半天，好在他此次来拜访的病人非常“著名”，可以说是无人不知，因此和谁聊也都能获取一些消息，不至于太过浪费时间。

“张大仙住院这三十二年里，就没有什么熟人来拜访过他吗？”小周翻看着张大仙并不多的病历资料记录。

“你们这些小辈看他，都觉得是一代老艺术家，德高望重的。但我还记得三十年，乃至四十多年前的他，确实是一时间风光无限，恃才傲物，落得今天这个地步，很多人甚至觉得极为解气。”院长似乎打开了话匣子。

“张大仙的授业恩师叫黄老邪，是个怪才，可能也因此，只能说是小有名气。然平生自负自傲，自认无人值得他倾囊相授，因此从未收过徒。直至七十岁那年在山中云游时为一条大黑狗所引，无意中撞见时年五岁用木棍在地上‘作画’的张大仙，当即引为天才，收了他这平生第一个，也是最后一个单传弟子。

“张大仙果然不负师望，凭借极高的悟性和卓越天资，很快就有要超过他老师的架势，而脾气作风，自然也有要超过他老师的架势。黄老邪一辈子纵然自负自傲，对艺术的心思却极为赤诚，因此他们师徒二人感情非常好。只是黄老先生终是喝酒伤了胃，伤了身，张大仙十岁那年，他便归西了。临死前竟开口拜托他的一位多年未联系的好友对张大仙多多照看，可见对张大仙之才的珍重。

“十二岁到二十六岁的十四年里，张大仙辗转多国求学，精进画艺。那时国外对艺术的总体态度比较包容，所以张大仙脾气虽怪，可有人能欣赏，加上也确实天资不凡，于是很快便声名鹊起，传至国内，之后他才回国的。随之而来的是许多有争议的声音，都不太好听。那时我是心理学院的学生，正参加实习，张大仙不知从哪里打听到我对绘画也有兴趣，于是点名要我给他做辅导，一来二去，我们就熟识了。”

4

小周确实没想到这精神病院的院长和张大仙还有这层深远的关系，一时间竟听入了迷，差点儿忘了正经事。

“张大仙之所以备受争议，除了性情乖张，还有别的原因吧？”

“你去过藏馆，想必也知道张大仙的画作常能达到以假乱真的效果。按理说应该避讳的，可他也就怪在这儿，偏爱给人画遗像，闹出了不少乱子，几次和杀人案扯上关系。”院长是悄悄附在小周耳边说的。

“既然是遗像，画的不都应该是已经死了的人吗？”

“这是一个意外，也可以说是一个巧合。那几年张大仙被扰得心烦气躁，常要我陪他去喝酒，也就不免会有酒后作画的时候，所以……”

小周才想起来一个快要被遗忘的传闻，说多年前有位当红女星在家中离奇死亡，出殡时平白无故获赠一幅来自张大仙的亲笔画像，想来多有慕名惋惜之意。大画师与大明星，乃茶余饭后最好的消遣，以至于三十年后的小周也模模糊糊听说过。如果这幅画是当时醉酒后的张大仙在女星死前画下的，那么结合早上从藏馆负责人那里听来的故事，这件事就不免有些可疑。

“你可知道张大仙画下那幅画时用的是哪支笔？”小周突然急切起来。

“的确是他老师的那支画笔，但传言终归是传言，这世上怎么可能……”院长的话还没说完，只见一位女医生慌忙地跑进来。

“院长，张大仙情况有些危险，你跟我们过去看一下吧？”医生话音未落，小周率先站起身来。

“怎么回事？病情不是已经稳定很久了吗？”院长大步上前，从医生手中拿过诊断单。

“从昨晚就状态不太好，早上醒来时又和我说……”医生有些停顿，看了看小周，在得到院长的允许后才继续下去，“他又做了那个梦，说那个女人回来找他报仇了！”

昨晚，这个时间点很敏感。被院长以“张大仙病情有异”为借口劝回局的小周感到，此行不仅没有解开他心中的困惑，反而新添了许多谜团。损毁屏风的黄永强已经认罪，假设张大仙与黄永强多年前相识并结有仇怨，那为什么在张大仙的描述里复仇的人变成了一个女子？这么说，他怕的是那个女明星吗？如果那支笔真的有索取灵魂乃至生命的能力……小周不知道要怎么去想，这超出了他的认知范围。他低着头，专心盘算着什么进了门，却发现局里的每个人都以奇怪的眼神看着他。

5

“屏风找着了？”小周看到等在走廊口的藏馆负责人试图打趣。

“找到了，但……它不一样了。”负责人显得惊惶，“张老的画作我研究了十多年，不会记错的。”

“找到了？不应该吧。我知道你是研究张老先生画作的专家，我不是质疑你的专业能力，就是你平常会不会有……看走眼的时候呢？”小周似要苦笑。

“不可能。我闭着眼都能讲出张老的每一张画作、每一个细节。那屏风画的是巴蜀地区的崇山峻岭，对应张老的故乡。画中人物仅有一个，很是小巧，掩在山林间，大多数人甚至遍寻不到，因此这画屏也常被称为‘寻隐者’。从整体构思来看，我想画师原只是作为山水屏风画下的，谁想出了那件变故——这是张老先生最后的作品，我绝不可能记错。”负责人越是说得斩钉截铁，小周的心里就越感到一团乱麻。

“你说的‘变故’是指张老先生与恋人分开那件事吧？那有听说这位女子后来去了哪里吗？”小周觉得自己对“女子”两字都格外敏感起来。

“没人知道。”负责人摇摇头，“那天一大早张老先生就跑到公安局喊着要警察把自己抓起来，说自己杀了人，尸体就在家中。警察将信将疑地跟着他，最后发现他说的是那屏风上的画。如此几次，最后把他送到了现在待的地方。”

“我现在觉得，那倒有可能真的是一场杀人案。”小周觉得自己在经历了这一天的强信息输入后，变得有些神神道道，可是负责人说那屏风上的画变了又是怎么回事？

“这屏风上，林溪之间本有位埋头摇锄葬花的女子背影，虽未勾画容颜，却引人无限遐想。现在却变成了一个男子手拿画笔，目眺远方的侧影，而且还是个残影！”负责人顺势拉开一旁会客厅的大门，只见屏风就立在当中，小周跟着描述细细地看、细细地琢磨。负责人继续讲着，“先不说要完全消除这种屏风材质上的痕迹几乎不可能，更玄乎的是，我研究张老画作十多年，对众多模仿者也知道个七七八八，却从未见过能如此以假乱真的笔法。若不是考虑到张老本人无法作画，只怕我也会认定，这是张老的真迹不假！”

“这老先生手拿画笔，怕不正是张大画师本人？”小周似乎有些眉目，“你早上也说过，无论是当初画下那只大黑狗，还是后来画下这架屏风上的女子，张大画师始终觉得那支画笔是能够取走一个人灵魂乃至生命的。也就是说，画上的生物和现实世界中的生命体不能共存，张大画师正是因此发疯，认为自己杀了心爱的女人。”

想到这里，小周忽然盯着屏风上那个残影说不出话来。同样是昨夜，这边藏馆里的屏风被毁后，那边的张老先生便感到不舒服。这架变样的屏风刚被搜查到，张老先生的病情也急转直下，还口口声声念着一个女人要找他复仇。假设黄永强损毁屏风只是其中一环，屏风真的能够囚禁生命，那么从一个女子转变为一个男子便意味着……

“那支画笔呢，也是你们藏馆保管收藏吗？”

“很遗憾，那支画笔至今也没出现，于是很多人说那只是一个传言，但……”负责人似乎还有很多话要说，却看着小周生生地变了脸色。

“我们必须把屏风送回去，并放出消息说这是赝品——事实上，这也确实不是藏馆丢失的那架。”

6

夜深。院子里终于有了窸窸窣窣的声响，逐渐靠近那架屏风。这是一处极为破败的院落，张大仙就是在这儿疯的，大家都觉得晦气，因此就这么一直任它荒芜着。今晚，小周知道，会有一个人来，这个人要用那支至今没出现的画笔补齐画上的残影，置张大仙于死地，而他严小周的任务便是阻止这一切发生——之后的抓捕任务可以说是轻而易举，反而让他有些心里没底。

“两架屏风，相对而生。只正反不同，只要没另一架对照，颠倒个面，也是一样。所以只要损毁藏馆里那架，便可顺理成章地偷天换日。”小周从老妇手中拿下那支画笔。

“是，屏风本就有两架，另一架一直在这里。是因为那架消失，它才被大家看到——看来我小看了你们，也小看他了。”

“他已经受到了应有的惩罚。”小周叹息，让其余的同事撤走屏风。

“不够。他让我替他画，我不愿，他便威胁我要把我画进去，我每日都活在恐惧里，那么多年，永强一直想带我走，可他有那支笔，我怎能放心？直到我们终于找机会灌醉了他，才……”老妇用目光指指小周手里的那支笔，“永强一直劝说我，放下。可我就是忘不掉，放不下。我恨他，我这一生都被他毁了，而这样的一个人竟然活在大家的瞻仰膜拜里！”

“你是说，张大仙认为自己杀了人，其实是假，因为他醉酒后用的画笔已经不是这支？那你不就没有被屏风禁锢住吗？所以这三十年你一直和黄永强在一起？”是啊，像黄永强那样的人，愿意去损毁一幅艺术价值甚高的画作，理由只会是爱。可是眼前的女人多年里始终没有选择离开，真的是因为那支笔吗？三十年未能磨灭的深恨，最初只怕也是深爱吧——小周想，他如此执着于的真相，在那些属于过去的情感纠葛面前是没有意义的。

“是，我只是让他再也找不到我。但我恨那幅画，因为他画的是我，发了疯还能落一个情圣的名字。”走到门口的距离里，老妇始终说得冷静，“也许我要谢谢你们。”老妇看了一眼那架正在装车的屏风，还有那个残影，转头竟对小周笑起来，“你说，一半在那屏风里，一半在这世界上，是不是更痛苦？”

小周看着自己手中的那支笔，再也说不出一个字。

因为贪心我们得到了更多，

因为贪心我们也失去了更多……

贪

满月
微波炉
沙漏
投影仪
扭蛋机

满月

人在做，天在看。所有的罪恶都逃不过满月的审判……

1

此时，银行职员李月正站在保险柜前。

她的面前，是趴在地上的行长；她的背后，是散落一地的钞票。

李月看着满身是血的行长，害怕得浑身发抖。

她下意识地去拉与她同流合污的徐满，却发现这小子不知道什么时候已经离开了。

她鼓起勇气说："行长，对……对不起。这钱，我……我们有急用，我也只是想从保险柜里拿些钱，只是，您……您那么有钱，干什么为了钱拼命呢……来，把钥匙给我，给我。"

行长慢慢地朝着她爬了过来，一边爬，一边呻吟着"救我，救我……"

等行长爬到李月的脚下，猛地一抬头，李月才发现地上的人竟然是自己！

“啊！”

她大喊一声，醒了过来。

还好，只是一场梦。

旁边的同事白了她一眼：“醒了？醒了接着干活儿。”

同事一边说一边打了个哈欠，抱怨着最近行里上了新的理财产品，附近那些拆迁户都来抢着认购，事儿特别多。

李月擦了擦头上的汗，心虚地朝着行长办公室看了两眼。

刚好看到同部门的徐满也在朝行长办公室看。

眼神交会，四目相对。

徐满对着李月挑了挑眉，李月则刻意避开了徐满的目光。

最近银行上了个新的理财产品，因此吸引了很多客户。

因为每天有大笔资金入柜，李月又是几年来的优秀员工，颇受信任，行长才把银行保险柜的钥匙交给了李月，方便她清点现金入库。

徐满不知道从哪儿打听到，李月的儿子最近开车撞了人，需要钱，于是私下里找到李月，商量着两人利用职务之便，找机会拿些钱。

李月一直是优秀员工，本不想葬送自己的大好前程。

可是对方说了，如果她能拿出令他们满意的赔偿金，对方就撤诉。

与自己的前程比起来，她更加在乎儿子的未来。

“欸，李月，你看新闻没？今晚有超级月亮，一会儿下班一起去看呀。”

旁边的同事推了推李月的胳膊。

李月缓过神来。

“那个……不……不去了，我这边的活儿多，你忙完就先走吧。”

“你呀，就是个工作狂。你没听小说里都说，这天现异象，那是有缘之人必有奇遇。你忙吧，我可要先走了，没准儿能去往平行空间，来个浪漫的穿越，遇上我的白马王子呢！”

不知道为什么，这看似玩笑的话，李月今天听了，冷不丁打了个寒战。

同事一边收拾东西一边问：“欸，李月，你没事儿吧，看你脸色不太好，要不还是别加班了，这事也不急于一时。看看这百年一遇的月亮散散心，明天再干吧。”

李月搓了搓脸：“没事儿，你先走吧，我干完手上的活儿再走。”

“好吧，那你忙吧，先、进、分、子！”

同事拍了拍李月的肩膀，背上包离开了办公室。

徐满和李月两人又等了一个小时，终于等到办公室里只剩下他们俩。

但是今天行长一直都没走。

两人又熬油一样地熬到行长离开。

徐满见时机已到，走到李月旁边，示意李月行动。

2

李月此时呼吸急促，内心万分纠结。

她拿起钥匙，却因为手抖，将钥匙掉在了地上。

清脆的声音让李月不由自主地哆嗦了一下。

徐满捡起钥匙塞到她的手里，一脸恨铁不成钢。

李月拿着钥匙，迟迟不肯动手。

徐满急了。

“走啊，看什么呢！”

李月满脸的不情愿：“徐……徐哥，要不……要不还是别干了。”

“为啥不干？你𡱆了？”

“不是，我刚才做了个梦，不太好，还有……今天是超级月亮，天现异象，要不……要不改日吧？”

徐满不耐烦了。

“女人就是迷信，什么天现异象，那就是自然现象，咱们等这一天都等多久了？”

李月语无伦次。

“徐哥，要不……要不下次吧，真的，我做的梦，不太好。而且，今天是百年一遇的超级月亮，咱要动手，为什么非要赶在今天呢？下次，咱们在银行上班，肯定还有机会的。”

徐满指了指她手里的钥匙：“下次？你能保证下次钥匙还能落你手里？”

看李月还在犹豫，徐满继续做她的思想工作。

“李月，做人不能太自私。你想想，你儿子现在还在看守所，你不拿钱给人家，人家肯撤诉？你想让你儿子下半辈子蹲大牢？再说，咱们都等多少天了？今天银行现金可快达到上限了，再不动手，运钞车就要来运走了。”

他一边说着一边递给李月一双手套。

“再说，你看看，现在这银行就剩下咱俩了，这是个多么千载难逢的机会？神不知鬼不觉。”

李月为难地说：“徐哥，可是……可是你也知道，我们家可就靠我这份工作维持生活呢，我不能丢了这份工作。”

徐满眼珠子一转：“一会儿咱拿完钱，把钥匙随便往哪儿一扔，明天抵死了不承认，就说钥匙丢了，能有啥事？”

看李月下不了决心，徐满又添了一把火。

“反正你自己想，明天一早运钞车可就来了，你儿子的未来，可就掌握在你的手里了！”

骑虎难下。

其实李月心里清楚，从她答应徐满的那一天起，她就已经上了贼船。

现在想离开，恐怕是不可能了。

她知道了徐满的计划，现在唯有跟他一起干，否则自己绝对不会有好下场。

再者，他说得也对，儿子还等着用钱，她不能因为自己胆小，就赌上儿子的后半生。

况且……也不一定被查到不是？

李月狠了狠心：“好！”

两人顺利地打开了保险柜。

李月叮嘱徐满拿那些新存进来的钱，不连号，方便花。

可是徐满一看到钱就疯了，哪儿听得进去这些，一股脑儿地往袋子里装。

看到徐满贪婪的样子，李月知道完蛋了。

她本想拿够儿子需要的钱就收手。

可是看到徐满手里已经鼓起来的袋子，看到那崭新的连号钞票被塞进欲望的袋子里，她知道她没办法收手了。

现在是真的没有回头路了。

“你俩在干什么？！”

3

两人装钱正装得起劲儿，行长回来了。

听到行长的声音在背后响起。

正在埋头苦干的徐满和李月顿时停下了手上的动作，缓缓地转过头来。

李月连忙解释：“行长，您……您听我解释，我……”

“没什么好解释的！事实摆在面前，要不是我钥匙落在办公室了，还发现不了你们的好事！李月，你太让我失望了！”

李月面红耳赤，两只手绞在一起，不知道怎么办好。

“砰！”

随着一声闷响，一股血喷在了李月的脸上。

透过被血打湿的刘海，李月看到徐满手里的椅子还滴着血。

热。

腥。

眩晕……

耳边像是炸开了一个响雷，李月仿佛耳鸣了一般。

等她反应过来的时候，行长已经倒在了血泊里。

这个时候，一抹亮光刺痛了李月的眼睛。

她勉强睁开眼睛。

看到窗外的超级月亮已经升了起来，月光刚好转过窗棂，照在了她的脸上。

“救……救我……”

行长艰难地朝着李月的脚边爬了过来。

似曾相识。

不，是与她梦境中的场景一模一样，李月冷漠地看着行长。

就这么看着，看着……

行长的脸一会儿是他自己的样子，一会儿变成了她的。

“啊！”

李月大喊了一声。

在徐满惊讶的目光中，李月抓起徐满丢在地上的椅子，朝着还有生机的行长猛地砸了下去。

一下、两下、三下……

一直砸到行长再也不动了，她才扔掉椅子，瘫坐在地上。

“别傻愣着了，一不做二不休，快把钱搬到车上，再把衣服换了，把现场打扫干净。”

两人忙活到了深夜。

这时，超级月亮的位置，比之刚才又高了一些。

李月不知道那个先下班去看超级月亮的同事有没有奇遇，遇到自己的白马王子。

而她，今天遇到了拉她下地狱的魔鬼。

两个人都换上了单位备用的工作服，也将现场彻底清理干净。

他们胡乱地将钱堆在了车的后座上，

而后备厢里，则是一具冷冰冰的尸体。

车开出了市区，上了高速，驶向了郊区。

车窗打开，风吹进来，两人都清醒了一些。

李月木然地看着窗外，不知道他们将何去何从。

徐满的心也随着离银行越来越远，慢慢平静下来，为了让自己轻松一些，他打开了车载广播。

“据有关专家表示，今晚的月亮将是本世纪里难得一遇的‘超级月亮’。如果您此时正好在户外，那不妨带着家人去……”

超级月亮还在慢慢朝着头顶移动，

一念之间，刚才的生活和现在的处境就如同两个世界。

李月这个时候有些希望同事说的是真的，天现异象，必有奇遇出现。如果能够穿越到另外一个世界，是不是就可以挽回这一切？

4

“咯噔——”

就在李月陷入沉思的时候，一只兔子不知道什么时候蹿上了路面。

徐满驾车，毫不犹豫地从兔子的身上轧了过去。

这一次，压抑在李月内心深处的情感终于爆发了出来，李月怒了。

“你还是人吗？”

“哎不是，这跟我是不是人有什么关系啊。刚才速度那么快，我……我敢刹车吗？要不是我直接撞过去，咱俩今天就撂这儿了，你讲点儿道理行不行啊？”

李月冷哼一声：“讲道理？讲道理，你好歹下车看一眼啊，有你这么冷血的吗？”

徐满也生气了，回想起刚才李月砸行长的几下子，讽刺她。

“对对对，我冷血，你圣母，不就撞死一只兔子吗？你至于这样吗？你刚才对付行长的时候，怎么没见你手软呢？”

道不同不相为谋。

今晚的一切都是因为眼前的这个男人，如果不是他，她还可以正常地生活。

可是现在，一切都晚了。

“停车！”

李月觉得徐满就是个灾星，急于跟他分开。

徐满怕李月一激动做出什么极端的事情，那他就真的完了。

现在车上还有这么多钱，足够他跑路了，一旦被抓，抢劫银行巨额钞票加上一条人命，那就是掉脑袋的事情。

他决不允许李月离开他的视线，更不允许李月脱离他的控制。

但是他也怕把李月惹急了，李月跟他拼命。

于是徐满语气稍有缓和："这荒郊野岭的，我上哪儿给你停车去？"

李月可不是这么想的。

她现在只想逃离这辆车，这辆装着钱和尸体，并且由恶魔操控的车。

"我让你停车！"

徐满"哎呀"一声，车停了下来。

两人同时抬头往前看，不远处站着一个人。

做贼心虚，他们俩顿时紧张起来。

仔细看了看，才发现旁边有一辆车出了车祸。这个人显然是在求救，而不是设卡拦截他们的警察。

看到这个人，李月顿时想起了自己的儿子，于是示意徐满救人。

可是徐满重新启动了汽车。

李月惊讶地看着徐满："你干吗？"

徐满歪了歪头，示意李月回头看车后座上凌乱地堆着的钱。

"你看这车上，还有他的位置吗？"

"坐好了！"说完一踩油门，急速朝着那个男人冲了过去！

李月一下子慌了，以为徐满又要杀人，赶忙喊他："哎，小心！"

徐满驾车从那个男人身边蹭过，并没有伤到那个男人。

不过，也自然没有救他。

就在车闪过那个男人身边的时候，李月惊讶地瞪大了双眼。

因为她发现……那个男人竟然是徐满。

“你呀，就是个工作狂。你没听小说里都说，这天现异象，那是有缘之人必有奇遇。你忙吧，我可要先走了，没准儿能去往平行空间，来个浪漫的穿越，遇上我的白马王子呢！”

同事的声音又回荡在耳边。

平行空间。

平行空间。

…………

李月抬头看了看天，此时超级月亮刚好升到他们的头顶。

一片银灰洒下来，将整个世界都笼罩在月光之下。

天现异象，也许她已经碰到了。

5

李月确信，刚才窗外闪过的那个人，就是徐满。

她看了看身旁正在开车的徐满，嘴角微微向上翘了翘。

平行空间，果然天现异象，必有奇遇。

她后悔在这个特殊的夜晚做了一件蠢事，但是她也感谢今晚的超级月亮给了她一次修改结果的机会。

如果徐满死在这个空间，等她回到属于自己的空间，就不会存在徐满这个人，那么这一切就都会改变。

想到这儿，李月抬头看了看定格在头顶的超级月亮。

月光洒下来，似乎将她温柔地包裹起来。

李月很享受这种感觉，觉得是上天给予自己的恩赐。

想到这儿，李月心中的恶念已经生根发芽。

而徐满此时并没有察觉到李月的心思，更没有发现他们现在已经离开了原本的世界。

“李月，你也别太懊悔，我也是为了你好，他要是看见我们的脸，咱俩都得完蛋。”

李月冷笑了一声。

“刚才那个人……好像是你。”

徐满惊了一下，随即更加放松了警惕。

他本来还想防着点儿李月，现在看来，女人就是女人，脑子都被吓傻了。

于是不以为然地摇了摇头。

“胡说什么呢！”

话音刚落，坐在副驾驶的李月一把夺过了徐满的方向盘，猛地朝着路旁的树撞了上去。

就在车马上撞到树的时候，李月看到树下蹲着一只兔子——一只跟他们之前撞到的兔子一模一样的兔子。

与上次不同的是，这次车并没有撞到兔子，而是直接翻在了路边。

李月被撞得眼前一黑，晕了过去。

徐满伤得很重，勉强吊着一口气从车里爬了出来。

超级月亮停在半空中，俯视着一切。

一只兔子在他的身边悠闲地蹦着，好像一切都与它无关。

一辆车从他们来时的路上驶过来，徐满挣扎着，顾不得罪行是否暴露，强撑着最后一口气站起来挥手拦车。

可是……等到车开近了，他才看到。

那车里，坐着的正是他和李月。

他信了李月的话，天现异象，必有奇遇。

徐满顿时失去了所有的希望，哭笑不得地躺倒在路边，静静地等待死亡的到来。

因为他知道，那辆车不会救自己，因为曾经驾驶那辆车的人，就是自己。

车里的钱撒了一地，一张张飞舞在他的四周，好像是对他的祭奠。

他仰面躺在地上，看着高高悬挂在头顶的超级月亮，圆得那么诡异，亮得那么刺眼，缓缓闭上了眼睛。

此时，被撞晕的李月也醒了过来。

她揉了揉眼睛，发现自己正坐在一辆疾驰的汽车上，旁边的景物飞速地向后移动。

朝身旁一看，她绝望了，身边坐着的正是徐满。

徐满看她醒了，打开了车里的广播。

"据有关专家表示，今晚的月亮将是本世纪里难得一遇的'超级月亮'。如果您此时正好在户外，那不妨带着家人去……"

李月惊恐地看着窗外，她知道，那只兔子要出现了……

她本选择了最好的世界，却杀死了最好的自己。

人在做，天在看。所有的罪恶都逃不过满月的审判。

微波炉

头要多铁，才能顶得住天上掉下的馅饼……

1

王霖半年前入职了一家活动策划公司。

与他一起入职的，还有同部门的张钰玉、梁子俊和张婷婷。

他们四个入职之后的这半年，公司里比他们工龄长的员工竟然全部悄无声息地一一离职了。

此时，他们四个已然成了公司的老员工。

而最近，总裁要在他们四个当中选一个提拔为策划部部长的消息不胫而走。

张钰玉和张婷婷都是女生，所以基本上可以断定，这个部长一定是在王霖和梁子俊两个人中间产生。

自从这个消息在公司内部传开，王霖就感觉到了来自梁子俊的排斥。

而他们两个也自然而然地开始了明争暗斗。

在这个“996”早已不算加班的时代，想要争夺晋升名额，最基础的操作便是加班。

“王哥，加班归加班，一定要多注意身体，备好加班餐，别把胃熬坏了。”

下班的时候，张钰玉路过王霖的工位，一脸讨好地叮嘱王霖。

王霖顺手拉开自己的抽屉，将自己为加班准备的各种口味的泡面展示给张钰玉，无奈地说：“谢谢提醒，看，都备着呢。”

就在这个时候，张钰玉突然俯下身子，低声对王霖说：“王哥，你热泡面的时候，千万不要用角落里的那台微波炉。”

说完，她还朝着王霖眨了眨眼，似乎有什么秘密一般。

王霖不明所以：“为什么？难不成你还害怕我和梁子俊抢微波炉打起来啊？”

张钰玉看了看四周：“哎呀不是，我听之前带我的林姐说，咱们茶水间的那两个微波炉，只能用外面那个，角落里那个……不干净！”

“哦，我知道了，你就告诉我里面那个脏不就行了，至于这么神秘兮兮的吗？”

王霖的话刚一出口，张钰玉就不顾个人形象地将他的嘴给捂住了：“哎，你小点儿声，这个不干净，是那个意思！”

“我可只告诉你一个人了，现在林姐也离职了。除了我，公司里没有人知道这个秘密。”

王霖没有很在意，小女生就是喜欢编造这些故事：“好的好的，谢谢提醒。你快下班吧，我这还早着呢。”

张钰玉这才意识到自己刚才失态了，红着脸转身朝公司门口小跑过去。

王霖最近手上正在负责一个大型活动的策划，如果他能漂亮地完成这个策划案，部长的位置十有八九就会是他的。

看着同事们陆续离开，王霖立刻投入了工作中。

写完一个段落，王霖感觉眼皮子都开始打架了。

他拿出一包咖啡倒进杯子里，端起杯子去茶水间冲咖啡。

路过梁子俊工位的时候，梁子俊下意识地将自己电脑屏幕上开着的窗口进行了最小化。

王霖冷笑了一声，心想：好像谁会偷你的策划案一样，以小人之心度君子之腹。

王霖把杯子放在茶几上，打开饮水机烧水，趁着这个难得的空闲时间伸了个懒腰。

如果张钰玉不说，王霖还没有注意过茶水间角落里的那台微波炉，现在张钰玉一说，他反倒下意识地朝那个方向看了看。

那台微波炉此时正静静地待在角落里，似乎正窥探着整个公司的一切。

"叮！"

水烧开的提示音将王霖吓了一跳，他揉了揉眉心："看来最近太紧张了，今天要早点儿回去，好好休息一下。"

2

回到办公室，王霖发现梁子俊已经走了，整个办公室只剩下他一个人。

他打开文件想要继续工作，却总觉得背后有一双眼睛在看着自己。

王霖摇了摇头，最近真的是压力太大了，怎么能信张钰玉的那些话？

即便这样想着，王霖依然能够感觉到来自茶水间微波炉的凝视，看得他整个人都有些不舒服。

所幸梁子俊已经回家了，自己跟他争也不急于这一时。

王霖收拾了一下东西，关电脑，背着包回家。

他刚走到办公室的门口，就看到了坐在门外吸烟的梁子俊。

看到王霖走出来，梁子俊露出了得逞的笑容：“王哥，今天这么早就回去了？策划案忙完了？”

原来这孙子在这儿等着自己呢，王霖道：“当然做完了，工作嘛，要讲求效率，走啦！”

王霖故作镇定，其实内心早就已经暗暗发誓，从明天开始，一定要确认梁子俊离开了自己再回家。

连续几天，王霖都在公司加班到深夜。

当然了，梁子俊也是一样。

过了凌晨，办公室依然灯火通明，王霖饿了，拿出泡面准备垫一垫。

王霖一眼就看到梁子俊也在撕泡面，不知道哪儿来的火，立刻起身，抢在梁子俊前头，将自己的泡面放进了外面的微波炉。

梁子俊的水已经接好了，于是转身将泡面放进了角落里的微波炉。

“叮！”

王霖的泡面先好了，他端着泡面得意地回到了工位上，吃完就又投入了紧张的工作中。

一直到忙完整个策划案，王霖才发现梁子俊好像一直都没有回到办公室。

看了看时间，已经快到凌晨三点了，想到刚才梁子俊将泡面放进了角落里的微波炉，王霖突然意识到了什么。

他猛地起身，跑到了茶水间。

茶水间里并没有梁子俊的身影，而角落里的那台微波炉依然安安静静地放在那里，看来自己是太紧张了，梁子俊很有可能已经在自己聚精会神工作的时候回家了。

接下来的几天，梁子俊都没有来上班。

王霖侧面问了几个同事，大家都说不知道梁子俊去哪儿了。

王霖猜测梁子俊一定是自知比不过自己，找工作去了。想到这儿，一股自豪感油然而生，看来这家伙是抵不住心理压力，不战自退了。

王霖的拼劲儿更足了。

因为每晚加班，王霖养成了吃泡面的习惯。每天晚上都要用微波炉泡一碗面作为加班餐。

废寝忘食的工作状态让王霖感觉到了充实，也感觉到了满满的动力。

终于，在王霖提交策划案的那一刻，总裁露出了满意的笑容。

他告诉王霖，梁子俊已经离职了，这个项目，接下来由王霖来继续跟进。

而策划部部长的职位，自然暂时由王霖担任，三个月后如果他能够胜任，就可以转为正式部长。

王霖愣了一下，一时间有些没反应过来。

梁子俊离职了？什么时候的事情？

仔细回想了一下，好像是有好几天没有见过梁子俊了。

3

战胜了梁子俊，又来了一个张钰玉。

一同入职的四个人当中，张钰玉算是跟自己走得近的，张钰玉因为长得漂亮，最近经常被总裁叫去办公室。

办公室里风言风语，说总裁看上了张钰玉，恐怕有意培养张钰玉做部长。

而张钰玉最近也更加积极了，每晚都加班到很晚。

开始的时候，王霖还满怀信心，觉得总裁即便是看上了张钰玉也就是一时兴起，他能够战胜梁子俊，同样也能够战胜张钰玉。

慢慢地，他发现就算是再加班，总裁对他的看法都一样，对他的重视度也一样，索性，他每晚下班就走，倒是乐得清闲。

奇怪的是，总裁也不在意。

几天过去了……

王霖早上一到公司，张婷婷就凑了过来。

"王霖，你听说没？张钰玉离职了。"

王霖一愣。

"你听谁说的？总裁不是最看好张钰玉吗？她怎么可能离职？！"

张婷婷指了指张钰玉的工位："你自己看！"

果然，张钰玉的工位空荡荡的，什么都不见了。

王霖坐下，看了看张钰玉的工位，又看了看梁子俊的工位。

梁子俊的工位已经被安排了一个新员工，那个小伙子一脸干劲儿，看起来也很认真。

他拿出手机，给梁子俊和张钰玉各自发了条消息，结果两条信息发出去皆如石沉大海，再也没有得到回应。

现在跟他一起入职的，就只剩下了张婷婷，剩下的全都是新员工。

而公司里对于张钰玉的去向也是议论纷纷，有的人说张钰玉是被总裁金屋藏娇了，有的人说张钰玉是不堪忍受总裁的骚扰，还有人说张钰玉碰了角落里的那台微波炉……

其余的说法王霖都没有在意，唯独最后一种说法，让他有些不寒而栗。

记得当初就是张钰玉告诉自己，角落里的那台微波炉不能碰，可是她自己为什么会碰？

如果不是因为那台微波炉，那么为什么前途一片大好的张钰玉会突然离职，连个招呼都不打？

他下意识地朝着茶水间的方向看了看，仿佛茶水间里有一头怪兽，躲在角落里，随时跳出来吞噬人类。

王霖决定，有机会他一定要看看那台微波炉到底有什么特殊之处，他不相信一台小小的微波炉能够将一个活生生的人吞噬。

最近，总裁有意无意地开始提拔张婷婷。

本来公司只有王霖和张婷婷勉强算得上老员工，提拔她也无可厚非。

不知道为什么，王霖总觉得这对于张婷婷来说，也许并不是什么好事。

一天下班后，王霖走到张婷婷的工位提醒她：“婷婷，不要跟总裁走得太近。”

张婷婷却听出了别的意思：“王霖，你说什么呢？你怎么能这么想呢？大家出来工作，各凭本事，没必要这么中伤一个女同事吧？”

王霖连忙解释：“不是那个意思，只是，只是……总之，你想想梁子俊和张钰玉。”

“我明白了，你放心，我不会使什么见不得人的手段，你想要什么，凭本事跟我争！”

王霖知道越解释越乱，看着张婷婷的背影喊道：“别碰角落里的那台微波炉！”

张婷婷并没有在意。

4

自从那天开始，张婷婷就跟王霖正面宣战了。

王霖有苦难言，本来是想要提醒她，可是给自己找了个麻烦。

“哟，王哥，还没走啊？”

张婷婷端着咖啡走到王霖的旁边，顺便瞄了一眼他正在撰写的项目计划书。

“你不是也没走吗？”

“是啊，我最近事情多。唉，太忙了。”

王霖无奈地抬头看了一眼一脸骄傲的张婷婷，没再说话。

张婷婷坐在工位上玩手机，不管怎么样，就是要熬到王霖离开公司她才会走。

开始的时候，王霖觉得张婷婷实在有些不可理喻。

后来渐渐也习惯了，知道自己不管熬到几点，哪怕是凌晨，张婷婷也会等着。

只要她不碰那台微波炉就好，接下来的几天，王霖做完工作下班就走。

又过了几天。

王霖上班突然发现张婷婷不见了，他突然就慌了，看来张婷婷还是碰了那台微波炉。

他疯狂地向公司里的其他人打听张婷婷的下落，希望能够得到张婷婷是自己主动离开的消息。

可是公司里没有人知道张婷婷去哪儿了，都说张婷婷连离职手续都没有办，好像是有急事，直接就不来了。

还有人传言，说是因为她动了总裁的那台坏了的微波炉，被总裁当时就给开除了。

又是那台微波炉。

王霖舔了舔嘴唇，他决定今晚要留下来，等同事们都离开之后，好好研究一下那台微波炉，看看它到底有什么独特的地方！

这一整天，王霖都坐立不安，时不时地朝着茶水间方向看一眼。

等到同事们全都离开，空荡荡的办公室里只剩下了自己。

四个人一起入职、一起参加新员工培训、一起努力工作的场景似乎还在眼前，可是现在，只剩下了他一个人。

王霖拉开抽屉，从里面拿出前几天为了奋战加班准备的泡面。

梁子俊就是将泡面放进微波炉之后，自己就再也没见过他，他要试试，看看将泡面放进那台微波炉里到底会发生什么。

接好了水，挤好了调料包，王霖端着泡面桶走到了茶水间。

他端着泡面，走到那台微波炉跟前。

将泡面放了进去，一按。

叮！

微波炉亮了，除了发出微波炉特有的运转的声音之外，并没有其他奇怪的事情发生。

王霖调好时间，转身给自己冲了一杯咖啡。

等咖啡冲好，泡面的时间也到了。

他打开微波炉，拿出泡面，惊人的一幕出现了，泡面盒子还在，可是里面的面竟然不翼而飞。

看着只剩下一点儿泡面汤的盒子，王霖头上的汗珠子都下来了，看来这台微波炉还真的有问题。

他将泡面盒子扔进了垃圾桶，哆哆嗦嗦地朝着微波炉里面看了看，里面并没有什么危险的东西跳出来，反之，竟然有好几枚硬币！

5

王霖似乎意识到了什么。

他立刻将刚冲好的咖啡也放了进去，定时、等待、时间到！

将微波炉打开，杯子里的咖啡果然变成了钱！

“靠！原来这才是这台微波炉的秘密！”

他发现了一台能够将世间万物变成钱的微波炉！

王霖知道了，梁子俊、张钰玉和张婷婷他们，甚至是之前无缘无故离职的老员工们，很有可能都是发现了这个秘密，微波了公司一大笔钱之后跑路了，怪不得梁子俊和张钰玉都不回自己的消息！

笔记本电脑、会议记录本、计算器、书籍、鼠标、键盘……

王霖疯了一般，将公司里一切能找到的物品全部一样样塞进了微波炉。

几波操作下来，王霖将公司的财物全都变成了现金。

这些财物变现的现金，装了满满一袋子！

王霖瞬间觉得自己走上了人生巅峰，再也不是那个看总裁脸色的底层打工者了。

他现在可以立刻离开这家奇怪的公司，离开那个脑子有问题一样的总裁，再也不用遭受不公平待遇了。

他意气风发地准备离开公司，明天就不来了。

经过总裁室门口的时候，王霖下意识地停住了脚。

看看公司机密、员工档案，顺便再找点儿更贵的东西变现，何乐而不为？

王霖一把推开总裁室的门，大摇大摆地走了进去。

想起总裁这半年多来对他们的刁难，王霖拿起总裁摆在桌子上的照片，将嘴里的口香糖狠狠地粘在了总裁的脸上！

打开抽屉。

公司的房产证、公章全部在里面。

王霖放在手里准备一会儿微波一下，接着往下翻，看到了一个员工资料档案袋。

好奇心让他眼前一亮，打开，发现里面是一堆员工信息表。

可是……让他震惊的是，每个人的信息表的照片上都画了一个大大的红色“×”号，并标注了金额。

张钰玉：已微波 24.8 万

梁子俊：已微波 20.3 万

张婷婷：已微波 19.2 万

…………

怎么可能？

他们，他们不都是搞了一笔钱跑路了吗？

这个时候，传来了门被锁住的声音，同时，整个房间被点亮加热起来。

王霖大喊：“谁？让我出去，让我出去啊！让我出去啊！我把钱都给你。”

可是外面的人怎么可能会放他出来？

螳螂捕蝉，黄雀在后。总裁室外面的总裁微笑着，调好了时间，静静等待这台巨无霸微波炉的倒计时。

时间过了很久，终于，叮！

总裁打开门，走进总裁室。屋子里早已经不见了王霖的身影，剩下的，只是一堆钞票。

他在王霖的信息表照片上，也画了一个“×”，将它和其他信息表一同关进了抽屉里。

第二天一早，公司里的很多人都发现自己的电脑不见了。

传言，是王霖偷盗了公司财物，被总裁开除了。

沙漏

时光裹挟着秘密一同远去，才是对我们最大的善意……

1

女主人江毓穿着浴袍，擦着湿漉漉的头发，应声开门。

“等一下，来了！”

大门打开，江毓愣住，眼前的男人皮肤黝黑，眉眼深邃，一双胳膊的肌肉线条流畅紧致，肩上扛着一桶纯净水，冲江毓羞涩地点点头，道：“你好，我来送水。”

江毓侧身把男人让进去，靠在墙上，歪着头看他熟练地将水桶倒放在饮水机上，眼神牢牢锁在他身上。

男人干完活儿，一转头，江毓端着一杯热茶递给他，微笑道：“辛苦了，喝杯茶再走。”

说话间，江毓和男人已经并肩坐在沙发上，男人不停地咽着唾沫，茶杯不大，转眼也喝了四五杯，茶汤色渐浓。

江毓端着茶壶，添一杯，近一寸，手背似有若无地碰上男人的小臂，眼里的深意几乎要落在茶汤里。

江毓起身离开，突然，一直低头沉默的男人猛地抓住她的手腕，不由分说地把她拉进怀里，右手轻轻拨开她垂在眼前的湿发，吻了上去。

严明宇一屁股从阳台的摇椅上弹起来，看着纠缠在一起的二人，由衷地从丹田发出一声：“我、嘞、个、去！”

沙漏从怀里掉在地上，骨碌碌地滚向前，眼前的两个人倏地消失，房间恢复冷清。严明宇弯着腰，三步并作两步，一把将沙漏捞起来，爱惜地在袖子上蹭了蹭，轻轻一倒，流沙似水一般潺潺而下，在手掌中发出荧荧微光。

眼前的画面重新清晰起来，男人裸着半身，和女人共枕一处。

“你刚才那样子，让我想起第一次见你的时候。”男人摩挲着江毓的胳膊，“下回你当老师，我做你的学生，好不好，江老师？”

江毓闭着眼睛，轻笑一声。

“哎，这房子还安全吗？姓陈的不会发现吧？”男人停下动作。

“放心，这房子早就不住人了，平时没人过来。”

严明宇紧紧抱着沙漏，盯着二人，连眼睛都忘了眨。

这是一套四室两厅的房子，南北通透，户型绝佳。严明宇作为金牌房产中介，最近正在为这套房子极力拉揽买主，一旦卖出，提成还是相当可观的。

但是，此时此刻，工作了十年的严明宇，突然想要点儿不一样的报酬。

突兀的手机铃声打断了他的思绪，里面传来一位中年男子的声音：“喂，小严啊，我这会儿想带家里人去看看那套房子，你在哪儿啊？”

“哎呀，实在抱歉，房子这几天恐怕都看不成了。”

“怎么回事儿啊？”

“附近挖管道，燃气出了点儿问题，正紧急检修呢，挺危险的。”

对方略显失望，严明宇立刻拿出超常的职业素养，一番巧言安慰，外加优惠承诺，让客户乐呵呵地挂了电话。

最后一粒沙汇入汪洋，流沙消耗殆尽，眼前的影像被瞬间掐灭。严明宇缓缓走上前，坐在床边，伸手一摸，笑了。

床竟然还是热的。

2

严明宇用屁股摩擦着客厅的真皮沙发，皮质油光，回弹适中。常年辗转在各种有钱人之间，严明宇早就练出一项特殊的本事，只用屁股就能判断家具的价值。

严明宇已经帮陈总处理过两套房产，那阵儿风声紧，他办事稳当，眼睛又亮，深得陈总信任。这一次，严明宇受陈总邀请，来到他现居的别墅中，口袋里又揣上陈总亲手交给他的另一把新钥匙——一套高档小区的四室两厅。

云南毛尖清透的茶汤，映出水晶吊灯明晃晃的倒影，房子装修是典型的欧式风格，听陈总说自己欣赏不来，但太太喜欢，就随她去。

墙上挂着几幅后现代油画，杂乱的色块和线条，严明宇装作被吸引的样子，驻足观察，脑子里拼命搜索中学艺术课堂上的那点儿知识。

“这画的线条看似杂乱，其实给人一种自由的感觉，有点……有点波洛克的意味。”

身后传来爽朗的笑声，陈总递上房屋的相关证件，拍拍严明宇的肩膀，道：“小严啊，你的眼光卖房可以，搞艺术不行。”

严明宇不解，虚心求教。

“假的。”陈总指着画，笑容意味深长，伸出三根手指头，“才两个零。”

严明宁 怔，接着毫无痕迹地把赞美之词引到陈总的身上，化解自己的尴尬。

此时，陈总的第二任妻子江毓从楼梯上走下来，三十多岁，气质优雅，一身米色长裙剪裁得体，露出白皙的小腿和若隐若现的锁骨，严明宇起身打招呼，目光不动声色地在江毓身上打了两个来回。

江毓要和闺密去喝下午茶，陈总坚持开车送她去，又吩咐保姆炒几个菜，要留严明宇吃午饭。

陈总一走，严明宇终于可以舒展一下四肢，借着上厕所，在房子里四处打量。二楼的书房深得严明宇的喜欢，一套上好的柚木书桌，纹理通直，摸上去油光顺滑。严明宇把玩起陈总收藏的小玩意儿，一块乌黑透亮的石头引起了他的注意。石头放在书架顶上，严明宇踩上凳子，凑近观瞧，看了几眼还不过瘾。他虽不懂这是什么品类，但凭直觉这应该是整间房子里最值钱的东西。

严明宇伸手把石头取下来，石头离开底座的瞬间，书架竟然从中一分为二，缓缓向两侧移动，一间隐藏的密室赫然出现。

严明宇不记得自己是怎么从椅子上下来的，回过神的时候，他已经站在房间里，面前的一张小桌子，放着一个沙漏。瓶身就是普通玻璃，沙子里也没掺金粉，十元店里的小玩意儿，陈总宝贝它干吗？

严明宇一个来回，倒转沙漏，瓶内泛起微微荧光。严明宇十分惊奇，却怎么也看不出光源在哪儿。

“老关，你这是让我犯错误啊！”屋内突然响起一个熟悉的男中音。

严明宇背后一凉，只见陈总抵在书桌前，目光盯着桌面上的一幅书法，笔墨行云流水，恣意放纵。

严明宇膝盖一软，差点儿给陈总行了个大礼。

“哈哈，老哥，你看你这话说的，”陈总的对面坐着另一个中年男人，小鼻子、小眼睛，正咧着嘴笑，“兄弟之间，咋还连个书法都交流不成了。”

严明宇提着一口气，眼神飞速地在二人之间打了几个来回，但无人注意他的存在。书房摆设的变换，让他意识到这一切并不是当下发生的事。

“人家说是启功老人家的真迹，”姓关的用指头点了点落款，“我哪儿懂这个，老哥你给看看。”

“走笔确实干净。”陈总话音落地。

姓关的哈哈一乐，道：“陈总喜欢就好！”

短短几分钟，严明宇就摸透了沙漏的玩法，流沙一动，荧光闪烁，这所房子曾经发生过的景象就会再一次重现，不过那只是幻影。经历了短暂的心理重建，严明宇已经可以面不改色地在二人之间踱步了。

黄金白银、书法字画、古董玉石，严明宇这回算是开了眼界，他总算明白，一个国企的总经理是如何买得起这么多豪宅了！

直到江毓穿着浴袍靠在门框上，严明宇的窥私欲才得到暂时的满足。

手机意外地响起，来电显示是陈总。

“小严，刘局在长丰有个小跃层，你现在就过来，能不能成看你自己的本事了啊！”陈总在严明宇的连声感谢中挂掉电话。

“喂，刘局，我是您的房产中介，小严。”

严明宇露出职业式的假笑，握紧手中沉甸甸的沙漏，眼里的欲火喷薄而出。

3

星期一，御园别墅，有钱人居然还藏私房钱？严明宇拿着刚从花盆里翻出来的几张百元大钞，连连咂舌。沙漏一歪，几分钟之内，严明宇就把赵老私藏的几盒好雪茄统统翻了出来，点上一根，呛得他不停地咳嗽。

星期二，天湖大平层。印象中温柔端庄的王太太，抄起桌上的玉石古董就砸了过去。王先生低头一闪，动作熟练，看着一地碎片痛心疾首，道：“疯了，你这个女人疯了！”王先生举起剪刀，对着太太心爱的真丝，一剪刀戳了下去。如此难得一见的场景，严明宇乐得五官移位。

…………

星期四，龙城跃层，保姆把贾太太的高级面霜涂了一脸，还偷偷往里面兑了点儿雪花膏。晚上，贾太太奇怪面霜的味道怎么变了。严明宇浑身充斥着快感，贾太太平时对他呼来喝去，甚至一直叫他“小钱”！

星期五，金域别墅，于总监女儿的泳池派对让严明宇开了眼，一群前凸后翘的美女穿着泳装从他身边经过时，他深吸一口气，身体好像陷进棉花里。

…………

星期天，严明宇揉了揉惺忪的眼睛，决定给自己放一天假。

辗转疯狂了半个月后，严明宇才想起陈总的那套房子，他准备再享用最后一次，就迅速出手。

卧室里，江毓眼睛泛红，双手颤抖，突然捂住自己的脸，肩膀一抽一抽地耸动起来。情人抚上江毓的肩膀，眼神坚决，道：“亲爱的，别犹豫了，我们没时间了！”

“可老陈毕竟……”江毓说不下去，把头深深埋在自己的手臂里。

情人一把将江毓拉起来，死死箍住她的双肩，表情因用力而狰狞，说：“你想净身出户吗？你想身败名裂吗？”“啊！我不想！”

江毓怔住，攥紧手里的车钥匙。

“我来动手，你不用出面，放心，保证看不出动过的痕迹，”情人握住江毓的手，慢慢地把车钥匙拽出来，“他运气不好，出了一场意外而已。”

眼泪“啪嗒”掉在手背上，江毓抑制不住地痛哭起来。

情人轻轻地帮江毓拭去眼泪，露出一抹微笑，道：“对，就是现在这个表情，事成之后可别忘了。”

画面消失，情人阴森的笑容定格在严明宇眼前，他感到胃里一阵翻江倒海，突然电话铃声响起，陈总的声音震得他耳膜嗡嗡作响。

“小严，我在江苑茶社，你过来吧。”

陈总坐在茶案前低头签字，房屋交接还需要补些手续。严明宇喝着陈总自带的好茶，眼睛看向窗外，陈总的宝马端正地停在楼下，严明宇心里一哆嗦，茶杯差点儿掉下来。

眼前的陈总正在讲茶，一脸的春风得意。严明宇一个字也听不进去，不管陈总在工作中有多少污点，也不该被如此算计。

“陈总，”严明宇的话到嘴边，字字斟酌，“我那天带客户去看房子，还遇到您太太了。”

陈总脸上的笑容稍纵即逝地僵了一下，严明宇装着检查文件，没敢抬头，道：“哦，对了，您这车多久没保养了？我认识一家 4S 店的经理，要不下午就带您过去？”

陈总端着茶杯不说话，目光静静地落在严明宇的身上。他在场面上混了这么多年，最擅长的就是听话识人，严明宇的几句话，解开了他心里的一个疙瘩。

沙漏还真在他的手里！

4

别墅的灯关着，远远望去漆黑一片。严明宇越往里走，心里越没底，这大半夜的陈总突然约自己上门，难道是发现沙漏不见了？原本只想借两天玩玩，谁想到自己越陷越深，迟迟脱不了手。

懊悔之际，严明宇已经踏上大门口的台阶，还没来得及按下数字，门自动打开，可视门铃里传出陈总的声音：“进来吧。”

陈总坐在沙发上倒茶，落地灯暗红色的光幽幽暗暗，打在他的侧脸。

“坐。”

严明宇战战兢兢地走上前，膝盖都不敢打弯，挤出笑容，道：“陈总，这回是啥事儿啊？这么急。”

“你卖房子一年能挣多少钱？”陈总把一杯清茶推到严明宇的面前。

严明宇一愣，道：“那得看客户情况，多亏您关照，去年有这个数。”

陈总看着严明宇比出的数字，目光深邃，道：“做人得知道感恩，你说是不是？”

严明宇再傻，此刻也听出了陈总的弦外之音，这是找他算账来了。陈总的秘密，说出去够枪毙的！嘴长在别人身上，他怕是后半辈子都睡不成一个安稳觉了。

严明宇在心里把自己所有的筹码盘了一遍，没有证据，陈总也不能把他怎么样，丢了个沙漏，都不够立案标准，他决定抵死不认。

陈总拿起果盘里的橙子，抽出桌上的水果刀，扎进果肉，汁水四溅。他掰开橙子，用刀扎起一块，递给严明宇。

“吃。”

“陈总，要是没什么事的话，我就先走了，明儿还得出差！”严明宇满脸堆笑。

“不是自己的东西，拿着不烫手吗？”

陈总的面色一沉，目光锐利得仿佛黑夜中狩猎的老鹰。

“我不知道您在说什么。”

“东西在哪儿。”

“您说什么呢？”严明宇开始慢慢后退。

陈总扬了扬手里的智能遥控器，道：“我不开门，你出不去。”

陈总握着水果刀站起来，步步靠近，凶相毕露：“小严，我其实还是蛮欣赏你的，脑子快，干活儿勤。只可惜你这聪明没用在正道上。说起来咱俩还真有一点儿特别像，就是，贪！”

严明宇无路可退，拼死一搏，对付一个年近五十的大叔，他还是有胜算的。他撕下最后的体面，朝陈总冲过去，一把攥住他手里的刀。二人死死勒住对方，进退中，一起撞在墙上，但都不肯松手。

刀尖抵住严明宇的胸口，他的心脏剧烈颤抖，用尽全力，把陈总推开，一道银光，水果刀飞出去，直直地扎进墙上的油画，“啪”的一声，画框掉落。

一块块金条在墙洞里码得整整齐齐。

严明宇的眼前一花，转头就跑，身后是陈总沉重的脚步声。此刻，他清楚陈总要的已经不是沙漏了，而是他永远闭嘴。

别墅总共三层，他顺着楼梯往上，不敢停，一头扎进三楼的露台，被什么东西绊了一下，栽倒在地。

眼前赫然是一条人腿！

一个人倒在角落，脚上那双高跟鞋，严明宇认识，是江毓。头发遮住了她的脸，看不清面目，而一旁是双眼圆睁、早已僵硬的情人。

严明宇手脚发软，试了几次都没爬起来。

“煤气中毒，”陈总提着木棍来到严明宇的眼前，笑容可怖，道，“明天你也一样。”

“陈总，你放过我吧！我保证什么都不说，我什么都没看见！”严明宇带着哭腔，手脚并用向后退，哆嗦着爬过两具尸体，眼睛都不敢睁。

“活人说话信不得。”

严明宇跪在地上讨饶，只换来带风的一棍，差点儿劈开他的脑袋。

陈总杀红了眼，顾不得手法，下手一次比一次狠，追着严明宇，步步致命。

严明宇的心一沉，站起来，陈总的棍子正劈到眼前，他顺势一抱，锁住陈总的胳膊。

夜深，起风了，露台上的两个黑影扭在一起，突然，不知是谁，一个猛子向外倒去，拽着另一个黑影，双双坠落。

清晨，一声尖叫响彻别墅区。警察、记者、围观群众，一整天好不热闹。

至于沙漏，从此消失无踪，再也没人见过。

投影仪

“既然投影仪播放的是本该有的未来，何必非要改变呢？”

1

“大明星蓝天意外身亡！”

“著名美女影星蓝天跳楼自杀，多个现场视频流出！”

“高清组图——蓝天死亡现场。”

…………

办公室里，总编和负责新媒体的主编拍着孟照的肩膀，乐得嘴都合不上来：

“真有你的，一出手就是大新闻啊！”

“现在别家媒体援引的都是我们的报道，小孟，你说你怎么就正好在现场呀？”

孟照扶了扶眼镜，有些腼腆地笑了。

“我也只是正常地跟报道，唉，谁又想遇到这种事儿呢？”

“也是，你说这个蓝天又漂亮又有钱，有啥想不开的。”

“压力大吧，明星都这样。”孟照低低地回了一句，语言中似乎带着对她的无限惋惜，“没什么事儿，我就先出去了，还有一些稿子要写。”

“去吧，去吧。小孟，这次是你的大功，奖金不会少的。”

“那谢谢领导。”

孟照坐在自己的工位上，翻看网络上对于蓝天跳楼事件的种种报道和猜测，铺天盖地的纪念和哀悼占据了所有热门头条，有痛哭流涕的粉丝，有生前合作伙伴的追忆，也有人嚷嚷着“来晚了，没打码的尸体照片给发一份啊”被网友喷得狗血淋头——孟照很快地扫视过去，最终视线停留在了这样一条评论上：第一个拍到蓝天坠楼的那个记者是什么王八蛋，有空拍怎么不去救人，还不打码直接把照片放出来。

孟照嗤笑，简直不知所谓。她摔下来是一瞬间的事情，自己刚刚来得及搭好脚手架，怎么救人，冲上去接着她吗？

脑海里又响起总编刚刚的问话：“你说你怎么就正好在现场呀？”

巧，世上哪有这么巧的事儿啊？！

这还得从一个月前说起。

2

孟照是一家小媒体最不起眼的普通编辑，娱乐口，一般人称狗仔。

虽说入行已有三四年，但也只能跟跟几个十八线明星，或者写一些捕风捉影的绯闻，人生最大的成就就是接到小流量的律师函。

混日子呗，反正一人吃饱，全家不愁，工资只要勉强糊口也就能这么勉勉强强干下去。孟照心态很放松，还会时不时地给自己改善一下生活，譬如在旧货市场淘到一些便宜又实用的小物件。

譬如那天搬回家的投影仪。

“在家享受电影院的感觉，生活美滋滋！”孟照一边哼着小调，一边调试投影仪，连接完毕，他先在笔记本电脑上选择了上次旅游的照片，准备好好欣赏一番。

照片中的孟照，摆着标准的游客“耶”的姿势，笑容因为在脸上停留得有点儿久显得略微僵硬，他的笑脸从电脑投映到了大屏上。

电脑前的孟照却渐渐笑不出来了。

这张照片拍摄于蟠龙山山顶，可投影仪上的他，分明是在山脚的长意湖，那是整条游览线的最后一个景点。到了湖边他又渴又累，干脆买了一份当地人挑着扁担卖的冰粉，二十元一份，非常难吃，着实让他印象深刻。

可自己吃冰粉的时候没有拍照啊，这是怎么回事？

孟照下意识地换了一张照片投影。

旅游照、团建照、自拍、网上搜索的照片、视频……他一次次地试过去。

直到夜色已深，孟照精疲力尽地合上电脑，揉了揉太阳穴位，他不得不承认一件事——这个投影仪，能够映照未来！

3

投影仪放出的是拍摄当时画面中的人之后会经历的事情，时间并不确定，可能是两三天之后，可能是几个小时之后，也可能是下一秒，总之不会太久。

孟照发现这个用法之后开始热衷于给周围人拍照录像，同事、邻居，甚至路上擦肩而过的美女。最初他想要看看别人的故事，总会在不经意间知道一些秘密，比如原来办公室最不爱说话的小姑娘回家后喜欢一个人在屋里蹦迪，比如工作狂老李常年加班的原因是最后一个离开公司才方便换上女装；财务的孙经理和手下的实习生阿苹私下见面，孟照“无意间”偶遇了两次，当月就拿到了以前近三倍的报销。

再后来，他开始投影自己跟到的明星们，知道他们接下来会出现在哪里，和谁在一起。孟照会提前去蹲点，提前写好稿子，第一时间编辑好发出，拿到了不少独家。虽然都是些小明星关注度不见得高，但对孟照来说，业绩已经算得上蒸蒸日上。当然，更多时候他压根儿不用如此辛苦，对着投屏画面模糊地进行二次拍摄，再找渠道发送到艺人团队，自然有人主动联系他，账户余额自然也会不时地增长。

直到那天他在幕布上，看到了蓝天坠楼的身影。

她穿着白色的纱质睡裙，那双被媒体评为最动人的眼眸里含着泪水，在夕阳余晖下，她一步步地退后，直到屋顶的边缘，直到坠落，裙摆被风倏忽扬起。那一瞬间的她，像蝴蝶穿过山风，像初雪抖落树梢，下一秒，地上开出血色狰狞的花，有着凄厉的美。

真好看，难怪她人气那么高。这是孟照的第一反应，随后他才反应过来，蓝天会死！

他不敢确定时间差，立刻出门开车，往蓝天出事的那栋公寓楼驶去。

车到楼下，正值傍晚。他拿着望远镜往房顶看去，是的，已经靠近房檐边缘的身影正是蓝天，估计再有十分钟，她就会像投影仪显示的一样，跌落下来。

孟照想，他现在报警或许还来得及，甚至可以直接冲上房顶在最后一秒把蓝天救下来。应该怎么做，应该怎么做才好呢？

当蓝天纵身一跃的时候，孟照已经搭好了三脚架，他凭借记忆选择了两个最好的角度，果然完美地捕捉了蓝天生命的最后瞬间。

这是他的决定。

“既然投影仪播放的是本该有的未来，何必非要改变呢？”孟照对自己说。

4

电话铃声拼命地吵醒了睡得正香甜的孟照，他有点儿不开心地接起来：“喂？”

“孟哥，你今天别来上班了，公司被围了！”

同事焦急的声音让孟照彻底醒了过来：“怎么回事？”

“最早发的几个蓝天坠楼的视频和图，被网上扒出来都是咱们发的，而且说什么——哦，有不同机位。现在到处是声讨冷血记者的，已经有蓝天的极端粉丝来公司讨说法了！”

孟照赶忙打开微博，果然，“蓝天跳楼多角度视频疑似同一媒体发出”高居热搜榜首，有从各种技术角度分析视频拍摄角度及技巧的，有推测完成这样的拍摄需要提前多久准备的，当然更多的是极度的愤慨和谩骂。蓝天粉丝前往公司讨要说法的照片也不时发出，而且还有正在逐步接近真相的人肉——关于最早的署名记者：子召。

冷静，冷静，孟照你要冷静，你没有错，你不要担心，你还有投影仪。孟照的眼睛亮了起来：对啊，我有投影仪！！

他急忙给自己拍了一小段视频，投影出来的是一堆粉丝涌进他家的样子，而他倒在客厅正中央的地上，被粉丝踢打，已然一动不动，似乎有血渗出来。

孟照倒吸了一口凉气，拿起手机又看了眼微博，只这一会儿，他的真名和照片已经被曝光，想必距离家中的地址被查出来只有一步之遥了。

看来不能待在家里了，他立刻做出了决定。

5

今天是孟照没有回家的第七天，他每天趁着夜色换一个住处，找的都是那种不用身份证登记的小旅馆，卫生差、隔音差。他难以合眼，整个人迅速憔悴下去。最重要的是这段时间，他早已经习惯用投影仪来决定每天生活的轨迹，一周没有使用投影仪，他已经快要崩溃了。

好在网络的关注度总是来得快去得也快，新的事件在不断发生，关于蓝天的舆论已经有隐隐散去的趋势。在连续几封律师函和声明后，公司的公关方向也开始步入正轨；只剩下蓝天的粉丝还不依不饶，他们在公司大楼和孟照小区讨要说法，被警方驱散数次，不能聚集就单兵作战，零零散散地骚扰、泼油漆、写血字，搞得周围人苦不堪言。

而这些则是孟照在公园的长椅上听老李说的。老李还带来了新的消息，孟照已经被公司辞退："你别怪公司，而且本来是想算你犯了重点错误，直接开除，主编还给你争取到了补偿金，说，就当奖金给你……唉。"

孟照狠狠地咬了一口汉堡："卸磨杀驴，我手头有多少值钱的东西他们根本不知道，早晚后悔。"

老李疑惑地看了一眼孟照，可孟照只是笑："说了你也不懂。"

"哎，孟照，好歹同事一场，我这能带的话也带到了，以后珍重。对了，走之前我还有件事觉得应该告诉你。"

"嗯？"

"粉丝里有个男的，不太一样，"老李皱眉，在思考应该怎么说清楚，"他比所有人都冷静，不哭，不闹，甚至警方驱散的时候还做表率第一个站起来离开的。我那时候离他近，听见他一直在低声嚷'孟照、孟照'。"

孟照被他的描述吓出了一身鸡皮疙瘩："具体是什么样的男的，你再细说一下？"

"大概有一米八，戴了顶鸭舌帽……"老李一拍大腿，"哎呀，你看我这记性，当时觉得他怪怪的，走的时候就给他拍了张照片。”

“快快快，拿来。”孟照急忙催促。

当老李把相册翻到那一页，孟照赶忙抢过手机，完全不顾手上还有残留的油渍，忽视了老李的抱怨：“手油！我手机，哎！”

照片并不算太清晰，可孟照依然一眼认出了他：是蓝天自杀当天，在房顶上的另一个男人。

他不完全确定这个男人和蓝天的关系，他只记得在投影仪的影像上，蓝天整个人的状态有恐惧也有无奈。她指责他一次次窥探她的隐私，她受不了他如影随形的跟随，当时孟照还感叹了一句，私生真可怕，转眼就看见蓝天退到房顶边缘，毅然决然地跳了下去。

后来，当蓝天坠落在地，孟照在周围人的尖叫声尚未响起前就已经躲在一边，默默收好自己的相机设备，确认录像情况。那个时候，他恍惚中感觉那个男人站在人群外向他这里看了一眼，可等他试图去仔细找寻的时候，却不见了踪影。

不知道为什么，这个男人给孟照的感觉一直非常不舒服，他本能地想要从蓝天的事件中将这个人剥离，可他却主动找上来了，他想干什么？

“快，你先把照片发我。”孟照把手机递回给老李。老李颇为嫌弃地拿起手机，一边拿纸擦拭油渍一边询问：“怎么，真认识啊？”

孟照摇头，许久才说：“总得回去一趟。”

孟照仔细想了想自己被粉丝围攻的场景，恍惚中记得很亮，光线充足，一切都看得很清楚，应该是个白天。

好，那就晚上回去。

6

尽管被清理过，依然能看到电梯间楼道内残留的纸片碎屑痕迹。这里应该贴过孟照的不少大头照，被打上了血色的十字，现在残片落在地上，颇有些瘆人，家门口还有红油漆写的“见死不救”“杀人偿命”等大字张牙舞爪。

孟照视若不见，快速打开门，溜进房间，随后将门尽可能轻地关上，但夜色太静，再轻的声音依然划破了空气，回荡开来。

孟照靠着门，深深地呼了口气，他不敢开灯，只能用手机的微光映衬着适应屋内的光线，随后迅速冲到投影仪面前。

插电、开机、连接、投影。

电脑上是老李偷拍的那个男人，漠然地看着前方，视线没有聚焦。

投影仪上的那个男人转过身来，拿着一把沾血的斧头，露出诡异的笑容：“怎么能怪我呢，我是这个世界上最爱蓝天的人啊。”

而他所在的背景，赫然正是孟照的家！

孟照毛骨悚然，他手忙脚乱地准备给自己自拍一张，再看看能否投影出一些新的线索，随着相机的咔嚓声，敲门的声音响起了。

咚、咚、咚、咚、咚……

孟照大气都不敢出，轻手轻脚地移动到门前，透过猫眼观察，可猫眼被先前的红油漆遮挡，望过去只是漆黑一片……

咚、咚、咚！

敲门的声音继续响起，门外有男声传来：“有人吗？物业。”

孟照捂住自己的嘴，生怕呼吸声音太大。

又是几声敲门声，之后另一个男声传来：“是不是楼下听错了，没啥动静。”

最初的那个男声回应道：“可能吧，那咱们走吧。”

另一个男声：“这户是真不打算回来了吧。”

脚步声渐渐远去，孟照不敢开门查看，伸出手迅速把房门反锁，又趴在门口听了许久，似乎的确是走远了。他伸直了腰板，喃喃：楼下耳朵也太好了，我没搞出什么动静啊。

“不好意思，可能是我。”

房间深处黑暗中，有声音传来。孟照瞪大眼睛，那里，是一个男人的身影，戴着鸭舌帽。

“你开门之前，我把这个不小心掉在地上了，可能吵到人家睡觉了吧。”

孟照的手机落在地上，幽幽的蓝光映照下，男人手里的斧头闪着冷光。

救——

他的叫声被遏制在喉咙里，男人掐住他的脖子：“这么害怕吗？刚才干吗不给物业开门？”

孟照拼命挣扎，挤出一句话：“你……当时在……的……事，我……不会……说出……去……的。”

男人很奇怪地看着他：“我在又怎么样？”

斧头被举起，落下，男人的声音一字一顿：“我怎么会伤害蓝天，你才是罪魁祸首。我是为蓝天报仇的人。

“怎么能怪我呢，我是这个世界上最爱蓝天的人啊。”

7

房间所有的灯都被打开，有如白昼。

守在小区的粉丝指着楼上最亮的房间："那个记者回来了！他在家！！！"

他们有的人掏出手机互相通知，有的人已经按捺不住冲上楼去。

房门打开着，粉丝们赶到的时候，看见他们恨着的那个人，正蜷缩在地板中央，不住地抽搐。

最先冲进来的人有一瞬间迟疑，随着更多的人进门，被仇恨冲昏的头脑哪里还顾得上考虑别的，拳脚不停地落在孟照的身上，他的救命声被淹没，意识彻底模糊……

电脑屏幕上是孟照最后的那张自拍，还没有来得及投影。

扭蛋机

天空被无尽的黑暗淹没，一颗扭蛋顺着出口滚落下来。

1

周然已经绕着这个方方正正的机器打量了三圈整。

没什么特别，确实是游乐场最常见也最普通的那种扭蛋机，奇怪的是突然出现在这个地方。这条小路是周然工作的公司和家之间的一条小道，因为周围又是拆迁又是修路，车辆根本进不来，荒废许久，也就非常熟悉环境的人为了抄近道才愿意走一下，就连周然一个一米八的汉子，晚上加班太晚的话都要避开。

谁会给这里放置一台扭蛋机呢？会扭到什么？

与其猜测，不如一试。周然在包里翻了翻，还真找到一枚硬币："好像没写要多少钱啊，小机器，我可就只有这一枚硬币，给个面子喽。"

"叮。"

一片树叶恰巧飘落，仿佛被硬币碰撞出的清脆回响惊醒。

周然试探着扭动机关，一颗扭蛋顺着出口跌了出来。

“哟！”他吹了声口哨，扭开了这颗胶囊形状的扭蛋的壳。

一张纸静静地躺在里面，打开，里面用漂亮的行楷写着一行字：“买一瓶矿泉水。”

周然一时不知所措。“谁搞的恶作剧啊，浪费我一块钱不说，还耽误时间。”他踢了扭蛋机一脚，随手把字条揉成团塞进了裤子口袋，加快脚步往公司赶去。

等周然走进公司楼下便利店的时候，留给他顺利拿到全勤奖的时间已经不多了，他拿着一瓶矿泉水排在结账的队伍里，一边看表一边在心里咒骂自己：

“周然啊周然，你怎么想的啊，怎么就真信一个破字条，神神道道地就跑来买什么矿泉水，凉白开你喝不下了吗？”

结完账，周然赶忙往大楼跑去，正巧按住了刚刚合上的电梯门。满满一电梯的踩点狂魔看周然，目光有如实质。

“不好意思，不好意思。”周然满脸堆笑地挤进电梯，下一秒就看到了角落里皱着眉头的苏以宁，没忍住在心里迸出来一句标准国骂。

因为自己导致女神上班迟到是一种什么体验？

周然：谢邀，人在电梯，刚钻地缝。

2

周然是真没想到，人一倒霉没喝到水也能塞牙。

随着几声“哐当”，电梯停了。

好在电梯里的人也只是短暂地惊慌了一会儿，紧急救援很快联系上了物业，一群人也只能待在电梯里等着。周然当然也第一时间去到苏以宁的身边："你别害怕，没事儿的。"

苏以宁的眉头皱得更紧了。

女神就是高冷，正常正常。周然在心里安慰自己，随后他就发现苏以宁不太对劲儿。她脸上几乎毫无血色，呼吸的幅度越来越大，频率越发急促，随后她抬起手死死压着胸口，手提包掉在地上。

"苏以宁？！"周然赶忙扶住她，对周围喊，"你们快让开点儿！她呼吸不上来了。"

原本还算平静的电梯间瞬间炸开，像热锅上的蚂蚁。不过好歹是人贴人，给苏以宁让出了一点点小空间。她伸出手，指了指掉在地上的包。

边上的一个小姑娘赶忙捡起来递给苏以宁，她在外层摸出了一个白色药瓶，周然接过去，扭开："几片？"

"一片……"苏以宁只说了两个字就又喘了起来。

周然倒出一片药，又将矿泉水瓶盖扭开，递给苏以宁，看着她吃下药，慢慢调整呼吸，似乎在渐渐平稳下来，周然长长地松了一口气。

就在这时，电梯突然摇晃了一下，又引起一阵惊呼。随后电梯终于开始平稳地下降，看着楼层指示到了1，"劫后余生"四个大字浮现在每个人的心头。

门打开的时候，周然又转过去看了一眼苏以宁，没想到她也正好在看自己。苏以宁脸色已经好了许多，眼神相撞，对他绽放了一个笑容："谢谢。"

周然走出电梯，相熟的物业小哥拍了拍他："就这点小事儿，一个大男人怎么吓得腿都软了？”

周然在心里回嘴：呸，你被女神笑着说“谢谢”你腿也软。

3

因为电梯故障，他们也没有被算作迟到，于是周然就在同事的问候和对女神笑容的回顾中美滋滋地打开了电脑，然后按照惯例拿起自己的水杯去饮水机接水。

水……

周然的脚步突然顿住了。

“买一瓶矿泉水。”

周然下意识地去翻裤子口袋，却掏了个空。他有些不知所措，把另外所有的口袋又翻了一遍，依然没有。他抓起上衣疯了一样地翻找，没有，又拿起包，将所有东西一股脑儿地倒在桌子上翻找。

旁边的同事被周然的表情吓到，小心翼翼地问：“找什么呢？”

“字条。”

“字条？很重要？”

“……”周然翻找的手停了下来，顿了一下，说：“也不是很重要……记了个电话号码。”

同事也放松下来：“嗨，看你着急的样子，暗恋对象啊？”

周然把外套挂起来，恢复了嬉皮笑脸的样子：“亲孙子的电话，借了我钱，人就失踪了，好不容易才打听到这个号。”

同事打趣：“你还有钱能借给别人？”

周然俯身，压低声音："这不前段时间刚中的500万吗？"

"去你的吧！"

周然笑了，再次拿起水杯，像往常一样去接了水，像往常一样坐在电脑前打开了图表，像往常一样——不一样，他根本看不进去，每个数字、每个符号都像在向他叫嚣：根本不是巧合！

周然"哐"地站起身，所有人都齐刷刷地看向他。

"不好意思，早上可能受到了惊吓，不太舒服，我先回去了。"他穿上外套，拎起包，语速飞快，"帮我和刘总说一下，明天补假条。"

同事的疑问、阻拦、议论，甚至苏以宁探询的目光他都没有注意到。

他的步伐越来越快，越来越快，走出公司大楼，走进银行，再到后来控制不住地狂奔起来。

直到停在那台扭蛋机面前。

4

周然喘着粗气，他觉得自己从没有这么累过，可也从来没有像现在这样兴奋过。

他小心翼翼地捧起自己刚换好的十枚硬币，小心翼翼甚至带点儿虔诚地投进去一枚。

"叮。"

熟悉的声音让周然的身体颤抖起来，他的手放在机关上，扭动。

没有反应。

周然着急起来，他投入第二枚，不行，第三枚，不行。他干脆一股脑儿地把剩下的硬币都丢了进去，依然石沉大海。

这时候，周然似乎才感觉到刚刚的狂奔给身体带来的压力。他扶着扭蛋机，一点点地蹲下去，瘫在地上。

“呵，”他自嘲地笑了，敲了敲脑袋，“傻了不是，不知道谁把一台坏机器放在这里，恰巧搞了个恶作剧的小字条。我还脑补什么锦囊，好运也不是给我这种人的啊。”

他闭上了眼睛。

不知道过了多久，周然觉得自己恢复了一些体力，缓缓地站起来，准备离开：“回家好好睡一觉吧，明天去公司挨骂的时候也精神些。”

可他的步子没能挪动出去。

周然回头盯着投币口，小小的缝隙透不出任何光亮，却对他有着致命的吸引。

再试一次，最后一次。周然心想，他拿出一张 10 元的纸币，叠成小小的方块，塞进去，当然还是没有反应。

怎么会指望一台扭蛋机接收纸币呢，周然再次恨不得把自己的脑壳掰开控控水。

再试一次，真最后一次。他拿出一张 100 元的纸币，叠成小小的方块，塞进去，扭动开关。

一颗扭蛋顺着出口滚落下来。

周然因为手指的颤抖，甚至花了近三分钟才打开它。

一张字条。

“路过 8 号楼，停留三秒。”

5

花盆碎在地上，四分五裂。

急匆匆赶到楼下的两夫妻对着周然连声道歉：“对不起对不起，猫也不知道怎么回事，就把花盆推下来了。”

“吓到您了吧？对不起！”

眼见周然脸色惨白，一言不发，两夫妻的道歉声更是不敢停。而他木然地绕过花盆，走过 8 号楼，开门、回家。

他用凉水冲了一把脸，看着镜子里的自己。

惨白的脸色慢慢恢复正常，再到不受控制的潮红，嘴角的笑意被一点点牵动，乃至有些变形。

他终于疯狂地笑出了声：我！发！达！了！

“如果设立一个‘羡慕 ×× 年度十大人物评选’，这十个人不是周然、周然、周然和周然，我要实名举报黑幕。”

公司茶水间，几个人叽叽喳喳地聊起来。

“可不是嘛，你说他那次没请假人就走了，第二天还无故旷工，结果一来上班，正好赶上总部陈董过来视察，出了那么大一个风头。”

“还有那天啊，他怎么会想到带那么大瓶酒精来公司的？”

“还有苏以宁，高冷女神，你看现在每次看见周然都笑脸相迎。”

几人越聊越起劲儿，甚至提出应该找张周然的照片放家里拜拜，可能比锦鲤有用得多。直到一直旁听的小姑娘压低声音说：“可我觉得他不太对劲儿。”

“周末我和朋友去唱歌，夜场，就在长明路附近，那会儿凌晨三点多。我有点儿困了，就想出门吹吹风清醒一点儿。”小姑娘语气中有了一丝恐惧，咬了咬牙，“远远地看见他，扶着一个拾荒老人站在路边，好像要过马路……然后……突然就冲过来一辆车，那个老人就被撞出去了……”

“周然呢？”有人忍不住问。

“司机，司机下来之后，周然就上去和他交涉，那个司机好像喝了酒，摇摇晃晃的……然后他们一起把那个老人抬进后备厢了……”

众人都沉默起来，良久，有人才反应过来，问道：“你当时怎么都没出声？”

小姑娘捂住了自己的嘴，眼泪顺着面颊滚下来。

就像那天晚上，她下意识地捂住了自己的嘴。

她分明看到，是周然，推了那个老人一把。

6

“20万，也值得我一夜不睡跑长明路吹冷风啊！你到底行不行啊？！”

周然站在扭蛋机前，把转账记录界面对着投币口晃了晃：“还以为敢开豪车醉驾的，封口费起码给个百万起呢，居然凑了这么久才搞出这点儿钱。唉，算了，和你个机器说什么。”

周然叹了口气，发现扭蛋机可以带来一些提示之后，他的生活确实顺利了许多，他也总结出一些规律：

扭蛋机并不是靠硬币或纸币转动的，只要他将想要投入的东西贴上投币口，机器会自动吸入，吐出字条。每一次想从扭蛋机中拿到字条，必须要提供比上一次更有价值的东西，同样，提供的东西价值越大，相应的消息带来的好处自然越大，比如这次 20 万的“封口费”，是周然用自己本来计划向苏以宁求婚用的钻石戒指换来的，8 万块。当然也有不这么明显能衡量的，比如再之前周然用自己攒钱许久才咬牙买下的游戏本，换来了小学曾经欺负过他的同学贪污受贿的消息。他举报之后特地买票回老家欣赏了抓捕现场，看着他的妻女哭成一团，周然打开字条那一瞬间的失落荡然无存，千金难买爷高兴，周然心想，值了。

周然扭了扭开关，依然没有反应，他无奈地点了一根烟：刚拿到的 20 万已经全都扔进去了，居然还是没能拿到一颗扭蛋，他一边破口大骂扭蛋机贪心不足，一边又更加期待，这到底会带来多高的回报呢？

他终于拨通了存在手机里很久的那个电话：“我需要用钱，先借 50 万。”

“明晚八点，燕城江山大酒店门口。”

周然满意地将刚刚拿到的字条合上：“幸好现在是淡季，我还能够往返机票的，这次一定要赚个大的。”

7

燕城江山大酒店，出入皆权贵。

周然虽然自信过了今天必将飞黄腾达，但此时也只能远远地缩在花坛的边上。

酒店房顶的大钟响了八声，周然瞪大眼睛，看向门口。

有一男一女挽着手从前厅走了出来，行止亲昵。女生踩着高跟鞋走在柔软的地毯上，仿佛每一步都踩着周然的心口。

苏以宁。

直到他们的车绝尘而去许久，周然伸出手，放在左胸位置，将刚刚被踩过的心揉了揉。

他低头翻看着刚刚拍摄的照片，放大，看苏以宁精致的妆容，和明显价值不菲的项链，以及挽着的——总部董事长，陈董。

周然冷笑了一声，他由衷地佩服自己在那样的瞬间，居然还能拍出这样一套堪称完美的照片，完美到画面里苏以宁的每一张笑颜，都让他燃起熊熊恨意。

周然烦躁地刷新着邮箱，这是他将照片发出去的第三天，依然没有收到任何回应。

难道自己开口要一千万太多了？

不可能，扭蛋机每次的收益一定会大于付出，何况对于公众形象一贯是顾家好男人的陈董来说，一千万买个名声算什么，他真不怕照片被公布吗？

这是碰到扭蛋机后，事情第一次超出周然的控制，不但得到的消息对他来说远称不上“好消息”，连钱也拿不到手，怎么办，到底该怎么办？

他希望能再次得到字条的提示，可是他更清楚，现在的自己不可能拿出更多的东西满足扭蛋机的需要了，他还剩什么呢？

不，他必须拿到更多的金钱，获得更高的地位，他一定要让苏以宁这个坏女人受到惩罚。

周然站在扭蛋机前，状若癫狂。

他掏出一个房产证，放在投币口附近，有血顺着手指流在红色封皮上，滑出暗色的痕迹：“我爸妈一辈子的积蓄全在这里了，全在了，我不能输，我不会输的！”

接着，他将房产证的一角送进投币口，松手，像之前的每一次一样，看着东西迅速化作无形，被吸入黑暗中。

8

“周然，你的手怎么了，让我看看。”苏以宁的声音里已经带着哭腔，“怎……怎么回事，纱布都渗血了。”

“剁了。”

苏以宁整个人僵住了，只有刚刚就蓄在眼眶里的泪水不受主人情绪变动的影响，按照惯性掉落下来。

这一副虚伪的嘴脸真让人恶心，周然想。

他把左手从苏以宁的手里抽出来，用讲述今天吃了什么一样的平静语气说：“高利贷追债，我还不上，他们就先拿走了我一根小拇指。”

苏以宁愣住：“为……为什么……？钱……缺钱，你可以给我说的，我……”

“你什么你！”周然突然大吼一声，打断了苏以宁，“如果不是你那个老姘头不给钱，我怎么可能沦落到现在这个样子！”

“什么……”苏以宁没听明白，但心脏的急促跳动让她意识到自己需要先调整一下，于是停下来，从包里拿出药瓶。

下一秒，药瓶被周然拿走，他语调轻快地念着硝酸甘油的服用说明，似乎刚刚突然暴怒的人不是他，随后和她第一次告诉他病情那天一样，说：“原来这个药不用水送服啊，我真傻。”

当时的苏以宁笑：“可我恰好渴了，不行吗？！”

而现在，苏以宁看着周然，冷意从骨头里散发出来，她打了个寒战，本能地想逃：“周然，你先把药还我……”

周然突然靠近她，在她耳边轻声呢喃：“你知道字条说什么吗？”

苏以宁颤抖地摇头。

“带一把刀。”周然从包里掏出一把瑞士军刀，打开，“我正在想为什么的时候，你的电话就来了。”

“一切的开始都是因为你的心脏，对，总有好处的，总有好处的。”

哐。

小巷的深处突然传来一声轻响。

周然回头，一步步地向声音传出的地方走去。

每走一步，都留下一个血色的脚印。

光头捡起来刚刚掉在地上的木棍，颤抖着对着走近的周然，脸上的血迹，手上的军刀，犹如修罗。

光头的木棍再一次掉在地上，他腿一软，向前跪下：“我什么都没有看到，大哥，真的。”

他似乎听见对面的男人冷笑了一声，又似乎没有，他不敢抬头：

“我只是小偷小摸的，看见你们年轻情侣往没人的巷子走，就，胆子大想抢一把。大哥，我真是第一次，我真没看到，真没看到。”

他听见修罗说：“那你现在可以抬头看一眼，顺便记住，我叫周然。免得到了阎王跟前告状都说不清楚。”

9

扭蛋机安静地立在原地，有干涸的血渍。

“你到底想要什么！”周然嘶吼着，疯狂地转动开关，“我还有什么是你想要的！”

他疯狂地踢打着扭蛋机，扭蛋机纹丝未动。

“我什么都没有了，”周然喃喃，“明天又到了还债的时候。他们说了，上次指头，这次就是命，我哪里做错了，我到底哪里做错了？！”

周然的眼睛看向那把已经被染红的瑞士军刀。

“好啊，那我就拆了你，拿走里面的所有字条，就再也没有什么可害怕的了。”

周然一步步地靠近，将刀片顺着投币口放进去，用力向下一切。

无尽的黑暗淹没下来。

扭蛋机吐出一颗扭蛋。

打开。

“这手办谁啊，没见过。”

“我也没有，可能是没看过的动漫吧，你看还拿着把军刀呢。”

“做得还挺精致的。不过昨天这里好像还没有扭蛋机吧？”

“想那么多干什么，才一枚硬币。”

“也是，你看这手办，眉眼间有点儿像周然。咱们公司以前那个周然，你记得不？”

“呸，你这让我还要不要了？”

“哈哈哈哈哈哈，走吧。”

扭蛋机依然立在原地，像是游乐场最常见也最普通的那种扭蛋机。两人的声音渐行渐远，随着风又飘散开来。

“有传言说是周然杀了苏以宁，只是他彻底失踪了，警方也一直没公布细节。”

“可周然不是苏以宁的男朋友吗，到底为什么啊？”

“他们有钱人，谁知道都有什么秘密，同事这么久，谁知道苏以宁是陈董的亲生女儿呢。”

“大小姐微服私访啊。陈董就这么一个独生女，真可怜，你说周然知道这事儿不？”

“不知道吧，不然他们一结婚，周然岂不是身家上百亿……”

“欸，等等，你看这个手办底座上是不是粘了张小字条啊？”

走不出自己的执念，

到哪里都是囚徒。

痴

美容液
毛笔
电话亭
雕刻刀
照相机

美容液

韶华易逝，容颜易老。你是否会陪我一起变老……

1

肖玫刚要将老公付鑫的衣服放进洗衣机，一个打火机就从衣服堆里掉了出来。

她捡起来一看，上面的LOGO是“野凤凰会所”。

这个打火机是从哪儿来的，不言而喻；付鑫每个晚回来的夜晚去做了什么，不言自明，肖玫的心情顿时跌入了谷底。

此时，刚好穿衣镜就在眼前。通过穿衣镜，肖玫看到了胖嘟嘟的自己。

她猛地拿起打火机，朝着穿衣镜中的自己狠狠砸了过去，接着抱着双腿坐在地上大哭起来。

不知道哭了多久，肖玫才缓过劲儿来，她简单打扮了一番，按照导航找到了这家商务会所。

肖玫想要看看，每天把她老公迷得神魂颠倒的女人到底长什么样，有什么不得了的地方。

没想到肖玫连会所的门都没进去就被保安赶了出来，不过只是在门口，她就看到了那些女人，清纯型的、妖艳型的、气质型的……应有尽有。

她不知道她老公是被谁迷住的，也许，都有吧，不过任意一个，她都比不过。

男人有钱就变坏，真是亘古不变的道理。站在野凤凰会所门口，肖玫回想起了她与付鑫一路走来的点点滴滴。

她和老公付鑫已经结婚八年了。

八年前，他们什么都没有。

因为爱情，肖玫在付鑫为自己做了一顿饭作为求婚后，便不顾家里的反对嫁给了他。

她知道，付鑫是只潜力股，只要给他足够的时间，他一定可以事业有成，一定能够给她想要的生活。

事实证明，付鑫的确如肖玫所期待的那样，在他们结婚的第七个年头，买了一栋复式别墅。

搬进别墅的那一刻，她觉得这些年的努力和节省、这些年租住在一个狭小空间里的委屈和付出，都是值得的。

也是从那天起，肖玫就在付鑫的要求下，幸福地辞掉了工作，专心打理家务，照顾付鑫的饮食起居。

因为付鑫说，房子太大了，必须有人经常打理，找保姆他不放心，而且也不愿意第三个人进入属于他们的房子。

肖玫感觉到自己时时刻刻都被捧在手心里，她想要的生活，实现了。

可是这样的日子只过了一年多就变味儿了。最近付鑫回家的时间越来越晚，晚上也多半时间都是躺在床上玩手机。

曾经那个吃饭的时候拼命给自己夹菜，并且说不管自己多胖都不会嫌弃自己的老公，不见了。

“美女，减肥瘦身了解一下？”

正在肖玫看着野凤凰会所的招牌出神的时候，一个声音将她的思绪拉回了现实，她本不想理会这种发传单的，不过这一次，她转过了身。

一个穿着旗袍、气质高雅的女人正站在她的身后，戴着黑丝手套的手上拿着一张名片，微笑着递向她。

肖玫有一瞬间的疑惑，从没见过发传单的这样打扮，不过还是鬼使神差地将名片接了过来。

女人见肖玫接了名片转身便走，一边走一边说：“我相信你总有一天会需要我的，到时候按照名片上的地址来找我就好。”

2

故作神秘，不知道又是什么新型营销手段，如果减肥瘦身的那些店真的那么灵，这个世界上就不会有那么多胖人了，更不会有那么多家庭破碎。

肖玫虽然对这种沿街发传单的比较排斥，不过她低头看了看身上的肉，还是将名片塞进了包里。

今天她没有急着回家，而是在大街上逛了很久，即便这样，在肖玫回家的时候付鑫依然没有回来。

一直到晚上十一点多，付鑫才一身酒气地回了家。

疲惫不堪的付鑫躺在床上并没有立刻睡觉，而是看起了直播。肖玫忍了半天，最终还是说出了口：“老公，别玩手机了。”

付鑫听到肖玫的话皱了皱眉，却并没有要关掉手机的意思：“你快睡吧。”

肖玫没办法，只能转过身背对着付鑫，将头埋在了被子里。听着女主播千娇百媚的声音从付鑫的手机里传出来，肖玫的眼泪无声地流了出来，在枕头上慢慢洇开。

她从来没有想过那个将自己宠上了天的男人有一天会变成这样。曾经的誓言，变成了食言，她又能怎么办？肖玫哭着哭着，就在女主播的声音中睡着了。

第二天一早，肖玫顶着一双哭得肿起来的眼睛，准时起床给付鑫准备早餐。

当肖玫将精心准备的早餐端到付鑫面前的时候，他却莫名其妙地发起了火：“怎么又是这个？我都跟你说了多少回了，早餐早餐，能不能整得清淡一点儿？一天整这么多油腻的，谁能吃得下去！”

看着愤而起身的付鑫，肖玫揉了揉哭肿的眼睛不知所措。这些东西一直都是付鑫喜欢吃的，而且刚结婚那些年，付鑫连这些都舍不得吃。

“妞妞，来。妞妞乖，爸爸上班去了啊。”

付鑫只是跟妞妞打了声招呼，理都不理肖玫就出门上班去了。

妞妞是一条狗，是去年他们刚搬进别墅的时候，付鑫怕肖玫一个人在家无聊给她买的。看着付鑫消失在门口的背影，肖玫摸了摸妞妞的头：“现在你在他心里的位置，比我都高吧。”

肖玫叹了口气，拿出手机打开直播平台，输入了昨晚上她偷偷记下的女主播的名字。她还没有开播，不过依然可以翻看粉丝榜单，肖玫一眼就看到了位居榜首的老公，因为那个账号她太熟悉了。

再看一下后面的打赏金额，肖玫不禁倒吸了一口凉气，肖玫想要多买几件衣服付鑫都不支持，可是给女主播打赏却连眼睛都不眨一下。

肖玫双手握着手机，眼泪不自觉地从眼眶里汹涌而出，不知道哭了多久，她哭累了，突然想起在野凤凰会所门口遇到的那个神秘女人。

她擦了擦眼泪，疯了一般地跑到衣帽间找到了当天背的包，一股脑儿地将包里的东西全部倒了出来，好在名片还在。

自从收了这张名片，肖玫还没有仔细看过，现在看来，卡面很简单，但是一行字很醒目：“减肥，无痕吸脂，定制私人形体曲线。”

变美，这是此时肖玫心中唯一的想法。

3

“我相信你总有一天会需要我的，到时候按照名片上的地址来找我就好。”

女人的声音此时在肖玫的脑海深处响了起来，她看了看镜子里的自己，下定决心试一试！

肖玫跟着导航，费了很大力气才来到美容院所在的地址。这个地址很偏僻，周围也很荒凉。

而且出乎她意料的是，地址上的建筑并不是一家医院，而是一栋别墅。头顶上偶尔飞过几只乌鸦，叫得人心里发慌。

肖玫以为自己找错了地方，可是仔细核对了几遍，街道号、门牌号都没错，导航也提示她已经到达了目的地。

咯吱——

肖玫走到别墅的门口，刚要伸手敲门，门就自己打开了，一楼坐着的正是那天发给她名片的女人。

肖玫一时间有些不知所措："你好，我是来——"

女人摇了摇手里的红酒杯，慢慢放到嘴边抿了一下，接着满脸妩媚地看着肖玫，朱唇轻启，发出了极为魅惑的声音："行了好妹妹，我知道你想要什么，进来吧。"

肖玫感觉到有些不对劲儿，既然来了，她也不想白跑一趟，而且想要挽回付鑫的心，也没有别的更好的法子了。

她只能一咬牙，进了那栋别墅，双脚刚一落地，别墅的门就自动关上了，肖玫吓得打了个寒战。

跟随着女人转过一道屏风，女人指了指落地窗前的一个浴缸，浴缸里盛放着一种淡红色的液体："我的美容液，可以把你变成任何你想要的样子。不过，为了个男人，宁愿受这种罪，真的值得吗？"

肖玫皱了皱眉："很疼吗？"

"你说呢？这浴缸里的美容液是经过稀释的，配合另外一种在你身上划线的液体，可以将你身上不想要的肉全部洗下来。如果一不小心碰到没稀释过的……哪怕只是一滴，肉瞬间就消失了。"

妖艳女人似笑非笑地说着，纤细的手指不停地在肖玫的身上游走，似乎在看哪里的肉是多余的。

想到付鑫的种种表现，肖玫一闭眼："用！"

肖玫缓缓地进入了浴缸，疼痛感立刻席卷全身。

妖艳女人抚摩了一下她的双肩，就将她猛地压入了美容液中。

巨大的疼痛从身体四处袭来，肖玫如同被扔进了火堆中煅烧。

她想要挣扎，却发现身体根本就动不了，巨大的疼痛和窒息感让她很快晕了过去。

呼——

不知道过了多久，她清醒过来，巨大的窒息感让她猛地从美容液中坐了起来，奇怪的是，虽然液体依然在浸泡着她，可是身上一点儿疼痛都感觉不到了。

妖艳女人笑了笑，示意她从浴缸中出来。

穿好衣服，看到镜子里的自己，肖玫甚至不敢相信那个女人就是自己。

精致的五官、尖尖的下巴、高挑的身材……甚至比十年前的自己还要年轻漂亮，任凭是她自己也几乎认不出自己了。

"送你一个小小的礼物，我相信，总有一天，你会用上它的。"

在肖玫离开别墅的时候，妖艳女人送给了她一瓶深红色的液体。

看着手里的瓶子，肖玫的心情有些复杂。

4

随着离那栋奇怪的别墅越来越远，肖玫的心情也慢慢变得阳光起来。

她甚至幻想出付鑫见到她变漂亮之后的喜悦。

他们是不是还能回到原来的样子。

脑海中回想着他们在一起的点点滴滴，回想起在没买别墅之前，他们俩窝在十几平方米出租房里的日子，肖玫的嘴角微微上扬。

肖玫想着，付鑫并不是不爱自己了，如果自己能够变漂亮，一切就能够回到当初，那么之前所忍受的洗肉之痛都是值得的。

离家越来越近，肖玫的脚步也变得轻松了。

刚进入小区，恰好碰到付鑫出来遛妞妞。

妞妞认识肖玫，一路小跑就扑到了肖玫的怀里。

"妞妞，别乱跑。不好意思啊美女，这狗平时挺乖的，没吓着你吧？"

果然，付鑫没认出来肖玫，肖玫想着，如果告诉付鑫眼前这个美女就是他老婆，付鑫一定很开心。

"老——"

肖玫刚要叫老公，付鑫就先开了口。

"哟，没想到我们小区还住着这么漂亮的仙女呀。而且，咱俩是不是在哪儿见过呀？"

肖玫微微笑了笑，刚要说出自己的身份，就被付鑫的话堵住了嘴。

“噢，我想起来了，一定是在我的梦里！”

看到付鑫一副讨好的嘴脸，肖玫的心凉了。

她本想给付鑫一个惊喜，本想用自己的努力，让付鑫回心转意，本想通过自己的付出，让一切回到从前。

可是就在付鑫一副谄媚的样子跟自己搭讪的时候，这些想法全部成了扎进肖玫心里的刀子。

她有那么一瞬间，甚至想到自己做的这一切到底值不值得。

当初，不管是结婚时候的一贫如洗，还是后来的忍痛洗肉，她都没有一丝一毫犹豫，也从来没有衡量过是否值得。

现在，真的应该好好衡量一下了。

好在今天出门的时候戴了墨镜，这些复杂的情绪都被隐藏在了墨镜之下。

而付鑫现在急于讨好肖玫，也没有察觉到她的不对头。

看肖玫没有回答，也没有急着要走，付鑫以为机会来了。

“不知道仙女姐姐可否赏脸，加个好友呀？”

他拿出了自己的名片，不怀好意地递给了肖玫。

肖玫强颜欢笑地接过了名片，但是心里的痛让她再也没办法演下去了，于是拿了名片就假装优雅地离开了。

在离家不远的地方开了间房。

看着镜子里漂亮的自己，肖玫冷笑着，她满以为今天会是开心的一天，没想到，现在有家不能回。

不用名片，付鑫的微信她烂熟于心。

注册了一个新账号，熟练地输入付鑫的微信号，对方很快就通过了好友验证。

接下来的几天，肖玫躲在宾馆里，通过微信和付鑫聊天。

相谈甚欢。

看了看自己的手机，肖玫冷笑了一声。

已经五天没有和付鑫联系了，他竟然一个电话都没有打来，肖玫主动打了过去。

“喂，老公，我可不可以回我妈那儿住几天啊？”

没有问肖玫在哪儿，也没有问为什么，付鑫急急忙忙地回答，甚至声音里还有一丝喜悦。

“行行行，你去吧。我忙着呢，先挂了！”

手机传来忙音的同时，微信来了消息。

“明天晚上要不要来我家吃晚餐？”

当真，急不可耐……

5

约定了时间。

假装问了地址。

肖玫如约而至。

“来来来，不用换鞋了，快请进，快请进！”

付鑫的殷勤肖玫是见过的，见怪不怪，只是这份殷勤，早就已经不会用在自己身上了。

肖玫环顾了一下整栋别墅，收拾得倒也干净，看来这个家也没有那么需要自己。

看到肖玫在打量别墅，付鑫立刻解释：“这里就我一个人住，房间有点儿乱，你先随便坐会儿。我去做饭，马上就好！”

肖玫笑着点头。

看着付鑫忙活的身影，坐在自己最熟悉的地方，身份却是一个访客。

家里没有太大改变，唯一的改变，就是少了自己的东西。

趁着付鑫忙里忙外，肖玫在屋子里转了转。

她首先来到了卧室，发现卧室里自己的衣服、被子全部不见了。

蹲下来看了看床底，原来自己刚走，它们就被丢在了床底下。

如果不是她有意检查，恐怕一个初到此地的陌生人是不会翻看床底下的吧，肖玫皱了皱眉，起身出了卧室。

走到洗漱台前，她拉开了自己平时放化妆品的抽屉。

空空如也……

里面孤独地躺着付鑫的洗面奶和刮胡刀，自己的化妆品全部消失了，台面上也是干干净净的，看不出有过女主人的样子。

肖玫的眉心紧锁，最后的一点儿希望，也如同开水里的气泡，升腾到顶端，“砰”的一下子就破掉了。

“随便炒了几个菜，尝尝，合不合你的胃口？”

肖玫刚坐回餐桌旁，付鑫就殷勤地将饭菜端了上来。

这种感觉已经很久没有过了，只可惜……她是用另外一个人的身份享受到的。

付鑫可能是太兴奋了，根本就没有察觉到肖玫的异样。

“欸，对了，我还专门给咱俩买了瓶酒。”

他一边打开酒瓶塞，一边给两个杯子都斟满了酒，接着坏笑着问肖玫："你今天，应该方便的吧？"

席间，付鑫一个劲儿地给肖玫夹菜，一瞬间让肖玫想起了他们刚搬到别墅的时候，多次发生在这张餐桌上的场景。

只是现在，付鑫心里的那个人已经不是自己了。

趁着给付鑫倒酒的机会，肖玫将麻醉药放进了付鑫的杯子里。

有了麻醉药的作用，付鑫很快就醉倒在了餐桌上。

肖玫的手伸进包里，慢慢拿出了妖艳女人送给自己的瓶子，起身，走到了付鑫的身旁。

只要这瓶美容液滴在付鑫的身上，他立刻就会消失得无影无踪，那么他欠自己的一切就都还上了。

随着瓶子慢慢地倾斜，他们在一起的点点滴滴像电影一般闪现在肖玫的脑海中。

一起吃苦受累。

一起搬进新家。

一起炒菜做饭。

一起吃饭夹菜……

一滴泪顺着肖玫精致的脸颊流下，缓缓地滴落在了付鑫的脸上。

砰！

肖玫将瓶子扔进了垃圾桶，毫不犹豫地离开了这个家。

最终，她还是没能下得去手。

放过他，也放过自己，既然无论如何都无法回到当初，那么她选择放过彼此。

毛笔

胭脂易褪，琉璃易碎，这世间最美好的物事，合该死在它最美好的时候……

1

“萧老板还是宝刀不老啊！”

零碎儿跟着一帮龙套刚下场，一双滴溜溜的眼睛从后台帘缝里盯着前台的花团锦簇。台上正演到贵妃嗅花，富丽堂皇的牡丹花里，师父那张脸端的是人比花娇，她俯身，她翻袖，身形一转，卧鱼之势已成，又是一番仪态万千的景象，台下叫好声轰然四起。

师父是有这个资本的，梨园这行谁人不知，庆喜班不过是个坤班；早年间为了天桥下那一亩三分地的地盘，甚至和杂耍班子打过架；是什么时候从西城口袋底胡同，一直唱到了今天大栅栏广德楼的大班，最为人们津津乐道的，就是师父小胭脂撑起了庆喜班的一片天。

只不过当年的小胭脂，如今的萧老板，快要撑不住这天了。

人心贪鲜，再好的颜色，看多了也就不觉得神往，更何况师父老了……

油彩够厚重，但已经盖不住她眼角的皱纹，身段依旧是曼妙的，但配上那张不新鲜的略带沧桑的脸，看客早就腻了……

加上，她还迟迟不肯让我这个徒弟上台……

我笑，不过怕我这琉璃太夺目，抢了她这褪色胭脂的风头，可她又能压我到几时？

2

我拢拢袖子，裙门的大红贴金彩绣蟒被盖了起来，同样的彩裙、彩鞋，台上的师父一出场便是光彩夺目，而我的却是失了些颜色。绣蟒的金线大概是掺杂了些棉线进去，蟒的皮毛就失了光泽，眼睛失了灵气，呆呆的像是混入珍珠的鱼眼珠子。

不能要求更多了，终归是替场，上不了台的时候，我连零碎儿他们这群跑龙套的都不如，可我不急。

有人比我更急。

广德楼门口的水牌，好阵子都没能挂出“客满”了。

班头最近已经少去了百乐门，甚至又回去了八大胡同，抽成和油水大概少了一半不止。

管事的老胡头忙进忙出，京城坤班不多，他去各家都磨了一遍嘴皮子。

对家大喜班的《贵妃醉酒》已经紧锣密鼓地安排上了，明眼人谁看不出来踢的是庆喜班萧老板的场子。

师父的戏，已经到了尾声。

台上的贵妃唱着“这才是酒入愁肠人已醉，平白诓架为何情！”

哀怨的贵妃看透了人心易变，师父却还在自欺欺人。

师父下了戏，难掩疲色。我照例殷勤地上前帮她卸妆，师父亲手将沉甸甸的凤头冠取了下来，点翠的羽毛闪闪有光。

这是师父最红的时候，西城的大户袁四爷送的头面，工期就整整排了一年。头面送来时，整个广德楼都蓬荜生辉，这是师父最辉煌的时刻，也是从坤班花旦小胭脂跃升为庆喜班萧老板的登天梯。

整套的头面都下了，勒头的布带亦取下，吊起的眉眼无力地耷拉下来，师父整个人都蔫蔫的，仿佛失了精魂。

我送上罗汉果泡的水，她润了嗓子，瘫在椅子上，没了贵妃的仪态万千，像是被抽了骨的烂泥，就那么睡了过去。

我仔仔细细地收好头面，班头就踅了进来，看脸色，今天的座儿怕是卖得不太好。

他是来找我的，庆喜班需要新鲜的脸来留客。

我笑，施施然起身，我知道自己终于等到了这一刻。

3

第二天，广德楼的水牌上，换上了我的名字。

后台，我换上了原本师父那身气势夺人的彩裙，装扮上了那一套闪闪发光的点翠头面，一亮相，便是满堂彩。

当然，师父暗地里是咬碎了一口银牙，可她拦不住，拦不住世人喜新厌旧，拦不住世人追名逐利，更拦不住准备了十年、时时刻刻想要替代她的我。

“师父，您放心，有我在，庆喜班总有您一口饭吃！”

我可不是没良心的人，大度得很。

可师父显然不这么想，她的不甘心是显而易见的。

她百般挑剔着我，挑剔着我的戏。

闲适喜悦到烦闷怨愤，四平调怎可没有起落比照？

过桥时接扇叉腰，翻袖亮相，动作怎可不利落？

醉酒时贵妃凤目要带怨，要含嗔，我这一双圆溜溜的杏仁眼失了风情，都成了罪过。

这些，我都坦然受了。

贵时教人，那是不吝赐教。

落魄时指点，这话里话外的，多少就带了点儿酸……

她不过是不甘心就这么退出舞台而已，我和她计较什么？

我没想到的是，师父为了上台，竟然会做到那种地步！

已是11月的天，师父夜半拢着件薄薄的衫子就去了班头的屋，也不知一向眼高于顶的师父是怎么忍受班头那一身臊哄的味儿的，我只知道，班头把她赶出了屋，嘴里还不干不净地骂着：“还当你是袁四爷捧着的腕儿呢，硌硬我，没有我养着，你连八大胡同的窑姐都不如。”

师父被推倒在四合院的银杏树下，斑驳的光影笼下来，她像是冬季里来不及飞回南方的燕子，在风里孤立无援。

可她回头看到我时，收起了一脸的仓皇，肩背都挺得直直的，像只高傲的丹顶鹤，就那么目中无人地走了过去。

4

接连下来的好几天，都未曾见到师父，再见到她时，是晌间。我正在院子当中晒暖，零碎儿在旁边呼呼喝喝地练功，师父贴着院墙的阴处过来，带着一个男人，防贼似的揣着件物事，拐进了屋。

零碎儿伸长了脖子看，花枪耍得心不在焉，差点戳着了自己。

“琉璃、琉璃，你师父给你找师丈了？”

“呸，说什么呢？离我远着点儿，别挑破了我新做的衣服！”

我啐他，将新做的缎面绣花袄子裹了裹，袄子里面缝的是从天津港舶来的洋货鸭绒，领口一圈狐狸毛，轻巧绵软。方才瞥了一眼，师父身上的褂子还是去年冬里那身，怕是不够暖的。

我起身，看了眼院里晾晒的一件袄子，那是我秋里趁衣服铺子打折的时节用旧棉衣翻新的，暖还是暖的，就是样式土了些，厚重了些，我现在是用不上了，但送给师父，刚刚好。

我拎着袄子进了师父的屋。

光线不太好，又阴冷，屋里的两个人仿似见了活鬼。师父板着脸快速地将手里还在滴着油彩的毛笔藏在身后，仅有的一丝光线从半搭的窗缝探进来，照在男人的脸上。

他的脸只勾了一半，左右分开，画好的半边脸，轮廓分明，眼神澄澈，像是江南水边尚未长开的少年，让人神往……

而未画的另外半边脸，眼角向下，浑浊的目光暮气沉沉，深深的法令纹包着嘴角，和我眼神相遇的瞬间，他低了头，嗓音喑哑：“是小琉璃吧，这么大了！”

我惊得袄子掉在地上，这个男人我认识，师父的义兄，我的师伯。当年长坂坡的赵云是多少北平女儿的春闺梦里人，后来倒了嗓子，跟着烟鬼师公在逍遥馆里做清扫，竟然成了这副半人半鬼的德行。

我后退几步，绊倒在门槛上。师父抓着我的衣领子，一把把我揪到门外，我有些心疼那一圈狐狸毛，师父的神色又惊又怒，她压低了声音，泼辣而狠厉。

"把你看到的都给我忘了，说出去，小心我给你眼珠子挖出来！"

她摔门进了屋，"哐哐"两声，插死了门闩。

师父一直自认是个体面人，从不见她急赤白脸的样子，今天这是怎么了？

我站在原地半天才回过神来，觉得有些莫名其妙。

5

晚上登台，我有了答案。

花园里，贵妃不快，水袖翻飞，我做着恼怒状，呼喝宫女，高力士上台，我和他一对脸，惊得差点儿站不稳台步。高力士一个抬手，稳稳地扶住了我。

是师伯，少年的师伯，俊朗到不敢认的师伯，一双眼睛炯炯有神，身姿板正矫健，一亮嗓，我甚至听到台下贵妇小姐们已经开始兴奋地打听他是谁了。

可这怎么可能呢？电光石火间，我想起白日里师父反常的怒气，还有手里那支滴着油彩的毛笔。

我心不在焉地唱完，匆匆地下台。师父就等在台下，眼睛越过我，直直地盯着我身后的师伯，几乎是迫不及待地冲过去，拉起“少年”的手，眼神充满着狂喜，和决绝！

是的，是决绝，破釜沉舟的决绝！

这天下了戏之后，后院格外热闹。已是半夜，兴奋得睡不着的班头，从师伯下了台就拉着他的手不放，陈年往事里叙着旧情，二两白酒下肚，拉拉杂杂又说了一堆未来展望，热情得好似八大胡同的老鸨子。

等班头离去时，已是后半夜。师父面色平静地端来一盆水，放下，自己就退到一边。师伯端坐在镜前，仔仔细细地看着镜子里的那张少年脸，笑着笑着，突然就哭了出来。

哭声很压抑，在冬夜里听得有些惊心。我从门缝里看着他一点点地清洗着，像是妖精蜕去了画皮，油彩遮盖下的那张脸，一点点地沟壑纵横起来。

而师父就像是失了魂的木偶，木木地站着，眼神不知道落在哪里。

我看得心底发寒，悄悄地退回了自己的屋。

次日一早，师伯死了，一张脸似乎比昨日我见到他时又老了几分。好在师伯临死的表情是平静的，嘴角微微上翘，带着点儿心愿得成的满足。

班头骂骂咧咧，喊着零碎儿一帮子人，随便找了条草席将师伯裹了，扔到了郊区的乱葬岗。

自始至终，师父没有出房门，她魔怔了一般，死死地盯着手里的毛笔。

我想，我大概知道了，那支笔有何妙用。

6

后台化妆间，我勒好了头，仔细地贴片子。师父径自坐到旁边，一样有条不紊地开始梳大头。

原本有些哄闹的化妆间，瞬间安静了下来，只听得窸窸窣窣换衣服的声音，偶尔零碎儿们的花枪会碰到一下，“叮”的一声，惊得所有人都看向我们。

师父八风不动，我心下忐忑。

因为，我清清楚楚地看到了，师父拿出了那支笔。

笔上脸的那一刻，我清楚地看到了，师父的脸，有了变化。

依旧还是那个长相，但就是看着更加好看了，明艳了，让人挪不开眼……

勾眼的时候，她朝我瞥了一眼，一双眼里潋滟有光。此刻的师父，不，是贵妃，美得不可方物，美得倾国倾城。

我颓然地放下了笔。

和风华最盛时的萧老板比，我输了。

楼前的水牌又换上了师父的名字，看客们念旧者有之，好奇者有之，零零散散而来，一场戏罢，萧老板的名字又成为看客们新一轮的谈资。

一传十，十传百，说的都是那复出的萧老板如何艳惊四座，如何雍容华贵！

东山再起已不能形容师父如今的行情，她像是北平城冬日里呼啸的风，劈头盖脸而来。广德楼天天客满，一票难求，万人追捧的萧老板正是那开得如火如荼的牡丹，富丽堂皇得让人迷了眼，失了心。

我又坐回了后台等待，一场戏的时间略有些长了，板凳又太冷，我有些坐不住。

我开始焦躁，连带领口的狐狸毛也遭了殃，被我扯得七零八落。我要去找针线，缝起来，缝得完好如初。

我到处翻找，后台太乱，我翻得心浮气躁，妆台的边边角角都被我仔仔细细地清理了一遍，依旧无果。

会在哪儿呢？

“你在找你师父的毛笔吧？”

零碎儿像鬼魂一样出现在我的身边，我一惊，矢口否认。

“我找毛笔做什么？我找的是针线！”

零碎儿不说话，笑着看我，一双眼里全是了然的神色，我急了。

“我现在又不上台，我又不勾脸，我找毛笔做什么？”

“啧啧！装！”零碎儿不以为然，他往嘴里扔了一颗花生，“你以前很能沉住气的！”

他把花生嚼得嘎嘣嘎嘣地响，我听得心烦，气不打一处来，抓起一把花生，扔了他满头满脸。

“你一个死跑龙套的，你懂什么？”

“你都等了十年了，怎得这次就慌了呢？”零碎儿不急不恼，猴上一把凳子，像个天桥算命的，字字句句说进了我的心里。

我原本以为我是不动声色的，不想在众人眼里早着了痕迹。

我恨恨地盯着他，脸热辣辣的：“尝过那龙髓凤胆，谁还能回去咽得下糠！”

他摇摇头，晃晃悠悠地站起，等要溜到门边时，他回头。

“琉璃啊，你师父是个戏疯子，她能为了戏去死，你能吗？”

我能吗？我扪心自问。

“你等等她吧！”零碎儿叹息着走远，身影有些萧索。

7

看客们不会等我，他们谁也不会等，我也不能等。

毛笔藏得隐秘，谁能想到，一个戏子的床头，竟还装了暗格，依旧被我翻到了。

师父并不慌张，她径自找到了我。

“交出来！”师父的音调意外地平平的、木木的，仿似她让我拿出的是一件不要的旧袄子一般。

没了毛笔的妆容，师父整个人看起来有些黯淡，而我依旧是年轻鲜亮的。她凭什么和我比？她凭什么就这么把我踩在脚底？

我不怕她，她唯一的筹码都在我的手里，我怕她什么？

“不过一支勾脸的毛笔，师父也忒小气了些！”我轻描淡写。

她看着我，神情凄楚。

“你知道我师父是怎么死的吗？”

师父累了般坐下来，给自己倒了杯冷茶。她看着我，重起话头，我想起来，她在说那个烟鬼师公。

“毛笔是当年他从一个天桥杂耍师傅手里得的，杂耍师傅那时候刚四十出头，可他耍不动了，没人捧场。他不得已用了毛笔，三个月，人就没了！”

我忍不住咽了一口口水，她在吓我。

师父平静地看着我，幽幽地继续道："我师父临走，用了一回，半出《定军山》没唱完，他就死了！

"我师兄，你见过的，就上回。"她喝掉冷茶，许是太冷，她的手哆嗦了一下。

"对戏，他比我更疯，也比我更痴，可惜倒了嗓子，再不能唱了。他说这些年，他都是死的，唯独那晚，他活了！"

师父的眼里有泪，我想起那晚师伯压抑的哭声和临死时微笑的表情，悚然一身的鸡皮疙瘩。

"你当他不知道毛笔的玄妙，但它要命，可师兄就是那么做了，"师父看着我，"他只想死在台上，我懂他，我不想死，可我更怕没有魂儿地活着……"

师父站起身，步步向我走来，像是索命的鬼。

"我的时间也不多了，你把毛笔给我，等等我，等我死。"

她的神情是恳切的，眼神却像失火一般灼灼地燃烧着，我能信她吗？

可是由不得我迟疑了。

猝不及防地，师父冲了过来，第一次看她像个泼妇一样。她撕扯着我的衣服，揪着我的头发，手背被她抓出长长的一条抓痕。我被她推倒在桌边，她嘶吼着，哭着乞求："还给我，还给我！"

我奋力抓起凳子向她砸去。

师父晃了一晃，眼角、口鼻都流出血来，我惊得连连后退。

可师父已经疯了，她双眼赤红地扑了上来，我逃出门去。她跑到院子里，晾晒的戏衣被风卷起，眯了她的眼，她愣住，满目怆然，十分可怜。

8

我还是拿出了那支毛笔，看起来平淡无奇，下笔却另有玄妙。

我帮师父勾着脸，一笔一笔地还原着贵妃的美貌。

锣响，戏开，贵妃踩着云步款款而来……

三杯酒过，贵妃醉卧牡丹花丛，一双美目缓缓合上，她醉了。

掌声雷动，金箔的华彩铺天盖地，师父静静地躺在一地璀璨里，我奔上台，她笑得惊心动魄。

她说了最后一句话。

“胭脂易褪，琉璃易碎，这世间最美好的物事，合该死在它最美好的时候！”

我收起了毛笔，藏在我床头的暗格里，下次用到它，该是我在舞台上最盛大的时候。

电话亭

刺耳的铃声响起时，他以为是幻觉，可抬眼看到那座亮得刺眼的电话亭时，他笑了……

1

男人真的很讨厌那条小巷，尤其是晚上，漆黑一片，半点光线也无，遮天蔽日的树荫张牙舞爪地发出各种奇怪的声响，像是嘲笑，像是讥讽，又像是怪兽吞噬食物前满足的叹息。

是的，这条巷子，就是一只巨大的怪兽。

一年前，在这条巷子的深处，男人的妻子被“吞噬”其中。男人妻子的父母，抹干净眼泪，决绝地带着女儿的骨灰走人，留下男人面对着空荡荡的房间，还有一群突然多出来的兄弟。

这群兄弟对男人照顾有加，他们拖着男人出去打牌、喝酒、唱歌。酒足饭饱之际，他们还会安慰男人，打着嗝恭喜男人：“兄弟，升官发财死老婆，你这一下子就占了两样，可真是幸运！”

男人恍惚中，也会觉得，这样的日子也挺好，玩得再晚，喝得再烂，也不会被关在门外，不会有人骂他，用东西摔他，大半夜吵得他头疼，除了心里像房子一样有些空荡荡的，其余的一切，很完美。所以，可能这真的是一种幸运吧？

可这幸运的时限也未免短了些，不到一年，男人的落魄，堪比雪崩。

酗酒、打架、滥赌、巨额欠款……被踹出家门的那一刻，是伴随着无数劈头盖脸的拳脚一起的，男人只能狼狈地缩成一团，躲在那条同样被扔出来的散发着馊味的被子后面。可那条被子太破了，遮挡不住拳脚，同样也遮挡不住左邻右舍毫不掩饰的鄙夷目光。男人只能像只误入繁华街道的耗子，慌张地、惊恐地、不辨方向地冲入他最讨厌的小巷子里，他最恐惧的怪兽的肚子里。

去他妈的幸运！

男人骂骂咧咧地将手中的酒瓶扔出去，玻璃碎裂的声音在寂静的夜里有些让人心惊的意味。他抹了抹嘴角，有些木木地疼，还有些冷。他蜷缩在地上，久违地想起了妻子，想起来她曾经骂他："喝吧，喝死最好，死在路边没人理！"

这个女人骂起人来，可真是狠呢！

男人却笑了，因为他又想起来，妻子每次骂这句话的时候，都在用温热的毛巾帮他擦脸，动作有些粗鲁地给他把一身酒气熏天的衣服扒下来，然后再骂骂咧咧地小巴掌抽他，扶他睡觉，自己跑去洗手间，继续骂骂咧咧地洗衣服……

男人突然很想很想很想妻子，他想，如果他注定也要死在这条巷子里，那么，他想离妻子近一点儿。

他踉踉跄跄地走入了小巷深处。

夜沉静得像一具深埋地下的棺材，男人只能听到自己的呼吸声，夹杂着啜泣。他在妻子最后的地方，跪了下来，泪流满面。

“对不起，我辜负了你……”

“我好想你，老婆……”

男人痛哭失声，他想念过往和妻子的一切，他诅咒这黑不见底的巷子，他悔恨着如果当初……

刺耳的铃声响起时，男人正哭得昏天暗地，他以为是幻觉，可抬眼看到那座亮得刺眼的电话亭时，他笑了，这绝对是梦，进了怪兽的肚子，只能被胃液腐蚀、腐烂，怎么可能出现一盏灯？

既然是梦，不管是自暴自弃，还是无所畏惧，男人决定遵循本能，试着向光而行。

男人大踏步走进了电话亭。

男人接起了电话。

男人听到那边柔软的一声呼唤。

“老公，你回来吧，我等着你。”

男人如遭雷击……

那声音仿若蛊惑。

“按下你想回来的时间数字，我会在时间那边等你！”

男人的手停止了犹豫，他按了下去，一年之前的那个时间，妻子遇害的那个夜晚，他要挽回他人生最珍贵的部分。

2

不是梦！

妻子在厨房忙碌着，油烟里的身影，让男人觉得略微不真实，可是久别重逢的喜悦，没能让他克制住自己。他冲过去，紧紧地抱住妻子，把头埋进了妻子温暖的颈窝，油烟味夹杂着妻子身上廉价洗衣液的味道，让他着迷。

“发什么神经啊？”

男人被推开，紧接着手里一沉，妻子嗔怒着把刚盛出来的菜塞在他的手里，语气有些烦躁，表情并不温柔，然而整个人鲜活极了。而男人觉得快活极了，这不是梦，这是他触手可及的新的人生。

“吃饭，傻笑什么？”

“你真可爱！”

妻子粗鲁地敲着碗碟，男人看着觉得十分可爱，他想着也就那么说了。妻子明显愣了愣，男人看着这个骂起人来不喘气的女人红了脸，他想抱着她，告诉她他有多么想她，以及他会对她加倍地好，他们不会再吵架，这样妻子就不会生气摔门而去，不会走入那条黑漆漆的巷子，更不会因此被巷子吞噬。

直至门被敲响的那一刻……

说敲其实是不对的，确切地说，是门被擂得震天响，追债人的污言秽语随即而来。

“给老子开门，欠老子的钱什么时候还？”

“别装死，死扑街！”

“敢不还钱，老子弄死你……”

男人的心紧绷起来，妻子的脸再次红了，她怒气冲冲地站起来，然而下一刻，男人紧紧地抱住了她，几乎是嘶吼出声：“不要走！”

妻子愣了一瞬，开始挣扎，男人的反常也依旧不能抵消日积月累的失望。

男人几乎语无伦次："老婆，不要走，我会努力赚钱，我会好好过日子，请你，不，求你再信我一次！求你！"

男人声泪俱下，咚地跪下，死死地抱着妻子的腿。他要把妻子留下来，无论用哪种方法，用一个溺水的人对一根稻草的执着……

可是门依旧被破开了，一桶红漆扑面而来，稻草岌岌可危。男人顾不得了，他冲进厨房，拿起菜刀，目眦欲裂地冲向那伙意图把他的新人生釜底抽薪的流氓混混……

这次，换成妻子拦腰死死地抱着他。

混混们轰然逃散。

男人脱力，半瘫半跪在地上，抱着妻子，他不断地忏悔，像是最虔诚的信徒。在妻子震惊的目光中，他拿出菜刀剁下了自己的一根手指，他信誓旦旦地对着妻子起誓。

"从今以后，再不负你！"

妻子最终在泪流满面中抱住了他，骂骂咧咧地给男人包扎着伤口，谁也没有离开家，男人真的挽回了一切，男人哭着哭着就笑了，为新的人生。

浪子回头金不换。

3

回头的路却走得颇为艰难，债务金额很大，男人根本借不到钱，没有人愿意把钱借给一个长期酗酒赌博的人，而妻子拼着和娘家人断绝关系的决绝，借来了最后一笔钱。两个孤家寡人抱在一起，汲取彼此些许的微温，一步步艰难地走过寒冬，男人看到妻子越来越多的笑脸，想着她永远都不知道是自己回来挽回了一切，他的心底有种隐隐的骄傲。

可男人不能把这种骄傲说出来。

原因无他，男人的工作有些磕磕绊绊。他并没有一技之长，大钱他是赚不来的，他能从事的工种十分有限，他能选择的，也只有从最苦最累的工作做起。

工地搬砖，一天只有不到100块，工头脾气很暴躁，男人想要休息一下，都会被骂得狗血淋头。男人觉得他能忍住没有去打架，已经很好了，可是他受不了工地的饭菜那么差，没有酒也就罢了，白开水里都是一股漂白粉的味道。他的意念告诉他要坚持，可是他的身体率先提出了抗议，在一次有惊无险的脚手架失足之后，男人抱着不知道是颓丧还是窃喜的心情回到了家里。妻子意外温柔地安慰着他，没有骂骂咧咧，相反给了他最切实的鼓励，一桌丰盛的好菜，饭桌上，甚至两个人还畅想起等以后日子好过了，要个孩子。

孩子意味着什么，那是希望。男人打起精神，重新找工作，这次是快递员，他觉得自己可以胜任，但也许是新生活的开启，总会安排那么点儿小挫折，男人的工资因为各种小意外的赔付，拿到手时几乎所剩无几，更有一次，他不过在中途看了几分钟双色球的开奖而已，一车快递丢失不见。周围人没能提供任何线索，却都在嘲笑男人工作不够专心，男人恨得咬牙切齿，好不容易按下打架的想法，却再也没有了继续做快递员的勇气。

妻子这次明显有些不满，却按捺了性子，依旧给男人做了一桌好菜。

饭桌上的气氛有些沉闷，男人低着头，吃着饭，却味同嚼蜡，他有些恨自己，也有点儿怨妻子。

这些都是为了你，你却毫不知情。

生活一地鸡毛，但依旧在继续，男人似乎从最初对新的人生的各种憧憬中醒了过来。他回想起那晚的种种，他的心里隐隐有些懊悔，懊悔被一时的内疚和悔恨占了上风，不然他当时稍微理智地思考一下，绝对会选一个更好、更容易开始的节点回来。想来想去，男人想得唉声叹气，想得抓心挠肝，他甚至一次次地深夜走回那条巷子，想要找到那座他绝望时灯塔般发光的电话亭。可他发现，电话亭它是在那里，可是无比普通，破旧无用，线也是断的，没有神秘来电，按下按钮不为所动，甚至它都不会亮……

男人开始有些怕看到妻子再次黯淡下来的目光，他随便找了份保安的工作，工资很低，但亦有妙处。偶尔卡一卡想要进门的人，他能意外地得到一包烟或者一瓶酒，遇到小混混挑衅，还能以正当的名义小小地打一架。下了班还可以和一帮年纪偏大的同事一起喝喝小酒、撸撸串，吹吹牛皮、搓搓小麻将，日子居然意外地轻松惬意起来。

妻子似乎也接受了他的现状，只是再也不提生孩子的打算。

4

意外发生在那晚下班之后。

和平常并无不同，男人和老年同事们搓着小麻将，为了五毛钱的赌资吵了起来。男人心里很郁闷，果然一群老头子，牌盯得是精打细算，抠的那叫个鸡毛蒜皮，没劲得很。男人伸手一推牌，不玩了！

刚起身，就听到一个熟悉的声音。

“哟，和一群大爷玩个什么劲儿。走，哥们儿咱去棋牌室，打大牌！”

一条花臂随即搂住了男人，男人最熟悉不过，是阿狗，他以前的“朋友”。

男人伸出断指，拒绝：“看到了吗？发过誓的，不去！”

阿狗肆无忌惮地笑了起来：“你他妈没事儿吧？整得跟演电影似的，打个牌而已，还能要了你的命！你以前不是也很爱打牌吗？”

男人舔了舔嘴唇，依旧摇头：“以前是以前，现在是现在！”

“可去你大爷的！你他妈不刚从牌桌上下来，别特么在那儿给自己立贞节牌坊。”阿狗使劲儿把男人往怀里一带，凑到男人耳朵边，“最近哥发现了一地儿，都一群蠢货，特好赢，我最近一晚上起码……”阿狗伸出一个巴掌，晃了晃，“这个数！”

男人的眼睛跟着那晃动的手掌，感觉有点儿晕，像是被催眠般，他咽了咽口水：“真的假的？”

阿狗一钩男人的脖子，亮了亮另一只手腕上的金表：“看看，昨晚那个蠢货抵押给我的！”

“那……我去看看，提前说好，我不上场！”男人晃了晃头，给自己的坚持暗暗地点了个赞。

棋牌室是以前他常来的那家，换了装修依旧是乌烟瘴气，但丝毫不影响它在男人眼里的样子，熟悉！麻将清脆的撞击声，人群的吆喝声，空气里的烟草味，角落里做摆设的空气净化机……一切都那么熟悉，男人感觉全身都痒痒的！

什么时候上场的，男人已经记不清了，当男人回过神的时候，他已经欠了六万。他再去借筹码，他想要翻盘，可惜庄家不给他机会了，混混们伸着个六六六的手指仿佛在给他叫好。男人有些蒙，他被按在大理石桌面上，触感冰冷，他很慌、很恐惧，不由自主地想起被踹出家门，想起在巷子苟延残喘连野狗都不如，想起他被绝望逼到想要自我了断的境地，想起那声刺耳的电话铃声和那座电话亭……

男人的心中瞬间涌起一股豪情，既然是赌，那就赌一把大的！赌人生再来一回！

男人冷静沉着地回答：“放我回家，我取钱给你们！”

5

男人推开门，一双血红的眼睛对上妻子狐疑的眼神。

妻子的手上，正在整理两份文件。男人不看也知道，那是妻子早些年给做保险的朋友冲业绩时买的人身意外保险，她和他，每人一份，这个时候，该到续费的时间了。

“你最近怎么回家越来越晚？”妻子有点儿不满地嘟囔，之后突然警觉地抬头，“你怎么一身烟味，你该不会又去赌了吧？”

“没有！”男人死死地盯着文件，眼睛越发红了。

“没有最好，虽然你工作不咋样，但只要不赌，咱们日子总能慢慢好过起来的！”妻子放好文件，起身捶了捶腰，她最近兼职有点儿多，腰背有些吃不消。

“你明晚下班走小巷回来吧，我去接你！”男人突然开口，妻子想了想，点了点头，平时她很少抄近道走那条漆黑的小巷，现在有老公接她，她也可以少走路早回家。

老公是真的改了，我不该怀疑他又去赌的。妻子有些自责地想。

老婆，对不起，不过你相信我、等我，我会再回来补偿你的！男人有些自责地想。

6

巷子还是老样子，傍晚的余晖下依旧透着股森冷的意味。男人换了一身黑色的衣服，戴上手套，穿上软底鞋，不慌不忙，不疾不徐，像幽灵一样融入巷子深处的黑暗里。

他像个极有耐心的猎手，蛰伏着，等着夜再深些，黑再浓些，等着妻子路过这里……

同时他死死地盯着黑暗中根本看不见影子的电话亭，他在虔诚地祈祷着，以他妻子的生命起誓，让他赢这一场豪赌。

很顺利，当黑暗中传来妻子越来越急促的脚步声时，他轻轻地打开了折叠刀。

“噌”的一声，刀子在黑暗中发出了几不可闻的声响，但，周围太静了，静得呼吸可闻。妻子急促的脚步瞬间停下，并惊恐地发出了一声大喊。

“什么人？！”

女人的声线又尖又响，惊得男人一阵战栗，惊得巷子都仿似醒了一般，巷口甚至隐约传来人声。

他要赌输了吗？

男人有些绝望地看着手中的折叠刀，像是感应到了他的绝望，电话亭再一次如灯塔般亮了！

是的，亮了！希望没有抛弃他。

男人几乎不假思索地冲出藏身处，冲到妻子的面前，在妻子惊喜的声音里一刀挥下……

“老公——”

妻子没有喊完的“老公”卡在喉咙里，她的表情很是怪异，那是狂喜到震惊来不及转换的扭曲表情。

妻子倒下了，眼睛瞪得很大，还未扩散的瞳孔里满是惊惧。她直直地盯着男人，男人叹气，他抚上妻子的眼皮。

电话铃声再次乍然响起，男人觉得很是悦耳。

巷口传来的杂乱脚步声也越来越近，可男人知道，他们是来不及抓到他的。

“你等我，等我回来，在最好的时间，和你开始最好的人生！”

男人抬起手，说完他认为最美的情话，充满憧憬地、干劲十足地向着电话亭跑过去。

二十米、十五米、十米……

男人的脚步声和电话的铃声混杂在一起……

近在咫尺……

只需要再一步，他跨进电话亭，拿起电话，拨下数字，他就可以回去一个更好的时间，只是可惜，终究人算不如天算，他还没能拿到赔偿金呢？不过这个遗憾，也许在未来，他可以弥补……

男人有些遗憾地想着，突然整个人重重地趴在了电话亭前……

该死的软底鞋，是沾上了妻子的血，太滑了吗？

电话铃声戛然而止，灯光瞬间熄灭……

男人有一瞬间的失明，黑暗像是怪兽的巨口，顷刻就要将他吞没。

不，或许他可以借着黑暗逃脱，毕竟，上次他就做到了。

可这次，他没有做到，乱七八糟的光束照得男人无所遁形，他被七手八脚地拖了起来。

“为什么？为什么不给我机会？就差那么一步，那么一步，为什么？”

男人不甘的嘶吼在小巷上空回荡。

小巷依旧静默，黑暗中，似乎又传来刺耳的电话铃声……

雕刻刀

“这把雕刻刀，我想我找到正确用法了。”

1

春夜，天色晦暗不明，市郊最负盛名的雕刻世家罗斯庄园里，正在举行一场雕刻展览。传说雕刻师罗斯有一双神佑的手，如果他愿意，就能赋予作品人类的灵魂。

此刻，喧嚣了一夜的宴会厅人声渐渐低了下去，随着停满庄园门口的车辆次第离去，夜幕裹挟着寂静向庄园笼罩过来。

这是乍暖还寒的季节，夏虫不鸣，微风不响，满园或高大或娇小的石刻雕像沉默不语，静静地在花丛里投下一道道影子。

其中一道人影突然动了动，少女阿宓的身影轻盈地站起来。她轻轻地呼出一口气，挪动了一下麻木的脚踝。随着她的动作，身旁的蔷薇花瓣抖落了一地的露水。她慢慢地移动，听到“刺啦”一声。

阿宓懊恼地看着被花刺扯破的裙子，这是她最喜欢的裙子，管家罗亚送给她的生日礼物。她今晚已经舍弃了她的小皮靴，因为那会发出声音，再失去最心爱的裙子，阿宓感觉自己的心在滴血，可懊恼归懊恼，她是不会返回庄园后面的闺房去换衣服的。为了今夜的出逃，她已经准备很久了，这一次，她不想和之前一样失败。

小心地拨开蔷薇花丛，会发现那里的围栏多了一个缺口，很矮。为了爬出去，阿宓不得不舍弃一直以来保持的优雅的淑女形象，跪爬下去。等她灰头土脸地爬出来，还来不及把眯住眼睛的灰尘揉开，她听到了一个少年的声音。

“咦？”

阿宓抬头，并不明朗的月光下，少年的轮廓依旧美好。阿宓来不及囧迫自己的灰头土脸，她又听到了另一个熟悉又温柔的声音。

“阿宓。”

阿宓几乎魂飞天外，出逃失败的愤怒已经盖过了在俊美少年面前失仪的尴尬。

“你怎么在这里？太讨厌了！”她负气地胡乱擦着，灰尘和汗水把她姣好的脸蛋模糊成了大花猫。

管家罗亚拿出一条丝巾，动作轻柔地给阿宓擦着脸：“我来送送客人，小姐是不是在房间里待得闷了？”

当然！

如果是平时，阿宓一定是骄纵任性地喊出来，并且很可能会在这个最宠她的年轻管家面前哭闹哀求一番，直到她那只会对她说教的哥哥罗斯出来，声色俱厉地让她回去。

可今天有外人在，还是个俊美的少年。少女的羞耻心占了上风，她放下以往的刁蛮任性，矜持地一点头，声音又娇又软，透着点儿委屈：“哥哥根本不喜欢我，他只在乎他的雕像。”

“你叫阿宓？你是雕刻师罗斯的妹妹？我是林洛！”一旁的少

年有些失礼，但声音里的惊喜冲耳可闻。

“是的，我是阿宓！”

阿宓有些羞涩地低头，开始在意自己破了的裙子，没有穿出门的小羊皮靴子，还有头发上已经被花枝挂得乱七八糟的“发饰”。

林洛似乎没有注意到，他伸出手，彬彬有礼地弯腰。

“很高兴认识你，阿宓小姐！你像天使一样美丽！你像精灵一样可爱！”

阿宓的心里腾起一股莫名的开心，完全掩盖了她出逃失败的坏情绪，她很高兴地伸出手。

我也许能交到第一个朋友了！阿宓这样想，手却被罗亚主动握上。

“罗亚，你在干什么？”

阿宓和林洛显然都有些不知所措，罗亚一笑：“夜深了，请让我送小姐回房休息！”

罗亚的笑容是谦和的，态度是疏离的，林洛有些讪讪。阿宓有些气愤，她用力甩开了罗亚的手，伸手主动握住了林洛不知道要怎么收回去的手。

阿宓有些恶作剧得逞似的向罗亚挑衅一笑，却看到罗亚盯着她和林洛相握的手，目光凶狠。

“罗亚，别忘了，你只是个管家！注意你的分寸！”阿宓终于按捺不住，任性地发着大小姐脾气。

林洛也愣了一愣，立刻有礼貌地放开了阿宓并道别：“能参加罗斯先生的雕像揭幕酒会，我非常开心，希望下次也有这个荣幸。”

林洛像是不想承受罗亚不善的注视一样，转身就想走，罗亚却谦和地躬身一礼：“既然如此，请林洛先生留宿一晚，明天我可以带着你参观罗斯先生更多的作品。”

林洛迟疑："这样，似乎不太好吧？"

"当然，您可以拒绝！"罗亚补充道。

"这样很好。"阿宓上前主动拉住林洛，看到罗亚没有再瞪她，阿宓很开心，她就知道，罗亚是最宠她的。

林洛似乎盛情难却，他保持着贵公子的风度："我的祖父曾经告诉我，不能拒绝别人的好意和热情，尤其是漂亮的女孩子。"

2

"嗒嗒嗒，嗒嗒嗒！"

阿宓欢快的足音在穹顶极高的走廊里回响着，像是衬托她美丽心情的快乐音符。罗亚目送她被仆人送去沐浴休息，久久不动。

"要不我来做主，让她给你做妻子吧！"

身后传来罗斯的声音，他转动着手里的雕刻刀，刀身反射的光晕打在罗亚垂下的眼眸上。

"借您的雕刻刀一用。"罗亚答非所问。

"对它，你永远都不用说借。"罗斯无所谓地将雕刻刀递给罗亚，罗亚有些嗔怪地看着罗斯。

"先生，您的雕刻刀是雕刻世家百年的荣誉，您对它有些轻慢了！"

"是吗？"罗斯反问，"我倒是觉得，你过于执着了。作为我最杰出的接班人，罗亚，你应该明白，这把雕刻刀是属于你的，我期待着你找到它正确用法的那一天！"

罗斯说完，点了点罗亚的眉心，转身走了。

"阿宓小姐，我只是拿她当妹妹的！"罗亚冲着罗斯的背影，克制地喊道。

罗斯摆了摆手："祝你有个愉快的夜晚！"

"也许吧！"罗亚盯着手里的雕刻刀，目光虔诚得如信徒。

第二天的天气很好，适合在花园里用餐。

罗斯端坐在主位，晨光在他的身上照出光晕，既精致又尊贵；一边服侍的罗亚，彬彬有礼又不失温和。两个人一站一坐，端的是一幅油画版的场景。

这大概就是世家百年传承下来的刻在骨子里的气质吧，林洛如是想。

他挺了挺背走了过去，试图融入这主仆二人尊贵的气质中去，一阵"噔噔噔"的小羊皮靴的声音打破了这种安静。

"阿宓，注意你的礼仪！"罗斯开口就是训斥，阿宓的表情瞬间委屈起来。

"对于美丽的少女而言，活泼就是她们该有的礼仪！"罗亚微笑着反驳，阿宓即刻阴转晴，她俏皮地吐了吐舌头，朝着林洛轻盈地行了一礼，转过头轻轻扯了扯罗亚的袖子。

"罗亚，我最爱的裙子昨天刮破了，你要再送给我一条。"

"那是当然，美丽的少女也天生拥有美丽裙子的权利。"罗亚对阿宓的宠溺几乎是无条件的。

"不知道的人，会以为你是她的丈夫。"

罗斯的话让罗亚给阿宓拿蛋糕的手顿了一顿，阿宓紧张地看了一眼林洛，大声道："哥哥，罗亚是爸爸！"

罗斯端起红茶的手抖了一下，罗亚失笑："我觉得哥哥比较合适！"

少女跳了起来，拉起林洛，顺手再拿起一块蛋糕："林洛，我带你去看哥哥的破石头！”

几乎是落荒而逃。

“她真是越来越有意思了！”罗斯轻笑，“可是，你不打算阻止你的女儿谈恋爱吗？罗亚爸爸！”

“她喜欢就好！”

罗亚的声音几不可闻，罗斯却加重了嘲讽：“她从来没有出过庄园，像一只圈养在笼子里的鸟，你确认让她飞出去，她不会受伤？”

“我会保护好她！”

“你做不到！”

“我能！”

“呵，你对她，执念太过了！”

争执结束在罗斯的嗤笑声中。

“我能！”罗亚又默默地说了一遍。

3

阿宓是真的很开心，她带着林洛几乎走遍了庄园的角角落落，毕竟这么多年，她的活动区域只有这里，再大的庄园也够时间摸个透了。

她先是很有礼貌也很矜持地带着心仪的男孩子看完了哥哥罗斯所有的作品。

之后她开始放松。

她带着林洛去看了她养的小动物，告诉林洛它们的名字，叽叽喳喳地和小动物们介绍林洛，逗得林洛不断发笑。

她给他看了自己生气时会偷偷躲起来的“安全屋”，屋子里面放了好几个惟妙惟肖的蜡像小人，手感细腻温软。她告诉林洛，这些是她匆匆见过一面的“朋友”，朋友们太远不能来访，她不能出庄园，罗亚便把他们做成蜡人陪着她。

“罗亚真的是全世界最温柔的人啊，我哥哥脾气太坏了！”少女有些烦恼地踢了踢石头。

林洛握着她的手，细细地抚摩：“你是我见过的最漂亮的女孩子！”

这个动作是有些不合规矩的，可天真的少女阅历太浅，她被这来自陌生异性近乎表白的赞美扰乱了芳心，她很想用一样的句式回应说：“你是我见过的最俊美的男孩子！”鉴于她见过的陌生人实在太少，哥哥罗斯和罗亚亦俊美非常，她想了想，说：“你是我见过的最完美的男孩子！”是的，哥哥太严厉，罗亚太温柔，而林洛，恰到好处，她可真是幸运！

“非常荣幸能成为阿宓小姐唯一的朋友！”林洛眨了眨眼睛，在阿宓的手背留下一吻，带着阿宓的牵挂，离开了。

阿宓变了，这是所有人都能感觉到的变化。

之前的阿宓，像只任性的刺猬，在笼子里左冲右突，见人就会扎一下，只是这座庄园里不多的用人惯于沉默，管家罗亚无条件地包容她，哥哥罗斯无条件地对她严厉，她的任性总是显得那么不合时宜。现在的她，满脸的春风得意，满心的爱情幻想，她开始和林洛通信，罗亚看着越来越频繁的信件收发，脸色越来越冷。

敲开阿宓的门，阿宓正在镜子前比画着一套又一套裙子。

“林洛先生又来信了，你哥哥似乎最近并没有雕像要展出。”罗亚克制着。

“和哥哥有什么关系，我和林洛是朋友！”阿宓想到什么，停了下来，“罗亚，你帮我求求哥哥，让他再办一次雕像展可以吗？”

“这样就可以有正当理由邀请林洛先生，你们也可以再次见面了，对吗？”罗亚很直接，语气也有些重。

“罗亚——”阿宓意识到了罗亚的反常，“你是在生气吗？”

不等罗亚回答，任性的大小姐继续说了下去：“罗亚，我喜欢林洛！我要嫁给他！”

“你说什么？”罗亚跳了起来。

阿宓愕然地看着反应过大的罗亚：“罗亚，是你把林洛留下来的，我以为你是支持我的！”

“你是可以和他做朋友，但是，你们不可以结婚！”罗亚几乎喊出来。

阿宓看着眼前的罗亚，这一刻的罗亚，和哥哥罗斯真的很像。

她盯着罗亚，语气里都是失望：“我以为你和哥哥是不同的，结果你们都一样，不许我出门，不许我交朋友，不许我见陌生人……我受够了！”

最后一句几乎是尖叫，罗亚试图抱住她安慰她，但是刁蛮任性的大小姐呈现出了歇斯底里的一面。

“和林洛在一起之后，我才知道外面的世界有多么美好，你们不能这样对我，我不是囚徒！”

罗亚被阿宓不顾一切地推开，力气大到罗亚担心她伤到了自己：“罗亚，林洛告诉过我一句话，不自由，毋宁死！”

斩钉截铁的话从一贯天真烂漫的少女嘴里说出，有种触目惊心的冷意。罗亚惊到甚至失语，初陷爱情的少女一旦陷入偏执和疯狂，就会像扑火的飞蛾，一次次毫不畏惧地赴死。罗亚有些后悔，他早该想到的，在她一次次从未放弃的出逃行动里，他早该察觉的，现在要怎么办？他有些手足无措，也许此时能帮到他的只有罗斯先生了。

“这样也好，让她认清真相，接受，或者毁灭，也免得你执念过深！”

罗亚惊讶于罗斯的轻描淡写：“你的重点是不是有所偏差？”

“从来都没有偏差！”罗斯抬眼看着罗亚，“从她降生的那刻起，你就该知道，我让她做我的妹妹，做罗斯家族的世家小姐，仅仅是因为你！”

“可是只要你愿意，她可以像我一样。”罗亚的语气里有着愤怒，也有着哀求。

“我不愿意！罗亚，你要记住，你是唯一的！”罗斯冷冷地回答。

罗亚像是被他语气的冷漠冻到了，他轻微地颤抖了一下，冲出门去，冲到阿宓的房间。听着里面阿宓伤心的哭诉，搭上门锁的手止不住地颤抖，最终他放弃了，瘫倒在门外，毫无仪态可言，他一遍又一遍地说着“对不起！”

他说过要保护她的，他能做到！

4

罗亚请求罗斯带着郁郁寡欢的阿宓去了市郊游玩，安排好了一切，他邀请林洛再次来到庄园。

“我希望林洛先生能和阿宓小姐结婚！”罗亚直截了当地提出这次邀约的目的。

“噗！”林洛直接将红茶喷了出来，他震惊到几乎顾不得自己的礼仪，“罗亚先生，你知道这是不可能的！”

“为什么不可能？你和她相聊甚欢，一见如故，她美丽、高贵，她不比任何女孩子差！”罗亚平静地分析。

“我是喜欢她，但那是另一种喜欢，我想没有人能拒绝她。好奇是人类的天性，我想罗亚先生你能明白的！”林洛有些羞愤。

“那你就不该让她误会！”罗亚不动声色地将雕刻刀拿了出来，他以为会派不上用场的，“如果不是她，你早就不存在了，你知道所有伤害过她的人，下场是什么吗？”

林洛猛然想起他曾去过的安全屋，那里有许多惟妙惟肖的蜡像人，他的汗瞬间就湿透了衣背。

“你这个疯子，不，你不可以这么做，”林洛惊慌失措，他失声大叫，“阿宓小姐，阿宓！”

偌大的庄园，回音阵阵，他仓皇失措地逃跑。罗亚冷冷地看着这个男人：“你看，人类就是这么矛盾，不爱她，却忍不住撩拨她，明明欺骗了她，却在关键时刻指望她救你！”

罗亚摩挲着雕刻刀，一步步地接近：“等你消失了，她会慢慢地忘记你！”

“罗亚，你在干什么？”一声尖叫，震碎了罗亚所有的从容。

林洛瞬间冲向他的救命稻草——阿宓。

阿宓一脸的难以置信，她呆愣在原地，依旧不忘将林洛护在身后。

“别慌，罗亚只是在帮你提亲而已！”罗斯笑着，不慌不忙地解释。

阿宓看着惊慌失措的罗亚，恍然大悟，她脸上有按捺不住的幸福笑容，还带着些许羞涩，她问林洛：“阿洛，我是很想嫁给你，你会觉得我不矜持吗？”

罗亚没有回答，从看到罗斯带着阿宓进来的那一刻，他已经不知如何反应，罗斯是故意的，罗亚现在的脑子里只剩下一个念头：阻止林洛。

可是来不及了。

林洛在阿宓说出想嫁给他的那一刻，已经大叫着逃离阿宓的身边："我不会娶你的，我不会娶一个怪物！"

"怪物？！"阿宓一脸的不可思议。

"你不会不知道吧，你不是人啊，你是他做出来的蜡像啊，你自己没发现你和别人不一样吗？我对你真的只是好奇，我没有错！"林洛大喊着冲向门外，罗亚紧张地看着阿宓的反应，他已经无暇顾及逃走的林洛，因为他的阿宓已经摇摇欲坠。

她抬起头，眼神无限悲伤，可是她没有眼泪。

她抹了抹脸，撑起一个比哭还难看的微笑，她问："罗亚，我真的是你做的蜡像吗？"

罗亚不知道怎么回答，他想去抱住阿宓，可他很怕，他从来没有在阿宓脸上看到过这样的表情，空洞、迷茫，带着哀莫大于心死的平静。

"原来，你真的是爸爸。"阿宓这样说。

5

几天以后，一个风和日丽的晴天，阿宓死了。

罗亚赶过去的时候，已经来不及，罗亚不能想象阿宓是抱着怎样的心情看着自己一点点地融化的。他努力想要重塑一个阿宓出来，可是再也没有成功过。

想必阿宓是再也不想回到这个地方，她痛恨做一个怪物。

罗斯不以为然，他冷漠地对罗亚说："不过一个蜡像，你可以再做无数个！"

"我只要阿宓！"罗亚无力地说着。

"我不会让阿宓存在！"罗斯冷冰冰地打断他。

罗亚当然不指望罗斯能说什么安慰的话，事实上，当罗斯带着阿宓回来的那一刻，他就明白了，罗斯岂止是厌恶阿宓，他是憎恨她！

"她已经成了你的执念，要不是因为你，我早就把她废了！"罗斯像是安慰地抱着罗亚，"你是我的唯一，我对你的感情，不比你对阿宓少半分，你近乎完美。"

罗亚点头，罗亚完全理解。

阿宓想要做个人，可最终，她接受了自己是蜡像的事实，满怀绝望地将自己融化了。

罗亚也很想做个人，甚至想要成为最伟大的雕刻师，所以，罗亚的路，注定和她不同。

又是一个风和日丽的晴天，罗亚燃起了炉子，他很久没有做蜡像了。

稠密的胶质在缓慢地翻滚，香气飘散开来，整个庄园的雕塑似乎都开始被浸染得温润起来。

罗亚拿起雕刻刀——罗斯借给他很久的刀，他一直都没有还回去，或许，可以不用还了。

罗斯穿戴得异常庄重，他的眼瞳甚至有闪烁的光，他期待地看着罗亚，伸手抱住他。

“我一直期待这一刻的到来，”罗斯握起罗亚的手，将那把雕刻刀靠近自己的胸口，“期待你成为我最完美作品的那一刻！期待你成为真正的雕刻师。”

“这把雕刻刀，我想我找到正确用法了。”罗亚轻声说着，用力地将刀刺入了罗斯的胸口。罗斯笑着倒下去，任凭稠密的胶质将他慢慢地裹挟，下沉，直到消失不见。

罗斯家族从来没有什么神佑的手，他们有的，只是一把充满了主人执念的雕刻刀，代代传承，以向死而生的执念，赋予作品不灭的灵魂。

罗斯庄园的胶香飘了几百个日夜，罗亚耐心地守在炉边，用那把雕刻刀，一点点、一点点地完成了一座蜡像。

蜡像诞生的那天，依旧是风和日丽。他睁开眼睛，黑色的瞳仁里是孩子般的懵懂无邪，他看向面前的罗亚，阳光照射进来，两个人一站一坐，像一幅油画。

罗亚温柔地俯下身，在孩子的耳边轻声说：“罗亚，欢迎你来到这个世界，我叫罗斯，是你的主人。”

6

庄园里响起久违的人声，罗亚温柔地看着眼前牙牙学语的孩子。他会在这个庄园里长大，会继承他的雕刻手艺，会成为闻名于世的雕刻大师。

当然，在此之前，罗亚还要送他一件非常重要的东西。

那是一把雕刻刀。

照相机

一张照片飘飘忽忽地落在地上，上面是一身戏服的老生，板板正正地站在戏台的中央。

1

两盏大红灯笼悬在京剧院的门口，风一吹，发出“吱吱呀呀”的响动，摇摇欲坠。保安大叔粗糙的脸，此刻在灯下映得一片血红。

“老刘，你别装神弄鬼的啊！”张闻声飞速回头，瞥了一眼黑不见底的街道，缩起脖子，控制不住地打了个冷战。两个年轻人又往前挤了挤，老刘的一口烟几乎要吐到他们的脸上。

“那天到底怎么回事儿啊？”武生林瀚裹紧身上的皮夹克。

这话要从半个月前说起，剧团的当家青衣张欣欣失踪了，连带她演《红鬃烈马》的行头、王宝钏被册封皇后所穿的那身蟒袍，都一起不见了，凭空消失得无影无踪。

“你们知道，我每天晚上睡觉前都要检查剧场，可那天……”老刘盯着燃烧的烟丝，神情逐渐恍惚。

那天深夜，大风卷起树杈狂怒地拍打着窗玻璃，雨滴噼里啪啦地砸在门房的屋檐上，一前一后好似赶集般热闹，吵得老刘心烦意乱，他于是披上雨衣，打着手电筒，又跑出去检查剧场。

一束冷光探过门厅，老刘用力把狂风关在门外，耳边突然安静下来，只剩摆钟和自己的呼吸声。

他亦步亦趋地跟在光束后，从门厅转到走廊，剧场的木地板老损严重，踩上去总感觉不止一个人发出的动静，不过老刘早就习惯了，熟练地把手电筒照向每个可能藏人的角落。

“谁？”老刘一嗓门喊得自己打了个激灵。

就在刚刚，走廊尽头“嘭”的一声，闪起一道白光，似乎还夹杂着火光燃烧的红色烟痕。声光逝去，走廊重新陷入死寂，但老刘眼前留下的白光残影，证明这不是他的幻觉。

一团黑影一闪而过。

“给我出来！”老刘深吸一口气，牢牢地握住腰间的电棍。

这一层全是老演员的换衣间，此时个个房门紧闭。他摸到走廊的尽头，只剩下最后一间，门上烫着三个字——张欣欣。

冷风从老刘的袖口钻进怀里，低头一看，张欣欣的房门竟然开着条缝。老刘每天睡前必要检查门窗是否锁好，他十分肯定这扇门是上过锁的。

坏念头一个接一个地闪过，老刘铆足了劲儿，举着电棍冲进房间，一通乱打，直到停下来，用手电筒照了一圈，连个人影都没有。

老刘正觉得奇怪，突然，一个亮晶晶的东西骨碌碌地滚到他的脚下，捡起来一看……

“那正是戏里王宝钏头上戴的珠子。”老刘学过一阵儿说书，听得两个人眼睛都直了。

“那，后来呢？”张闻声催道。

“后来你们都知道了，人不见了，行头也丢了，就剩下那一颗珠子，要我说啊……”老刘故弄玄虚，拉出一个长音，“这事儿，不是活人干的。”

林瀚壮胆似的干笑了两声，道：“哈哈，这都啥年代了，老刘，你就别扯聊斋了啊。”

“一个大活人，就这么没了，搞得剧团里人心惶惶的，谁知道还会不会有下一个呢？”老刘猛吸了两口烟，扔到地上用鞋底踩灭。

张闻声和林瀚对视一眼，同时探到对方眼中的不安和怀疑。

这一夜，三人无眠。

2

“八月十五月光明，薛大哥在月下修书文……”

老生气定神闲，星目炯炯，一捋髯口，跨步上前，吓得对面的王宝钏缩回手去，连连退避。

“好！”

掌声雷动，险些压过台上的弦胡锣鼓。观众什么时候叫好，好声多响亮，但凡老乐师心里都有谱，尤其是老生盛念荣的《红鬃烈马》，一到关键时刻，全都铆足了劲儿，把那弦子弹得嗡嗡响，仿佛在跟满堂彩比试声高。

张闻声就躲在侧台的楼梯后，一边探着脑袋往戏台上瞅，一边往嘴里扔颗花生豆。他刚入剧团半年，是戏校的尖子生，剧团去学校选拔那天，他凭借优秀的形体条件和一段《武家坡》，成了老生盛念荣亲点的“好苗子”，也默许他叫了半年的师父。

每当师父上台演《红鬃烈马》，张闻声总要扒在侧台看，旁人只当他好学，唯独林瀚看出了名堂。

“看傻了吧你！”刚下台的林瀚，拿戏服上的两根搂带抽了下张闻声的背。

“滚蛋！”一道白眼射过来。

“人家有老公，儿子都五岁了。”林瀚看着台上刚刚出场的代战公主，她是剧团的另一名青衣——于晓嫣。

“我知道。”张闻声面不改色。

“知道你还看！”

“好看，看两眼又不犯法！”张闻声没好意思说，这是他见过的最好看的女人，皮肤白嫩，身姿丰腴，他怎么也看不够，单身了二十一年的张闻声，终于情窦初开。

可好日子没有持续太久，这两年来，剧团的票卖得不好，眼见着伙食里的肉越来越少，青年演员有的跳槽，有的转行，张闻声也开始为自己的未来担忧。

剧院还在，可人心已经散了。

老生似乎看不见这些是非，照样盯着年轻一辈练晨功，一日也不许他们偷懒。

又一年暖冬，张闻声从北京学习归来，刚到剧团大门口，就看到几个工人正在拆剧院的红色门牌。

“师父，你们这是干啥呢？”

“剧院要拆了。”

拆了？张闻声一时听不懂这话的意思，来不及多问，一路小跑到师父的房间，顾不上敲门就闯了进去。

“师父！门口的工人说剧院要拆了！”

老生背对着门，佝偻着身子，好像在擦什么东西。

张闻声跑到师父跟前，只见老生双手捧着一张镶在镜框里的照片，正是剧院的大舞台。老生拿着白布擦拭镜框，眯着眼睛，动作仔细。

“散了，要散了。”老生盯着照片喃喃自语。

“师父——”张闻声神情担忧，扶住老生的胳膊。

正值剧团困难时期，张欣欣又突然失踪，一家人堵在剧院门口讨说法。院长着急上火，一张好嘴差点儿成了结巴。

院长紧急开会，要听听大家的想法，张闻声挑头站起来，说要与剧团共存亡。说罢，他又偷偷瞄了一眼坐在角落的于晓嫣。

散会时，于晓嫣经过张闻声身边，给了他一个若有似无的眼神，这一眼，看得张闻声抓心挠肺，辗转反侧。

清晨，一声凄厉的尖叫划破长空，在剧院大楼里回荡。

于晓嫣的换衣间门口挤满了人，张闻声一头冲进去，拦都拦不住。只见里面翻得一塌糊涂，戏服、首饰散了一地，墙上、椅子上到处都撒着化妆品。全身镜从中间裂开，一分为二，尖利的边缘沾着星星点点的血迹。

第二个人失踪了。

3

凌晨两点，张闻声握紧手中的一串钥匙，把被他用二锅头放倒的老刘扶上床，悄声离开。

他打开大门，直奔于晓嫣的换衣间，现场的痕迹还和白天时保持一致。张闻声小心翼翼地翻找，企图寻到于晓嫣失踪前留下的蛛丝马迹。

张闻声蹲下，捡起掉在地上的一盒粉，精致的雕花粉盒，外面却沾了不少灰尘。他轻轻拍打粉盒，想把灰尘拍掉，却发现灰尘沾在了他的手指上，泛着银色的光泽。

他凑近指尖闻了闻，一股淡淡的燃烧味儿，凝神之际，一双冰凉的手滑进张闻声的脖子。

“我 ×！”张闻声吓得整个人原地抽搐，蹦出一米远，抄起桌上的电水壶就准备扔过去。

“我，是我！”熟悉的声音响起，林瀚捂着肚子蹲在地上，笑得喘不上气。

“大爷的！”张闻声上前箍住林瀚的脖子，“你来干吗？”

“我关心你啊，看看你半夜溜出来干啥？”张闻声给林瀚展示自己刚发现的奇怪粉尘，林瀚闻了闻，一脸不屑，道，“这？镁粉而已。”

“镁粉？这东西干啥用的？”

“好多地方都能用啊，炼钢、烟花爆竹，”林瀚拍了拍手上的粉尘，“哦，还有以前老式的照相机，用这玩意儿做镁光灯。”

“你是不是真懂啊？”张闻声一脸的怀疑。

林瀚一下打开话匣子，道：“开什么玩笑！我太爷爷以前就是开照相馆的，民国二年，还给宋庆龄照过相……”

于晓嫣的房间怎么会无故出现镁粉呢？炼钢、烟花，这些东西跟剧院实在找不到联系。

照相？张闻声突然想起一件事，京剧院的前身是新中国成立前的“荣春社”，后来专门设立了一个房间，收藏以前老戏班留下的物件。他记得刚来剧团时，师父带他去参观过一次，好像还真有部老相机。

张闻声扯住林瀚的胳膊就往外跑。收藏馆在四楼，正对大门的玻璃橱窗里挂着老生父亲当年唱《四郎探母》的行头，张闻声凭着记忆直奔角落的展柜，却只剩空荡荡的红色绒布。

照相机不见了！

“谁偷相机干吗啊？也不值钱。”林瀚凑上来。

张闻声神色凝重，他感觉到一双看不见的眼睛，正在黑暗中盯着他，步步紧逼，下一秒就要将他吞噬。

第二日，张闻声来到院长办公室的门口，想把自己的发现告诉他。

“梨园行的好日子过去了，现在的年轻人还有几个听戏？”院长递给老生一根“黄鹤楼”。

“京戏是国粹，怎么没人听？”老生夹着烟，院长又凑上去点火。

“对，对，道理都对，可现实呢？你得多去外面看看，现在是市场经济，好不好不是你我说了算的，得看市场！”

张闻声扒在院长办公室的门口，偷听两人谈话。他不仅担心剧团，更担心师父。

“散了也好，咱这小地方，回头再把年轻人耽误了。你徒弟不错，我给他联系，安排北京的剧团，这回你放心了吧！”

老生抽着闷烟，不说话。

“咱们岁数都不小了，也该享享清福了，难道你还想在台上唱一辈子不成？”

“我不懂你那一套，我就知道把戏唱好，总有人爱看、有人爱听。哪怕台底下就坐两个人，我也要唱好这出戏，到我唱不动为止！”老生把剩下的烟屁股猛地按进烟灰缸里，甩手出门。

张闻声跟老生差点儿撞个满怀，低头不敢看师父的脸色。

“这老东西！”院长对着空气骂了一句。

桌上的座机响起，院长接起电话，没好气地说道：“谁啊？没事儿老打什么电话！”

对面刚说了一句，院长的脸倏地皱成一团，声音激动：“你再说一遍！”

林瀚的大刀直直地插在剧场正门上，锃亮反光，照出院长难看的脸色。

“昨天我俩还聊呢，今天是他演《红鬃烈马》三周年整。”围观的演员窃窃私语。

张闻声盯着长刀愣神，脊背发凉，他第一次感到真正的恐惧。

4

张闻声在林瀚留下的刀上，同样发现了镁粉的痕迹，当务之急就是要找到那台老相机。

张闻声推开老生的换衣间，那部相机年代久远，他想，师父一定知道它的来历。

房间里点着一盏昏黄的小台灯，老生不在，张闻声等得不耐烦，来回转悠，观瞧师父收藏的字画，每一幅都码得端端正正，唯独一张画框盖着一块红布。他心里升腾起一种诡异的感觉，鬼使神差地揭开那块红布，剧场的照片展露在眼前。

这张照片他见过，正是老生之前擦拭过的那一张。他把照片移到灯下，原本空荡的舞台照，竟然出现了三个人。他一眼认出穿武生服的林瀚，手臂高举，仿佛握着一把刀。

照片上的身影，正是失踪的那三个人！

张闻声感觉脑子“轰”的一声，好似一道闪电劈过。

他发狂地拉抽屉、翻柜子，在所有可能的地方寻找，直觉告诉他，老相机一定就藏在这里。

张闻声把陈旧的黑色相机从柜子的暗格中拿出来，他不知怎么操作，迟钝地举起相机，对准照片，老刘口中的白光瞬间腾起，透过燃烧后的余烟，三个人扑倒在张闻声的面前。

张欣欣趴在于晓嫣怀里哭起来，林瀚呆呆地张着嘴，还处在震惊中。

张闻声擦了擦袖口的镁粉，长出一口气。

老生脚步匆匆，推开换衣间的门，还未坐下就察觉到异样，画框的红布歪了，露出剧场一角。他警惕地环顾一周，小心翼翼地走到画框前，深吸一口气，猛地掀开红布，舞台空空荡荡，三个人不见了！

老生眼前一黑，立刻打开柜子，发现老相机还在，松了口气，他举起相机，透过镜头，却看到徒弟平静的脸。

“咔嚓”，张闻声对着老生按下手机，老生一惊，向后退去。

张闻声举起手机，画面正好拍下老生抱着老相机的一瞬。

“师父，结束了。”张闻声声如止水。

老生收回惊诧的瞳孔，慢慢发出一声冷笑：“哼，小子，我眼光不错，你果然比他们都聪明。”

“师父，把相机给我。”

老生抓紧手里的老相机，颤抖着把它举到眼前，哑着嗓子：“闻声，你别怪师父。”

快门按下，并没有出现想象中的白光，老生查看相机，满脸惊诧。张闻声叹了口气，从口袋里拿出装着镁粉的灯泡，道：“别找了，在这儿呢。”

老生死死地盯着比他高出半头的徒弟，眼睛里的红血丝几乎要爆出来，大喊一声，狰狞地朝张闻声扑过来，左手锁上他的脖子，右手直逼喉咙。老生练过武，力气很大，张闻声感觉被勒得快要喘不上气了。

张闻声张着手胡乱地抓，手里传来冰凉的触感，那是放在展柜上的裁纸刀。

他握上刀把，试图挣脱师父的锁抱，脸涨得通红，可眼前渐渐模糊起来。昏迷之际，他摸上老生的脊背骨，错开关键部位，闭上眼睛，握着刀，用尽全力捅了下去。

突然身体一倾，张闻声和刀同时跌落在地，他勉力撑住，抬头只见老生僵在原地，神色震惊，刚迈出一步，就痛苦地皱起眉头。

“师父——”张闻声全身脱力，两个字卡在喉头。

老生不再挣扎，扶着展柜，慢慢坐在地上。

“趁着天还没亮，咱爷俩唠唠心里话。”

5

老相机是老生父亲的遗物，剧院要拆，他得把它带走，时隔多年，老生再一次摸到它的时候，似乎又闻到了镁粉燃烧的味道。

老生尝试用它再拍最后一张照，给自己留个念想，镜头对准剧院舞台，闪光的一瞬，台上传来锣鼓点，越来越清晰。

老生怀抱相机，发现自己竟身处戏台之上，四周一片黑暗，唯独这里明亮热闹，他把手伸进黑暗中，发现自己的身体竟然在逐渐消散。

又一道闪光，老生跌坐在观众席，相机在怀里热得发烫，四周逐渐暗下来，他的眼睛却亮起异样的光。

“张欣欣是王宝钏，她肯定得第一个上台。”老生语气悠然。

那天深夜，张欣欣还在排练，老相机拍下她的一瞬，她还来不及喊出声，就被巨大的力量拽进另一个空间，孤零零地站在戏台上。

老生看着手里的照片，台上的王宝钏衣着讲究，身法优美，他露出孩子般的笑容。

“没想到小于会挣扎，搞得一团乱，林瀚那个傻小子，还比了个‘耶’。”

“你为什么要这么做？”张闻声一想到被关在照片里，就不寒而栗。

老生动了动僵硬的背，眼神飘向远方。

他从小跟着父亲在戏班后台长大，从他登台的第一刻起，这剧场就不再是今时今日，而是退回到20世纪30年代末。短短几步中，老生恍然看见年轻的父亲穿着一身蟒袍走来，哦！他就是四郎杨延辉，父亲的戏越唱越热闹，台下一排排四方桌，观众喝一口热茶，叫一声好，包间的客人纷纷要给赏钱。那一场下来，整个桥州都在打听，这个面生的四郎究竟是何人？

父亲一生的光荣，在三十八岁戛然而止。那年，老生第一次登台。此后，他每一次开唱，似乎都在努力延续父亲当年的执着，戏成了他的生活，是他相信的唯一存在。

“这部相机就是上天给我的机会，我原打算凑满一台戏，可惜了……”老生眼神黯淡，“将来去了地底下，见到父亲，他问我戏院如今咋样了？我……拿什么回答他呢？”

暗红色的血迹从老生身后流出来，他好像瞬间老了十岁。

张闻声站起来，蹲在老生面前，扶住他的胳膊：“师父，你坚持一下，我打电话叫救护……”话音未落，刀尖顶住张闻声的腰，老生干笑一声：“小子，你还嫩点儿。把镁粉装进去。”

张闻声攥着镁粉，几近哀求地看着老生：“师父，你不要一错再错了！”

刀尖又往前进了一寸，已经划破他的皮肤，张闻声颤抖着把镁粉放进相机中。

老生一把抢过相机，用力推开张闻声，露出笑容，道：“好徒弟。”

镜头一转，张闻声伸手去抓，白光带着老生和相机一起消失，转眼只剩他一人。

眼前，一张照片飘飘忽忽地落在地上，上面是一身戏服的老生，板板正正地站在戏台的中央。

世间唯有太阳与人心无法直视。

恶

灯泡

沉默，是对恶最大的纵容……

1

闫教授年逾六十，跟老伴儿住在郊外的一栋复式别墅里，有空的时候就搞搞学术，写点儿论文发表，日子过得倒也算惬意。

唯一让闫教授苦恼的，就是老伴儿这人有些迷信。

例如一楼大厅的那盏灯，闫教授的老伴儿就盯得紧紧的。

她经常说，那盏灯刚好在一楼大厅的正中央，一盏灯就可以照亮整个大厅和窗外，代表着前途光明。

可是质量再好的灯，也不可能一辈子都不坏。

好巧不巧，这天闫教授正在书房里赶论文，大厅的灯就坏了。

“老闫，你赶紧去买个灯泡回来。”

闫教授的论文刚好写到紧要关头，可是他知道老伴儿的脾气，两人结婚这么多年了，她一直都是说一不二的。

此时外面天都黑了，闫教授还想做一下最后的挣扎：“这大半夜的，超市都关门了，我明天再去行不行？”

不出所料，闫教授的请求立刻被驳回。

他只好放下手中的论文，摸着黑出去买灯泡。

刚转过街角，闫教授就看到了一个卖灯泡的。

这人有些奇怪，穿着一件黑色的大褂，戴着一顶皮帽，在摆地摊。

这是别墅区，平时根本没人来这里摆地摊，而且闫教授在这儿住了这么多年，从来没见过这个人。

正在闫教授琢磨要不要偷个懒，在这儿买个灯泡回去交差的时候，那人主动叫住了闫教授。

“老先生，您是要去买灯泡吧？”

闫教授一愣：“你怎么知道？”

那个奇怪的人笑了笑：“我刚才看到你家一楼的灯灭了，估摸着应该是灯泡坏了。这大晚上的，您这么大岁数还是别折腾了，我送您一个吧。”

听了他的话，闫教授就放下了戒心：“你也不容易，哪儿能不给钱呢？”

那人将灯泡递给闫教授：“今天赶上了，也算是这灯泡跟您有缘，拿着吧。”

闫教授也就没再推辞，拿着灯泡就回了家。

踩着椅子装好灯泡，闫教授得到了老伴儿的称赞。

他倒不在意老伴儿的这几句夸赞，他在意的是终于可以安心去写论文了。

老伴儿试了几次，确定灯泡没问题了，就关好灯，上楼睡觉去了。

夜渐渐深了，就在他聚精会神写论文的时候，突然听到了一阵拍门声。伴随着拍门声，传来了一个年轻姑娘的求救声。

安静的深夜，一个女人撕心裂肺的求救声，听着有些刺耳和恐怖。

闫教授的心瞬间提了起来，他将论文放好，扶了扶眼镜，起身出了书房，走到一楼客厅，朝着入户门的方向看了看。

“有人吗？救救我！开门啊！”

到了客厅，拍门和求救的声音更加清晰了。

此时，门外与他一门之隔的地方，一个年轻姑娘正在被危险包围，如果他打开门，那个姑娘就会得救，可是，他自己也面临着不可预估的危险。

闫教授不知道该怎么办才好，急得在门口来回踱步。

2

就在闫教授犹豫不决的时候，拍门的声音消失了。

砰砰砰！

闫教授的心刚放下，落地窗又被拍响了。

他哆哆嗦嗦地拿起了手机，拨好了110，可就是没有勇气摁下去。

闫教授自己就是法律专家，他清楚，一旦犯罪未遂，那些人关不了多久就会被放出来，到时候自己岂不就成了他们的报复对象？

想到这儿，他毫不犹豫地将手机屏幕上打出来的三个数字一个个删掉了。

就在他删除最后一个数字的时候，肩膀被人拍了一下，闫教授吓得直接把手机扔在了地上，一回头才发现是老伴儿。

老伴儿揉了揉眼睛："没事儿吧？"

闫教授立刻做了个噤声的动作，低声说："有人在拍窗户求救，现在不知道是什么情况，看看再说。"

两人慢慢地朝着落地窗的方向移动过去。

此时窗帘关着，只有中间裂开了一条缝。闫教授和老伴儿打算从那条缝往外看看，好判断外面到底是什么情况。

就在两人马上要移动到缝隙正前方的时候，闫教授刚买回来的灯泡闪了几下，接着自己就亮了。

一张极度恐惧的脸出现在了窗外的玻璃上，闫教授夫妻看到女孩的同时，女孩也看到了他们俩。

恐惧的表情把闫教授的老伴儿吓了一跳，就连闫教授的心也是一惊。

此时，窗外的女孩看到了生的希望，她拍着窗户的手更加用力，频率也更快了。

"有人在追我！叔叔，您开开门啊！"

闫教授和老伴儿全都被吓住了，两人不知所措地站在窗前，透过窗帘裂开的那一道缝，看着外面垂死挣扎的姑娘。

正在姑娘求救的时候，几个健壮的年轻人跑了过来，一把抓住了姑娘。

"放开我！叔叔救命！"

姑娘一边喊着一边被两个小伙子拖走了。

其中一个小伙子看了看屋子里的闫教授夫妻，面无表情地说："师傅，打扰了，这是我哥们儿的女朋友，吵架了。"

"不，不是这样的，我不认识他们！"

远处传来了姑娘的呼救声，别说是闫教授这样的法律专家了，是个人都知道发生了什么。

闫教授的老伴儿拉了拉他的胳膊，低声说："老闫，这灯怎么自己亮了？不是我迷信，今晚这事儿有古怪。"

她还想再说些什么，闫教授直接抬手关上了灯："别胡说，什么古怪？没准儿是你不小心碰到开关了。"

就在两人争执不下的时候，头顶的灯竟然闪了闪，又自己亮了起来。

闫教授吓坏了，赶紧去关灯，可是控制灯的开关就像是失灵了一般，任他怎么摁，那灯都依然散发着明亮的光线。

此时，已经抓着姑娘走远的一伙人看到别墅的灯又亮了起来，也站住了脚。

团伙里的另一个年轻小伙子返了回来，将脸贴到了闫教授家的窗户外，用威胁的口气对闫教授夫妻说："都是些小事，没什么大不了的。别多管闲事！快回去睡觉！"

3

闫教授立刻满脸堆笑地点头。

此时，那坚强的灯泡终于被闫教授给摁灭了。

随着眼前变得一片漆黑，姑娘最后一点儿求生的希望也幻灭了。

看着那个小伙子离开的背影，闫教授的老伴儿低声问：“那外头那姑娘，咱不管了？”

闫教授抬头看了看头顶的灯泡，似乎还在担心那灯泡会突然再次亮起来：“管什么管？咱老胳膊老腿儿的，能怎么管？”

一个鲜活的生命，就在这盏灯的一开一熄之间，被决定了命运。

关上灯，从外面就看不清屋子里的情形了，闫教授夫妻俩也就安全了。他们俩躲在窗帘后面，悄悄向外打探。

直到那伙人渐渐走远，两人才回到二楼睡觉。

第二天一大早，家里的门就被敲响了。

因为昨晚的事情，闫教授夫妻都没怎么睡好，两人精神状态都不太好，突如其来的敲门声让两个人都很紧张。

打开门，门口站着俩警察。

“您是闫教授吧？”

一看到警察来了，闫教授立刻就猜到是昨晚那件事：“对对对，是我是我，是有……什么事吗？”

另一个警察拿出了一份盖有公安局公章的文件：“是这样的，这里附近昨晚发生了一起刑事案件，需要您配合调查。”

还没等闫教授看清楚，警察就把文件装回了档案袋里。

闫教授将两个警察带进了自己的书房，路过客厅正中间那盏灯的时候，其中一个警察下意识地抬头看了看。

这一切都被闫教授的老伴儿看在了眼里。

虽然闫教授知道警察来是为了昨晚的那件事，毕竟是自己见死不救，加上不知道现在那姑娘怎么样了，闫教授非常紧张。

他把两只手交叉放在桌面上，想要极力控制住内心的波动，可是越控制就越紧张。

就在闫教授准备将昨晚发生的事情如实告诉警察，并且向警察坦白自己因为怕被报复而见死不救的时候，他突然发现其中一个警察好像见过。

警察主要问了闫教授昨晚在做什么，有没有听到有人敲门或者敲窗求救。

闫教授一口咬定自己生活很有规律，那个时候早就睡了，而且他睡得沉，什么都没听见。

就在警察还想问些什么的时候，闫教授说昨晚自己出门买了一次灯泡，小区里有一个摆地摊卖灯泡的，建议警察去问问他。

两个警察互相看了看，其中一个警察笑了一下："闫教授，这里是别墅区，怎么会有人摆地摊卖灯泡？"

闫教授信誓旦旦地说自己昨晚的确在小区里买了一个灯泡，而且那灯泡现在就用在客厅里。

话刚说出口，闫教授就后悔了，昨晚那灯泡自己又亮又灭的画面浮现在脑海中，好像一切都是因为那个灯泡。

对了，还有那个卖灯泡的奇怪男人。

虽然老伴儿很迷信，可是闫教授一直都是个纯粹的唯物主义者，他从来不信这些东西，不过这一次，有些事情他的确搞不清楚了。

4

看着闫教授认真的样子，一直问话的警察笑了笑："我们就是了解一下情况，您别紧张，那没人拍您家……"

刚说到这儿，闫教授的老伴儿就进了书房，手里端着一个装满了开水的热水瓶，来给他们倒水。

看到闫教授的老伴儿进来，警察的问话只能暂时打住。

滚烫的开水倒进杯子里，蒸腾的热气在警察面前弥漫开来。

闫教授的老伴儿说："警察同志，老闫说的都是真的。昨天晚上我们家客厅的灯泡坏了，我怕黑，就让他去买。老闫几分钟就回来了，说在小区里有个摆地摊卖灯泡的，不信的话，你们可以去查那灯泡的折旧率。那人一直在小区，我们睡得早，你们可以去问问他。"

说完这一串话，闫教授的老伴儿坚定地看了一眼闫教授，接着面无表情地退出了书房。

虽然两个人没有说话，但是以夫妻之间多年的默契，闫教授知道老伴儿想要说什么，因为，他也发现了这两个警察有问题。

警察见闫教授的老伴儿走了，继续询问："那没人拍您家的玻璃吗？"

"没有！"

这一次，闫教授更加斩钉截铁。

接着，警察又询问了一些细节上的问题。闫教授的脑袋飞快旋转，回答得天衣无缝，总之就是一点：昨晚睡着了，什么都没听见，什么也没看见！

看到警察问得差不多了，闫教授决定演戏演到底。他故意问警察："昨晚附近发生什么事情了吗？"

两个警察并没有刻意隐瞒闫教授，随口答道："一起抢劫的案子。"

抢劫……

一个姑娘，大半夜的被那么一大群小伙子截住，闫教授不敢再往下想了。

可自己实在是无能为力，开门，他不敢；报警，怕被报复。

即便是自己什么都没管，如今也被牵扯进了这件事，眼前出现的两个警察，就是对自己昨晚看到这件事最好的报复。

看到从闫教授这里问不出什么了，两个警察一点儿失落的情绪都没有，互相看了看，满意地收起了记录本，准备离开。

闫教授虽然看出了这两个警察有问题，依然要硬着头皮将这场戏演到底。

"没事儿，配合你们的工作也是应该的，那个女孩现在怎么样了？"

都说言多必失，这句话一问出口，闫教授就发现了问题，可是说出去的话、泼出去的水，已经收不回来了。

其中一个警察随意地答道："哦，她啊，今天凌晨有人在绿化带发现她时，人已经不在了。"

一句话轻描淡写，见惯了生死一般。

就在两个警察走到客厅入户门口的时候，他们突然发现了问题。

其中一个警察问另一个警察："我们说过是女孩吗？"

另一个警察示意没关系，并很正常地跟闫教授告别："闫教授，如果有什么新的信息，您随时和我们联系。"

闫教授头上的汗都滴了下来，不过也顾不上擦。

"哦，一定一定。"

两个警察倒是很客气，连声说着"留步留步"。

5

随着两个警察走出别墅，关上房门，闫教授撑着的一股力气一下子全都散去了，他赶紧扶着沙发靠背，慢慢地坐到了沙发上。

看到警察走了，闫教授的老伴儿赶紧从卧室跑下楼来。

"老闫，刚才——"

闫教授的老伴儿刚要说话，闫教授就摆了摆手，示意她不要说了。

她不知道闫教授已经看出了端倪，觉得事情紧急，还想要继续说。

闫教授先开了口："我看出来了，其中的一个警察，就是昨晚警告咱们不要多管闲事的那个人。"

闫教授的老伴儿听到闫教授的话才放心，原来闫教授也看出了问题，那么她相信闫教授刚才不会说漏嘴。

她哆哆嗦嗦地说："也不知道是警察冒充的劫匪，还是劫匪冒充的警察。"

闫教授说："人民警察是不会做这种事的，而且那两人身上有一股痞子气，一看就不是什么好东西。他们俩今天来，就是来探咱们的虚实来了，也不知道蒙没蒙过去。”

“他们的胆子也太大了吧？这光天化日之下，竟敢冒充警察来咱们家！”

闫教授做了个噤声的动作。

“别大呼小叫的，如果昨晚上咱俩开门救那姑娘，恐怕现在出事的就是咱仨了，只不过……唉，那姑娘年纪轻轻的，可惜了。”

一直到了晚上也没有什么动静，闫教授和老伴儿的心都平静了不少。

晚上老伴儿早早就上楼去了，闫教授一个人在楼下书房继续赶论文。

他坐在书房，本来是用不到客厅的那盏灯的，可是闫教授刚坐下，那盏灯就自己亮了。

闫教授走到客厅，把灯关上，重新回了书房。

刚一回到书房，客厅的那盏灯又亮了起来，灯光影影绰绰地照进书房，让人看了浑身发毛。

闫教授起身，再次来到那盏灯下，再一次将灯关上。

这一次还没等闫教授离开，灯就又一次自己亮了起来。

闫教授拿出手机打给了物业：“我家灯可能有问题，麻烦你过来看一下！”

闫教授毕竟是知识分子，他虽然觉得奇怪，但是认为大概率是家里的电路出了问题。

物业答应马上就安排工程部的值班人员过来查看，闫教授也就放心了。

他回到书房，坐在椅子上，刚准备赶论文，灯又亮了起来。

这一次闫教授觉得心里莫名其妙地烦躁，他想着反正这盏灯暂时也不用，于是搬了把椅子，来到那盏灯的下方，将灯泡拧了下来。

这次不会再亮了吧！

闫教授将灯泡放好，回到书房，准备一边写论文，一边等物业的人过来查看电路。

就在这个时候，那盏灯竟然又亮了起来！

要知道，那盏灯里面，现在可是连灯泡都没有！

闫教授顿时慌了，昨晚他因为胆小关上电灯，那女孩的脸最后出现的画面闪现在他的面前。

他小心翼翼地走到那盏灯下，胆战心惊地抬头去查看那盏灯为什么会没有灯泡还亮。

就在这个时候，他们家的房门和窗户同时传来了一阵急切的敲击声，一个声音传了进来："闫教授，我来取灯泡。"

唱片机

坠入无间之人，在梦里荒芜徘徊，烈日之下罪若花开……

1

王新闻，人如其名，从小就有一个记者梦。

想要成为记者的人，与生俱来就有一颗匡扶正义的心，王新闻也是一样，他固执地认为，这个世界上的人只分为两种，非黑即白。

而他同样也固执地认为，自己是一个疾恶如仇的人。

他这个人虽然固执，但是有三个爱好：较真、听歌、吃冰棍。

较真，是因为他一直有一个人生信条，并认为可以坚持一生，那就是他经常挂在嘴边的“正义”二字。

听歌也是认真的，不过他只听发小刘红梅唱的，而且他发誓，自己总有一天要送给刘红梅一台唱片机，并给她创造一个录制自己唱片的机会。

吃冰棍是有原因的，因为刘红梅喜欢吃。

大学毕业，王新闻如愿以偿地在一家小型娱乐公司当上了记者，他以为自己终于可以大展拳脚，实现自己的人生信条了。

没过多久他就发现，他们每天做的事情就是偷拍明星隐私，说白了就是狗仔，这是王新闻最为不屑的事情！

所以几个月下来，他的业绩是公司里最差的，可是迫于生计，他不得不继续坚持。

王新闻越来越发现，自己好像在不停地与梦想背道而驰、渐行渐远。

有一天，王新闻终于忍不住了，鼓起勇气走进了主编的办公室，想要跟主编好好沟通一下。

看着主编不怒自威的胖脸，王新闻的勇气消失了一半，低着头小声发出了抗议："你天天让我去跟那些九线明星，自尊很受伤的。"

一听王新闻的话，主编当时就火了，将头上的假发一把拽下来摔在了办公桌上。

"你看看你上个月的破业绩，还学人聊自尊，房租你都交不起了，你配聊自尊吗你？"

主编本来还想再训王新闻两句，可是看到他无地自容的样子，只能作罢，毕竟谁还没有个不如意的时候。

想当年，自己也曾怀揣梦想，一心想要成为一名真正的记者，除暴安良、劫富济贫。

这么多年下来，虽然自己成了主编，可是梦想就如同自己头上的头发一样，已经所剩无几了。

主编叹了口气，端起自己的大茶缸子，走到王新闻的身边，拍了拍他的肩膀："挣钱嘛，不寒碜。"

接着，他将一份材料扔给了王新闻。

“当红新晋小生林可风被抓到和某嫩模一起出入酒店，疑似劈腿。可靠消息，今天他和女友唐素珊将会出现在绿洲酒店出席活动。你赶紧去，还有机会！”

王新闻拿起那份材料，浑身都充满了抗拒。

主编拍了拍他的肩膀：“这次机会难得，我也是看你最近经济紧张才让你去的，还有，你不是总说要给自己的发小买一台唱片机吗？抓住机会！”

王新闻看了看那份材料，抿了抿嘴：“好！”

2

王新闻赶到绿洲酒店的时候，门口已经被神通广大的各路记者围了个水泄不通。

王新闻并没有着急，他们公司有他们的做事风格——从不正面采访，专门尾随偷拍。

因为主编说了，正经采访能有什么劲爆新闻？唯有偷拍才是王道，这是主编熬光了头上仅存的几根头发总结出来的经验。如果王新闻不深刻领会积极落实，都对不起如今主编那锃光瓦亮的头顶。

等那群记者散了，才是他闪亮登场的时候。

听着记者们争先恐后地问问题，王新闻悠闲地一边吃着冰棍，一边躲在酒店旁的一棵大树后面，准备跟踪。

林可风经常健身，身材本来就非常好，今天穿着一身量身定做的西服更显英姿挺拔。旁边挽着林可风的是他的公开女友唐素珊，妆容精致，美丽妖娆。

面对媒体的咄咄逼人，林可风时时刻刻护着唐素珊。

王新闻也想像林可风一样优秀，这样他就可以护着刘红梅了。

唐素珊是一名歌手，她出了很多唱片，但是在王新闻听来，那些经过修音的唱片，都没有刘红梅清唱得好听。

王新闻仿佛看到了自己和刘红梅的未来，他一定要给刘红梅买很多唱片机，把刘红梅包装成最耀眼的歌坛新星！

想到这儿，王新闻默默地为自己加油打气。

就在这个时候，林可风和唐素珊从记者的围追堵截中逃脱出来，在保安的护送下上了车。他赶紧拦了一辆出租车跟了上去。

王新闻知道，这次是他一雪前耻的机会。他安慰自己，房租还在等着他，冰棍还在等着他，刘红梅和唱片机也在等着他。

如果连一个最基本的狗仔都当不好，拿什么来证明自己可以成为匡扶正义的大记者！

一想到这儿，他踌躇满志，对出租车司机义愤填膺地说："师傅！再快点儿，跟紧那辆车！"

王新闻跟着林可风的车七拐八拐地进了一个高档小区。小区门口盘查很严，眼睁睁地看着林可风的车开进了地下车库，王新闻只能"望车兴叹"。

他赶紧去找保安，好在带了记者证，另外差不多把一整本户口本和工作关系都登记了，才放他进了小区。

等到王新闻进了地下车库，早就不见了林可风和唐素珊的身影。

他赶紧四处寻找，终于在一个挨着消火栓的车位上发现了林可风的车。

王新闻小心翼翼地潜伏过去，此时，刚好听到林可风和唐素珊吵架的声音从车里传出来。

“分手费我要加一百万。”

“我给你脸了是不是？我给你加一个亿够不够？”

“不加也行。反正你那些破事、脏事，我都给你一一记着呢，对我好点儿，乖啊。”

“啊！”

王新闻不知道车里发生了什么，但是唐素珊大喊了一声之后，车里便再没了吵架的声音。

他躲在离车位还有一段距离的另外一个消火栓的后面，双手紧紧抓着照相机。

刘红梅的唱片机、他们俩的前途、下个月的房租，都压在林可风的身上了。

就在这个时候，车门打开，王新闻赶紧躲藏在了消火栓后面。

只听林可风好像是在拖曳什么东西，不过王新闻根本不敢露头，一旦被发现，他就什么都拍不到了。

3

过了一会儿没了动静，王新闻刚要探出头来看看情况，物业就跑了过来。

物业和林可风交涉了一番，两个人就朝着车库门口走了过去。

眼见林可风离开，王新闻赶紧从消火栓的后面爬了出来。

来到林可风的车后面，王新闻多年来养成的职业敏感，提醒着他那没有关好的后备厢里绝对有问题。

王新闻稳了稳心神，一咬牙打开了后备厢。

“求求你，救救我；求求你，救救我……”

打开后备厢的一刹那，王新闻的双眼瞪得老大。

唐素珊浑身是血地躺在后备厢里，她的身上压着一台唱片机，唱片机的一角上全都是血。

很显然，刚才唐素珊发出的一声大喊，是因为遭到了林可风的攻击。

此时，唐素珊一息尚存，看到王新闻之后，求生的本能让她把王新闻当成了救命稻草，现在只有王新闻能够救她。

眼前的唐素珊一息尚存，如果王新闻现在叫救护车，也许眼前这个生命还有活下去的希望。

但是王新闻也知道，林可风一会儿就会回来，一旦发现自己，别说今天的新闻没有了，他本人也很有可能会被灭口。

一时间，王新闻不知道自己该怎么办了，儿时向着刘红梅大声诵读自己人生信条的画面、被主编指着鼻子骂的画面交替出现在他的眼前。

一面是自己坚守的人生信条，一面是一雪前耻、名利双收的诱惑。

王新闻知道自己必须立刻做出选择，再不做出选择，林可风就要回来了。

看着唐素珊身上沾着血的唱片机，王新闻的心揪了一下，那是他梦寐以求想要给刘红梅的礼物，现在，机会就在眼前！

最终，还是现实打败了一切，王新闻没有选择救人。

在名利的诱惑下，面对眼前奄奄一息的唐素珊，王新闻慢慢抬起了挂在脖子上的照相机，摁下了罪恶的快门。

血腥的画面被一张张记录在了王新闻的照相机里，他将要用这张带着血的唱片机的照片，给刘红梅换一台干干净净的唱片机。

王新闻一边拍照一边安慰自己，唐素珊不算什么，反正她唱歌也不好听，还不如牺牲自己，给刘红梅一次机会。

就在这个时候，王新闻听到一阵脚步声由远及近。

他赶紧盖上了后备厢，重新回到了消火栓后面。

林可风回到案发现场，向四周看了看，接着发动汽车离开了地下室。

王新闻靠着消火栓坐在冰冷的地面上，双手紧紧抱着那部能给他一丝希望的照相机。

他的双手抖得厉害，眼神涣散，刚才的一切就如同一场梦，那么不真实，那么惊心动魄。

听着林可风的车开走，王新闻终于放松了一些，肌肉一松弛，胃里一阵翻滚，一口伴着未消化的冰棍的酸水被他喷了出来。

那顺着嘴角流下的伴着冰棍的酸水，似乎在告诉王新闻：你违背了你的人生信条，你不配吃冰棍，你更不配听刘红梅唱歌。

不过，此时的王新闻已经不是当初的那个王新闻了。他紧紧抱着怀里的照相机，双眼直视前方，脑子里只有一个想法：大新闻！

4

一直等到地下车库里没了动静，王新闻才起身快速往回跑。

耳边传来呼呼的风声，身边的景物快速飞过。

王新闻拼命地往家跑，恨不得多生出两条腿来。

一路上，他的心情非常复杂，既有紧张，也有恐惧，还有兴奋，甚至有那么一点点反胃。

紧张和恐惧是一定的，至于兴奋，是因为他终于拍到了毕业以来的第一次大新闻。

打开单元门，王新闻摁了摁电梯，发现电梯还在楼上。他管不了那么多了，直接爬楼梯上楼。

直到到了自己家门口的走廊里，王新闻的心情才稍稍平静了一些。他一边往家走，一边念叨着“大新闻、大新闻！”，同时拿起脖子上挂着的照相机，查看里面刚刚拍摄到的、略带恐怖和血腥的照片。

匆匆查看了一下照片，发现那些照片还静静地躺在照相机里，他就放心了。

因为紧张、恐惧，加上爬楼梯的体能消耗，此时的王新闻已经快要站不住了。

他哆哆嗦嗦地拿出钥匙，刚准备开门，发现门口放着一个大纸箱子。

王新闻有些好奇，自己最近没买什么东西，加上刚才发生的一切，让他对这个纸箱子有着一丝怀疑。

不过看到上面的快递单地址，的确是送给自己的，他只能先搬进屋。

进了屋，他先给自己倒了一杯酒。

来不及喝，他先拆开快递，发现里面是一台唱片机。

他一直想要一台唱片机送给刘红梅，怎么会有人给自己寄了一台唱片机？正在王新闻疑惑的时候，手机响了，是发小刘红梅发来的。

“嗨，大记者，最近忙吗？收到我送你的礼物了吗？里面是我最近录的新唱片，告诉你，姐们儿搞不好要红了，这次有个大唱片公司可能要签我，替我开心吧。不说了，我要去录歌了，你先听听然后夸夸我。”

搞清楚唱片机的来源，王新闻就踏实了。

他将唱片放在唱片机上，打开唱片机，端起刚才给自己倒的酒，坐在沙发上，一边擦着头上的汗，一边准备喝点酒听听音乐，缓解一下慌张的心。

“求求你，救救我……”

唱片机里并没有如期流淌出美妙的音乐，而是传来断断续续的求救声，微弱且凄苦，在安静的房间里，显得尤为恐怖。

听到这个声音，王新闻像是坐在了烧红的烙铁上，直接从沙发上弹了起来！

他拎起唱片机上的唱片，如同扔掉炸弹一样扔在了地上，同时，他自己也吓得一屁股坐在了地上。

因为这个声音他很熟悉，这个声音的主人，就是他照相机里血腥照片的女主角发出来的。

而几十分钟前，这个声音的主人还活着，而且这个声音的主人就是在王新闻的注视下慢慢失去自己生命的。

他害怕极了，第一反应就是那个女人跟了过来。他不知道该怎么办才好，想要站起来，可是两条腿已经不听使唤了。

就在这个时候，没有了唱片的唱片机依然在发出声音。

“求求你，救救我……”

5

王新闻正惊恐地坐在地板上，他面前的唱片机在没有放置唱片的情况下，依然在发出那个恐怖的声音：“求求你，救救我；求求你，救救我……”

当当当！

“谁！”

“楼下的，你家漏水漏我家了。”

突如其来的敲门声将王新闻拉回了现实当中，他如同抓住了一根救命稻草一般，立刻爬起来去开门。

门一打开王新闻就傻眼了，只见门口站着的不是别人，正是几十分钟前他跟踪的大明星林可风。

林可风一脚将王新闻踹倒在地，接着慢慢摘掉口罩，拖着棒球棍，一脸狰狞。

“今天拍得挺爽啊，嗯？”

王新闻恐惧地后退，林可风并没有因此放过他，看着眼前这个男人，林可风毫不犹豫地挥起了棒球棍，朝他猛击下去。

一下、两下、三下……

毫无防备的王新闻被林可风一下子击中头部，接着密集的重击就将他整个包裹起来。

王新闻开始的时候还想要挣扎着自救，慢慢地，巨大的疼痛席卷了全身，他立刻觉得意识开始涣散。

紧接着，他就昏了过去，什么都不知道了。

弥留之际，他似乎听到了唱片机播放的音乐变了内容。

“反正你那些破事、脏事，我都给你……记着呢……”

接着，就是林可风跌跌撞撞地跑出房间的声音。

这一次，王新闻再也坚持不住了，倒在地板上，失去了意识。

不知道过了多久，王新闻才醒了过来，他第一眼看到的就是刘红梅。

刘红梅看到王新闻醒了，赶紧跑过来：“你怎么那么傻啊，那么危险的事情你也去做！”

看着满脸焦急的刘红梅，王新闻张了张嘴，却发现自己一个字都说不出来。

他试图动一动自己的双腿，才发现双腿一点儿知觉都没有。

王新闻瞪大了眼睛看着刘红梅，眼神里全都是疑问。

刘红梅将一台唱片机抱过来，放在王新闻的床头。

她轻声说：“医生说，你伤得很重，能保住命已经很不容易了。没关系，虽然你以后不能说话、不能走路了，但是我会每天来看你，也会给你送来我最新的唱片。”

刘红梅打开唱片机，播放着她的最新单曲：“是谁在等待，罪若花开，孤寂跨过了生命……蓝色蝴蝶，飞去大海……”

“我知道，你做这一切都是为了能够给我买一台唱片机。我的梦想实现了，以后，我来替你做正义的使者。”

王新闻瞪大了眼睛看着刘红梅。

在他醒过来的那一刻，他就已经幡然醒悟了，他想要将整件事情告诉刘红梅、告诉警察。

可是有时候就是命运弄人，当他想要做些什么的时候，却已经不能了。

井

“咱们这个地方有口古井，只要抱着你想复活之人的骨灰跳下去，他就能回到人世。”

1

“4311，可以回家了。”

“4311，真名？”

“陈阿强。”

“陈阿强，出去以后要好好生活，重新开始。”

“强哥，珍姐死了，两年前就死了，癌症。”

“陈阿强，你怎么不死在监狱里！我儿子死了，你也不能活！”

阿立的母亲提着一把刀，面目狰狞，伴随着女人尖厉的叫喊声，就在刀尖要穿透阿强腹部的瞬间，他颤抖着从睡梦中醒来。等到心脏的跳动恢复常速，他支着胳膊从床上坐起来，月光从窗子里倾泻在桌子上，这里是阿强的第一个家。

电风扇吱吱扭扭地转着，夏夜黏热而绵长。十几年前同样的夏夜，阿强被人群推搡着向前，他手中握着一把西瓜刀，刀尖已不知方向。人群包裹着阿强向前，阿强的胳膊被撞击在阿立的身上，刀尖刺破了阿立的腹部，一股血腥味儿夹杂着人群的汗臭味儿钻进阿强的鼻腔。他后来经常做梦，梦到那天晚上自己的刀是软塌塌的，根本刺不破阿立的衣服。阿强也常常梦到死去的妻子阿珍，他把阿珍的骨灰盒摆在了神龛里。七年过去了，城中村马上就会拆迁，阿强知道这里留不了多久。

电话铃声响起，阿强看了一眼墙上的钟表，凌晨三点。

阿强回来之后，遇到了不少怪事儿。比如，每天出门总感觉有人跟着自己，一回头却总是找不到人。凌晨两三点的时候，电话铃会响，接起来又没人回答。自己已举目无亲，阿强实在不知道是什么情况。

阿强爬起来，接起电话怒吼："别打啦，你到底要干吗？！"

"这么大火气？我是老沙。陈阿强，你现在一个人吗？"

"嗯？"阿强闷哼一声，没想到竟然是监狱长。他立刻缓和语调，轻声道："老沙啊，抱歉，出什么事了？"

"祥哥越狱了。"

"什么？"

"就他妈跟凭空消失了一样，怎么都找不到。在监狱里的时候你俩关系最好，要是他联系你了，你必须马上告诉我，不然就是包庇罪，懂了吗？"

阿强连连称是，老沙那边一阵骚乱，匆匆挂掉了电话。

阿强呆愣地坐了好一会儿。怎么会呢？祥哥已经是风烛残年，不出意外，他将会死在监狱里，而自己已经做好了给他料理后事的准备。这样一个老人，如何从看守严密的监狱中消失得无影无踪？阿强百思不得其解。

阿强再次躺在床上，却翻来覆去睡不着。阿强还记得十年前，他刚刚进监狱，作为新人没少挨打，每次都是祥哥出来打圆场，不至于过得太惨烈。祥哥因为故意杀人被判了无期，阿强后来听祥哥提起过自己如何手刃仇人的故事。

阿强的思绪乱极了，当他昏昏沉沉即将再度睡着的时候，门口响起了敲门声。他立刻警觉地从床上翻身起来，心脏狂跳不止，他屏住呼吸，仔细地听着门外的动静。

“阿强，是我。”

阿强听出了祥哥的声音，他的内心稍稍纠结了一下，还是打开了门。

他看到，祥哥的白发在月光下闪着光，他更加衰弱苍老，身上裹着格纹的床单，应该是匆忙路过棚户区“顺”的。昏黄的路灯下，阿强看到不远处的窄巷口似乎有人经过，急忙一把将祥哥拉进屋子，关上了门。

阿强打开了灯，祥哥仰着头往喉咙里灌水，额头上的汗亮晶晶的。

阿强点燃了一支烟，递给祥哥，猛吸了一口烟，二人都放松下来。

“祥哥，你怎么出来的？”阿强先开了口。

祥哥却微微一笑：“我不是第一次出来。

“你记不记得拉煤的地方，是个废弃的工厂。在第十年的时候，我在公厕的旁边发现了一个废弃的下水道，我做过管道工，摸清下面的情况对我来说不难。从那时候开始，我每次做工都要借口小解去那里看看。我下去不是为了越狱，只是满足自己的好奇心，毕竟在笼子里待了十几年，这事儿挺刺激。我从那儿爬出去，就能看到草地、天空。时间长了，我就把这个地方当作度假村，只要有机会，我就在那儿待一会儿。”

祥哥说得又快又急，越往后越带着一种兴奋。他突然在最关键的地方停了下来，要为接下来所说的事情蓄力。

阿强的脑海中翻滚着之前在狱中的回忆，他打量起这个老人，重新审视他。他确实慈祥、和气，但也自始至终没有将自己的真心给任何人看过，尽管祥哥很照顾他，只是他和祥哥的关系不能算作父子，更像是君臣。祥哥是监狱里的老人，是隐形的君主，阿强只能算是他最信任的臣子，但绝不是推心置腹的人。昏黄的灯光映在祥哥布满皱纹的脸庞上，他已经垂垂老矣，脸颊却呈现出异样的红晕，混浊的眼睛里发出光芒，这是阿强之前在监狱从没有看到过的神情。

“就在你出狱之前不久，我无意间发现，通道里还有一个洞，是个天然的地下通道。毕竟我们的监狱叫高山监狱，山里形成这种洞也是正常的，我沿着洞往前走。

“沿着那条路走到尽头，上面有天光，我仰天一看，你猜怎么着，从上面掉下来个人！他妈的！差点儿吓死老子，最邪门的是，那出口最起码有两三米高，这人掉下来竟然爬起来，跟没事儿人一样。我定睛一看，这人竟然是我的发小！”

阿强怀疑这老头子是不是病入膏肓发疯了，他深深吸了一口烟，揉揉自己的眼眶，想让自己从这个混沌不清的夜晚醒过来。阿强逐渐从祥哥的喋喋不休中分离出来，眼前的人显然神经不正常了，自己应该想想如何趁祥哥不注意给监狱打个电话。正这么想着，祥哥突然扑向阿强，一把抓住他的胳膊，神色严肃地说："可我发小早在我进监狱之前就被车撞死啦！"

阿强被他猛地镇住，祥哥踱着步子，神经兮兮的："我就看着他站起来了，但是好像完全不认识我了，他像被人施了咒丢了魂一样，走到那个下水道的出口，爬出去了！我当时都蒙了，但这件事我很确定自己没有看错，没有做梦。我以前听老人家讲过一个传说的，咱们这个地方有口古井，只要抱着你想复活之人的骨灰跳下去，他就能回到人世。"阿强挣脱他，想要伸手去拿座机。祥哥"扑通"一声跪在地上，死死盯着阿强："我白天的时候跑回村里打听了，我发小真的回来了，可是他妈正在办葬礼。村里没有人记得他二十岁死于车祸。

"我活不了多久了，可这辈子有一件事儿我过不去，我死不瞑目！我女儿，她没的时候才 17 啊！那王八蛋死在我的手里，可这也不能让我的宝贝活过来！哥哥在里面待你不薄，就一件事儿，你替我办了，我做牛做马报答你！"

阿强赶紧放下手中的电话，过去扶起祥哥："哥，起来，你这是做什么！"

祥哥苦苦哀求道："等我做完，你再告诉他们我的踪迹，成吗？求你了！"

阿强只好无奈地点头，问道："那你让我办什么事儿？"

祥哥立刻起身擦了擦眼泪，换上了笑脸："帮我找到山上的那口井。"

2

就当是完成他的遗愿吧，阿强想起自己未出世的孩子，如果自己有机会成为一个父亲，也许会像祥哥一样疯魔。

天还没亮，祥哥就匆匆离开，他要去以前的家里，把女儿的骨灰拿回来。

阿强离开家，锁好了门，朝着城中村外走去。他反复回头看了好几次，今天竟然没人跟着。阿强放下心来，坐上清晨的第一班车，去往本县的九龙山。

监狱后面的密林，树木丛生，视野局限，如果有井很难被发现。幸好是山上，平时来的除了驴友，几乎没有人迹。阿强记得自己小时候在林子里探过险，那时候他晚上来这里捉知了猴，还瞄过监狱的探照灯。人生真是无常，那时候根本想不到自己会坐牢。

根据祥哥的描述，进入管道后往东走是出口，那里是比较平坦的地方，已经不是林子，往南走才是那口井。阿强比照着方位，随手捡起了一根木棍当作拐杖，走一段便做个记号。走到了快到山腰处，已经累得精疲力竭，终于看到了一口井，看上去很有年代。阿强探头朝里面看去，里面黑洞洞的，深不见底，投进石子，也没有任何声音，像是一个无底洞。

阿强找到了祥哥说的井，又陷入了烦恼。难道祥哥真的要抱着骨灰往下跳？这未免太过荒唐。除非亲眼看到，否则自己绝不会相信这件事情。

阿强回到了家。大概晚上十一点多，祥哥再次出现在家门口，手里抱着骨灰盒。

“找到了吗？” 祥哥关切地问。

“找到了，我已经做好了标记。”

“太好了，咱们明天就去。”

第二天凌晨，阿强从梦中醒来。祥哥已经不见踪影。

阿强四下找了找，发现骨灰盒也不见踪影，心想坏了，这老头别自己去了。自己用的记号还是祥哥教的，想到这里，阿强急急忙忙向山上赶去。

阿强来到古井旁边，古井上留下了一双鞋印，难道，祥哥真的跳下去了？这老头子不是送死吗！阿强朝着古井试探性地喊了两声，无人回应，他双腿有点儿发软，如果祥哥真的死了，自己这不是帮人自杀吗！正想着，阿强突然发现除了自己和祥哥的脚印，还有一对明显比较小的脚印，难道还有其他人知道这口井的存在？阿强向南走去，来到了靠近半山腰处的一片平坦的草地，草地中央有个下水道的井盖，旁边站着一个看上去十七八岁的女孩，穿着校服。这荒郊野岭的，来这儿干吗呢？他正想上去问问女孩，有没有见到一个老头儿，女孩转过身来，阿强僵立在原地。

那女孩，竟然是祥哥的女儿。

在监狱的时候，阿强看过祥哥女儿的照片，照片里的她穿着校服，笑容满面。是人还是鬼？天已经大亮，太阳升起来，照在女孩苍白的脸上，她校服的款式是很久之前县城一中的。

山上的凉气使得阿强打了个寒噤，他一向不信什么怪力乱神的事情，如今事实摆在眼前，又不能争辩。阿强打起精神走到女孩身边，问道：“你，是张祥的女儿？” 女孩木讷地点点头。阿强声音带着颤抖："你看到你爸爸没？"

女孩一脸茫然地说："我爸爸，他不是早就去世了吗？"

阿强彻底惊呆了，原来回来的人，会自我修正记忆。

阿强看着瘦小的女孩跌跌撞撞地向着山下跑去，不知为何，想起了阿珍忙碌在小卖部货架前的身影。

3

阿强第一次看到阿珍的时候，她正趴在小卖部的柜台上，拿着本《射雕英雄传》看得入迷。她长得灵巧秀气，看上去像坐在课堂里的女学生，不像个售货员。

阿强想要买包红梅烟，一摸口袋想起自己的钱昨天请客吃饭早都挥霍光了。他有些难堪，改口道："算了，不要红梅，彩蝶吧。"

阿珍转头到货架子上拿下一包彩蝶烟，阿强掏出钱贴在透明的柜台上，阿珍拉出收钱的柜子，细心地把零钱夹在一起。阿强看着这个年纪不大的姑娘，有点儿小大人的样子。他撕开包装，将一根烟放入嘴中，摁着火机却点不着。阿珍递给了阿强一包火柴，阿强愣住了："我不买火柴。""这盒已经开了，送你。"阿珍眨巴着眼睛，对着阿强莞尔一笑。阿强就这样迷恋起这个小卖部的售货员，几乎除了做工就赖在小卖部门口。等到阿珍下班，阿强就骑着自己从师傅那儿借来的摩托，带着阿珍去玩。阿珍靠在阿强的背后，风呼啸着掠过她的鬓角，扬起了她乌黑的长发。

夜幕降临，阿强和阿珍漫步在街边，阿强拉着阿珍的手，微微出汗。

“阿强！”

阿强有点儿诧异，看到一个身材高大、面容俊俏的白面小生从一辆大众车上下来，竟然是自己的老同学阿立。他油头粉面，穿着西装，与从前大有不同，只有那双眼睛还是一样，狭长而狡黠。他没想到阿立竟然混得这么好，自己曾经听到过关于阿立小白脸的风言风语，难道是真的吗？

“阿立，是你啊，你小子发达了！”

“拉倒吧，就是和人吃饭装个样子。你才是春风得意，嫂子，挺漂亮啊！”

阿立的眼睛上下打量着阿珍，阿珍有些尴尬，拉拉阿强的衣角。阿强知道阿立这小子一向风流，看到漂亮女孩就跟孔雀一样抖尾巴，于是寒暄了两句就借故离开了。走的时候阿立留下了自己的名片，再次钻进车里，阿强看到车里还坐着一个打扮贵气的女人。

阿珍抢过了阿强手里的名片，警告他离阿立远一些。阿强哄着她：“放心吧，他妈还是我小学老师呢，家风严格。”

阿强看着名片，觉得阿珍果然还是见识太短，不懂得利用人脉。

阿珍和阿强在靠近县城的地方安了家，这里环境复杂，民工和年老色衰的中年女人厮混在一起，在村里的廉租房里交换着欲望。街上的歌舞厅和发廊的招牌组成了光怪陆离的景象，几个发廊妹站在门口，故意袒露出丰满的胸脯，路过的女人看见了往往啐上一口骂她们下贱，男人们的眼睛通常在发廊门口转一圈轻轻地从胸脯上掠过。阿强承诺阿珍，这里只是个过渡，将来孩子绝不会在城中村和那些满口脏话的兔崽子一起长大。

城里的工厂正在招工，只要有关系就能进去，阿强给阿立打了电话。

阿立很是爽快，第二天就将他带去和工厂里的车间主任吃了顿饭，这事儿就算是定了下来。阿强想给阿立回礼，阿立推辞了，只是说希望阿强能帮忙给自己做担保人，自己需要钱创业，而阿强的人缘还不错，够资质。阿强不是很懂财，想着自己也就帮人做个担保，不会有什么大问题。

阿强进厂，把户籍换成了城镇的，带着阿珍住到了单位的宿舍里。眼看着日子越来越好，阿珍也逐渐丰满起来，食欲增加，她怀孕了，阿强欣喜若狂，自己终于要当爸爸了。

阿立约见了阿强，他们许久没有见面，阿立穿得不再那么有派头，看起来灰头土脸的，开口就管阿强借钱。阿强想了想，还是拿出了一部分积蓄给了他。阿立拿着这笔钱逃去了外地，他因赌博欠下了巨款。到了年关，要债的人突然涌入了阿强的家，能拿的全都被拿走了，债主们找不到欠债的，就只能管担保人要了。

阿强恨自己，把好好的生活搞得一团糟。他变得暴躁起来，有时候会突然将阿珍做好的饭菜打翻，偏执劲儿上来就在厂子外接私活，没日没夜地工作。阿珍再次回到小卖部做起售货员，进货的时候需要搬动重物，她也不吭一声。每天清晨天还没亮，阿珍艰难地挺着大肚子一家家地去贴小广告，希望能给阿强多拉些私活儿。阿强并没有感激阿珍，他常常看着阿珍的肚子皱眉，阿珍也看着肚子发愁，这个孩子来得太不是时候了。

搬货的时候，阿珍不小心滑倒，大出血被送进了医院。阿强东拼西凑了救命钱，阿珍活了下来，孩子却没有了，从此以后再不能生育。她躺在病床上一言不发，阿强握住阿珍的手，缓缓地道："离了吧，我不能拖累你。"阿珍瞪着他，不敢相信自己的耳朵。她挥着软弱无力的手臂，一巴掌又一巴掌地往阿强的头上拍去。

阿强回家收拾行李准备去找阿立，债主们将阿强的家门口喷满了油漆，欠债还钱的血红大字十分刺目。他奔向阿立所在的城市，在一家地下赌场找到了阿立。

阿立跪在阿强面前，祈求原谅，趁着阿强不注意，从窗内翻了出去。阿强所有愤怒都在此刻爆发了，他抓起一把刀追了出去。不远处的体育场内，明星的演唱会已经散场，人群如沙丁鱼从体育场出来向外涌去。阿强看到了阿立隔着人群朝自己挥了挥手，他冲着粉丝们叫喊着："人出来了！快看！"收到消息的人们立刻朝着反方向狂奔，尖叫声震耳欲聋，阿立就这样被带到了阿强的面前，阿强竖起刀，任阿立随着人潮一下又一下地撞在刀尖上。

阿强在牢里待了十几年。刚进去的时候他们就离婚了，不过阿珍还是会来看看他，只是他总躲着，阿珍后来也就慢慢不来了。出狱后，阿强和同乡在回家的路上提起了阿珍，才知道她已经死了两年，他去阿珍家带走了阿珍的骨灰。

4

傍晚，城中村的霓虹灯亮起。阿强穿行在狭窄的巷子里，迎面走来一个中年女人，身着亮紫色登山服，与周围的破旧格格不入，宽大的帽檐遮挡住了她的脸。阿强感到奇怪，城中村的人显然没有全副武装登山的财力。

女人与阿强擦肩而过，故意压低了帽檐。阿强瞥到了女人的脸，那一刻，他感到全身的血液都凝固了——那是他的小学班主任、阿立的母亲马老师。

阿强的腿瞬间如同灌了铅一般沉重，好不容易迈开步子，膝盖都晃了一下。

阿强快步走出窄巷子，马老师回头看着他离开的身影，眼里燃烧起了火焰，恨不得将阿强拖进地狱，让他在烈焰中烧成灰烬。

阿强对她的目光浑然不知，他几乎是落荒而逃，脚像踩在了棉花上。

“难道每天骚扰我的神秘人，是她？从自己出狱以来，她就一直跟着我？那她有没有发现祥哥的事情？”阿立的脑子乱极了。他知道这个被学生看作“魔头”老师，不是好惹的。她是个女强人，当初阿立刚出生不久她发现老公出轨，立刻离婚，从此一个人带着儿子，渐渐对儿子极度溺爱。

走到家门口，阿强看到铁门露出了一条缝，难道今天走得太急忘了关门？这破门很难关紧，平时关门总是很吵，阿强分明记得自己走的时候费力地关了门，发出了很大的铁皮碰撞声。

该不会，是马老师来过？阿强关上门，家里和平时一样，没有人翻动过的痕迹。

阿强一头闷倒在床上。他做了一个梦，梦到自己被绑在手术台上，阿立举起了刀，来回横割着自己的肚子，马老师在另一头，拿着戒尺不停地抽打着他的脚心。

阿强从噩梦中醒来，看着镜中的自己，不知什么时候已经生出了白发，眼睛里全是中年人的浑浊。镜子的边角处，塞着阿珍的照片，她的笑容那么灿烂，扎着两条麻花辫。她还是那么年轻、那么美丽，但自己已经成了这副模样。

阿强的眼泪汩汩流出，沾湿了衣袖，人不能犯错，犯了错的人是不会再有机会的。他将阿珍的骨灰盒从神龛里取出，手指不断摩挲着上面的花纹。

八月末的雨多了起来，本来闷热的天气一下子转凉，阿强再也没接到监狱的电话。

清晨，山上起了大雾。

阿强抱着骨灰盒向山腰处走去，湿漉漉的水汽聚集在阿强的胡须上，他揩去脸上的汗，喘着粗气。

阿强抱着骨灰盒站在井边，井下黑黢黢的。

阿强一头向前栽去。很奇怪，他的身体先是坠入了黑暗，瞬间无法呼吸，肺部像是要爆炸一般，随后好像有无数只手从四面八方费力地拉扯着自己，一点点撕碎了身体。

在极度的痛苦中，阿强又看到了阿珍。她扎着黑溜溜的辫子，正趴在柜台上看小说，抬起头来看到阿强，她开口说话，没发出声音，阿强看到她说的是：“你来啦。”

阿强失去了意识。

下水道口，马老师一身登山服，背着包焦急地等待着。从下水道伸出一只手，她急切地上前拉住这只手的主人，一个面容清秀的年轻人爬了上来，眼睛狭长而狡猾。她将年轻人拉入怀中，喜极而泣。

“阿立、阿立！”

年轻人将眼睛眯成一条缝，笑着问道：“妈，怎么了？”

“没事儿。”马老师擦干眼泪，“跟妈来。”

马老师拉着年轻人走到了瞭望台，将背包放在地上，拿出了一个瓷白的骨灰坛。她迎着风将骨灰坛倒置，骨灰被风裹挟着飘散在空中。

阿立站在马老师的旁边，不知道她到底是哭还是笑。

这才是，最好的复仇。

陈阿强，你应该在地狱里了吧？

拐杖

很多时候，不是老人变坏了，而是……

1

丧彪站在楼道的台阶上，看着从楼梯上滚下去的陈阿姨，“汪汪汪”地叫了几声。

陈阿姨不是丧彪推下去的。

当然了，丧彪不是个古惑仔，它是只比熊，是一条狗。

至于陈阿姨为什么会从楼梯上滚下去，主要还是因为她那根一直倚仗着、让丧彪闻风丧胆的拐杖——断了。

丧彪已经是一条老狗了，它是在六年前来到陈阿姨家的。那个时候，它还是一只小奶狗，而陈阿姨也不是现在这个样子。

一切都是在一年前陈阿姨得了那根拐杖之后，发生了变化。

丧彪清楚地记得，一年前是陈阿姨的六十大寿，当天，家里很热闹，陈阿姨的一儿一女都回来给她庆祝生日。

陈阿姨的女儿一边将拐杖递给陈阿姨，一边笑着说：“妈，这是我孝敬您的，以后啊，您有了它就不怕摔跤了。”

“你这死丫头，你是诚心咒我摔跤，是不是？”

“哪儿能啊！这不是为您的健康考虑吗！再说了，这根拐杖可是用上好的黄杨木做的，你不要的话，我拿去退了。”

“哎哎哎，谁说不要了？！”

从那以后，陈阿姨就有了那根拐杖，而当天晚上，丧彪就迎来了它到这个家以来的第一次狂风暴雨。

当天因为陈阿姨过六十大寿，伙食非常好，丧彪也跟着沾了光。

晚上宴席散了，丧彪跟着陈阿姨，在她的左右又跑又跳，因为实在是太开心了，它一边跟着陈阿姨，一边摇着尾巴撒欢儿。

陈阿姨当场发飙，抄起新拐杖就给丧彪来了一顿揍。丧彪被打得嗷嗷嗷直叫唤，蜷缩在墙角很长时间都没敢动一下。

夜里，陈阿姨睡着了，丧彪才敢小心翼翼地回到狗窝。

那一夜，它哭了，因为它不知道为什么陈阿姨有了拐杖就变了，以前的陈阿姨从来都没打过它，还经常抱着它一口一个“儿子”地叫着。

第二天一早，陈阿姨像是什么事都没发生一样，带着它去楼下遛。

跟以往不同的是，陈阿姨今天拄了那根拐杖，丧彪提心吊胆地跟着，拐杖每敲击一下地面，它就害怕得一哆嗦。

去楼下的宠物乐园解决生理问题是丧彪这么多年来的习惯，虽然它今天很害怕，可是生理需求迫使它不得不去草丛里解决问题。

可是今天的陈阿姨特别奇怪，丧彪解决完，她并没有拾起来丢进固定的垃圾桶，而是牵着丧彪扬长而去。

“哎，站住，说你呢，怎么让你的狗随地大小便呢？”

保安在后面追，陈阿姨牵起丧彪就跑。

一人一狗跑了几步就被追上了，陈阿姨立刻破口大骂：“你哪只眼睛看到是我的狗了？你也就一辈子做个保安的命，啥也不是！”

保安也急了：“哎，你这老太太怎么能这么说话呢？我明明看到就是你的狗，不行咱们去调监控！”

陈阿姨当场撒泼：“哎呀，保安欺负人啦，大家都来看看啊，咱们花钱雇他们就是来欺负咱们的……”

2

丧彪抬眼看了看陈阿姨，它突然觉得自己不认识陈阿姨了。

那根拐杖就在它眼前，它不喜欢这根拐杖，因为有了这个依靠，陈阿姨再也不是它原来那个脾气温和的主人了。

丧彪猛地扑到拐杖上，两只前爪抱着拐杖就是一顿咬。

陈阿姨作势一甩，用拐杖将丧彪狠狠地甩了出去。

丧彪脖子上的绳子还在陈阿姨的手里牵着，整个被飞出去的瞬间，丧彪只觉得自己的脖子都快要被勒断了。

此时，越来越多的小区业主围了过来，大家纷纷对陈阿姨指指点点。

陈阿姨白了他们一眼：“走，丧彪，我们回家，不跟这群听不懂人话的东西在这儿掰扯。”

丧彪只觉得狗脸红红的，不知道是为陈阿姨感到害臊，还是刚才被狗链子勒得脑袋充了血。

从这以后，丧彪每隔几天就会由于各种原因，被那根拐杖狠狠揍上一顿。

慢慢地，丧彪也就学乖了，在这个家里，它再也不敢任性妄为了，而是每做一件事，都要看陈阿姨的脸色，甚至看那根拐杖是不是在跟前。

这一天，陈阿姨早早就起床收拾屋子。

她看了看时间，对丧彪说："今天离咱家一站地的超市有活动，鸡蛋半价，不过每个人只能买一份，咱们早点儿去，尽量多买几趟。"

丧彪不想去，可是它说了不算，只能怏怏地低下了头，又抬着眼看了看陈阿姨。

正在它低着头叹气的时候，被陈阿姨一把抱了起来，塞进了购物用的大布袋里。

一股老葱味儿扑面而来，丧彪干呕了一下，还是忍住了，它要是吐在购物袋里，陈阿姨估计要换一个狗皮购物袋了。

到了超市，陈阿姨将丧彪从大布袋里拿出来，丧彪终于重见天日了。

它看了看外面的阳光，重获新生。

陈阿姨和丧彪赶到的时候只剩下一袋鸡蛋了，正好被一个姑娘拿在手里。陈阿姨二话没说，直接拿着拐杖捅了捅那个姑娘："把鸡蛋放下。"

丧彪往陈阿姨的身后退了退，不想让那个姑娘看到自己。

姑娘看到陈阿姨年纪大，不想跟她计较，将鸡蛋让给了陈阿姨。

陈阿姨一脸的骄傲，摸了摸自己的拐杖，有依靠就是好。

回去的路上，丧彪又被装在了购物袋里。

它知道，不装在购物袋里，它是不被允许带上公交车的。

这一次不用跟着拐杖小跑了，丧彪趴在购物袋里，闻着里面的老葱味儿，听着拐杖有节奏地敲击着地面，等待再一次被释放出来。

听着大布袋外面的嘈杂声，丧彪静静地等待公交车的到来。

“下一站，中海凯旋门站。”

丧彪躲在大布袋里，听到公交车的报站，竖了竖耳朵。

接着，就听到陈阿姨的大喊声：“哎，等等！你给我停下！”

陈阿姨带着丧彪一上车，就对着公交车司机大喊：“你眼睛瞎了呀？没看见我还没上车！”

购物袋里的丧彪把头抬了抬，做出了准备保护主人的战斗准备，虽然它对陈阿姨的做法不认同，但是如果公交车司机和陈阿姨起了冲突，它一定还是会护着陈阿姨的。

好在听了半天，也没有听到公交车司机还嘴。

3

司机没有说什么，但是丧彪依然听到了陈阿姨的不依不饶：“会不会开车？小心我找你们领导投诉去！”

随着公交车启动，丧彪在布袋子里晃了两晃。

紧接着就听到了陈阿姨的声音："哎哎哎，别睡了，别睡了！"

一个姑娘的声音传来："啊？阿姨，您怎么能拿拐杖戳我呢？"

陈阿姨并没有回答她的话，而是将声音提高了一个分贝："啊什么啊？起来呀！这是你坐的地儿吗？这老弱病残哪个跟你有关系？真不害臊！"

此时，购物袋剧烈地晃动起来："起来吧你！"随着陈阿姨的声音响起，丧彪感觉到陈阿姨应该是推了那个姑娘一把。

丧彪又叹了口气，在它的印象里，陈阿姨不是这样的人。它刚到陈阿姨家里的时候，陈阿姨对它很好，照顾得无微不至，丧彪在家里想干什么就干什么，从来不会担心惹怒陈阿姨。而且那个时候陈阿姨还觉得它的名字难听，总是叫自己小宝，也的确是拿自己当一个小宝宝饲养的。

一切，都在那根拐杖到来之后改变了。对！都是那根拐杖，它一定是巫婆的魔杖，一定是它改变了陈阿姨的心性！

丧彪正想着，就被陈阿姨从购物袋里拎了出来。

"现在的年轻人真是越来越没有素质了，是不是呀，丧彪？"

那种语气像是炫耀，又像是在逗小孩，更像是在故意气人。

丧彪清楚地看到，陈阿姨跟自己说话的同时，眼睛的余光还在傲慢地打量着刚才被她一把推开的姑娘。

这个时候，坐在陈阿姨前面的小伙子听到了丧彪的声音，回过头来对陈阿姨说："阿姨，公交车上不能带宠物。"

本来是好意提醒，可是话到了陈阿姨耳朵里立刻变了味儿。

陈阿姨的脾气一下子就上来了，整个人就像是瞬间炸开的爆竹一样，觉得小伙子是在故意针对自己。

陈阿姨两只眼睛往起一竖，立刻破口大骂：“怎么着？公交车你家开的呀？管得宽！”

小伙子见陈阿姨无法沟通，只能强忍着瘪了瘪嘴，转过身去，不再管陈阿姨说什么。

陈阿姨还是不依不饶，对着丧彪说：“汪汪汪，咬他，咬他。”

要是放在平时，如果有人欺负主人，丧彪一定会不顾一切地冲上去跟对方打个你死我活，可是现在，丧彪只觉得自己不知道如何是好。

它看着车厢里的陌生人都在偷偷打量自己，一种羞愧的感觉油然而生。

强忍着到了站，丧彪赶紧从陈阿姨的腿上跳下去，跟着陈阿姨下了公交车，它想要问问陈阿姨，这一切到底是因为什么，可是话到嘴边，只变成了“汪汪汪”的狗叫声。

陈阿姨当时就烦了，拿着拐杖戳了一下丧彪：“乱叫什么？刚才在公交车里让你叫你不叫，现在倒是来能耐了！”

伴随着陈阿姨的生气，一人一狗走到了一个十字路口。

4

头顶上大大的红灯正在倒计时，所有人都按照交通规则安静地等待着红灯变成绿灯。

可是陈阿姨并没有等红灯，而是用拐杖将众人推开，牵着丧彪就要闯红灯。

丧彪急了，使劲儿往后退，可是它的力气太小了，根本就拽不过陈阿姨。

“让开！让开！挡着道儿了！哎！小心点儿！踩着我狗了！”

眼见拽不过陈阿姨，丧彪只能小跑几步跟上了陈阿姨的步伐，此时，一辆车猛冲过来，好在司机还算机灵，关键时刻刹住了车。

丧彪的心脏都跳到了嗓子眼儿，可是陈阿姨一点儿害怕的表现都没有，反倒将丧彪拽到了车跟前，拍了拍风挡玻璃便破口大骂：“开车你就神气了是吧？眼睛长到天上去了！这是马路，不是你家！要是真撞上了，你这破车你赔得起吗？啊？”

还没等丧彪反应过来，陈阿姨就一口唾沫吐在了风挡玻璃上。接着，丧彪就听到车里传来一个大男人的哭泣声……

丧彪想要安慰一下那个可怜的司机，朝着那个司机叫了几声，接着就被陈阿姨拉着，在一连串鸣笛声中，穿过了马路，朝小区走去。

到了小区，陈阿姨在电梯间停住了脚，丧彪不明所以，不过很快陈阿姨刚才战胜了一切的好心情就没了：“电梯停用通知？动不动就停用！什么破物业，早晚把你们给换了。丧彪，走！”

丧彪本想用嘴咬住陈阿姨的衣服，告诉她等等，爬楼梯太危险，可是陈阿姨哪里管这些？她拽着丧彪就进了楼道。

有了拐杖的助力，在爬前几层楼梯的时候，陈阿姨还能勉强支撑。毕竟年纪大了，随着楼层越来越高，陈阿姨已经有些体力不支了。

她一边气喘吁吁地爬楼，一边咒骂着物业：“一天到晚就知道缴费、收钱，一点儿正事儿都不干。等着吧，一会儿回去，我就投诉。”

就在陈阿姨还在吐槽物业的时候，她的拐杖终于支撑不住她身体的重量，完全裂开了，从中间断成了两截。

随着一阵“咯噔咯噔”的声响，陈阿姨和拐杖一齐从楼梯上滑了下去。

丧彪赶紧跑过去，想要用嘴拉住陈阿姨，奈何它只是一只比熊，太小了，它完全拉不住陈阿姨。

“哎哟，来人哪。保安！保安！人都去哪儿了？救命啊！”

陈阿姨一边呼救，一边用力地抬了抬腿，发现自己的腿摔得很严重，根本站不起来。

腿上传来的剧痛让她几乎眩晕。

她一边大声喊叫、呼救，一边摸到了摔断的拐杖。

她抓起拐杖摔断剩下的那一截，拼尽全力去钩门把手，试图打开单元门，让人发现她摔倒了。

可是试了几次都没有成功，徒留丧彪站在楼梯上冲着她“汪汪汪”地叫唤。

5

丧彪虽然对陈阿姨最近的表现很不认同，可陈阿姨是自己的主人，而且之前对自己很好。

它看到陈阿姨摔得很重，立刻从楼梯间跑了出去，朝着门口的方向大声“汪汪汪”地叫。

终于，有路过的业主发现了他们，将他们送到了医院。

陈阿姨的儿子和女儿很快赶到了医院，和丧彪一起在医院的走廊里等待陈阿姨的手术。

陈阿姨的女儿将丧彪抱起来，一边摸着它的毛一边说：“这到底是怎么回事啊？以前没有拐杖的时候，妈也好好的，怎么买了拐杖，妈反而还摔倒了呢？”

丧彪朝着一旁断裂的拐杖“汪汪汪”地叫了几声，它也认同陈阿姨女儿的话，示意她拐杖有问题。

陈阿姨的儿子将拐杖拿起来端详了一下：“这拐杖也没什么奇怪的地方，只是……这磨损有些严重啊。”

丧彪伸出舌头舔了舔拐杖上磨损的地方，它不懂这样的损耗程度是否正常，它只知道，那磨损的地方有好几处是打自己的时候弄坏的。

是拐杖改变了陈阿姨的心性，陈阿姨又加速了拐杖的磨损程度，所以才导致了今天的悲剧。

过了很长时间，陈阿姨才被医生从手术室推了出来。医生表示手术很成功，而且有恢复的机会，让家属以后注意一点，不要让老年人一个人生活。

丧彪和陈阿姨的儿子、女儿一起守在了陈阿姨的床边，直到她慢慢地醒过来。

陈阿姨的女儿立刻扑上去问：“妈，到底是怎么回事啊？为什么这拐杖磨损得这么厉害？你怎么还能摔倒了呢？以前不是好好的吗？”

丧彪也很想知道到底是为什么，它朝着放在一旁断裂的拐杖龇着牙，发出了警告。

陈阿姨摸了摸丧彪的头，微笑着说："以前啊，你们给我买了这条狗，意思是让它多陪陪我，解解闷，我知道，所以我就拿它当你们俩来养。可是后来，你们给我送来了这根拐杖，我知道，你们一定是嫌我老了，而且你们怕我摔倒，想要让我倚仗这根拐杖，再多坚持几年。我知道，你们是不想再来看我了。"

丧彪听了陈阿姨的话，这才明白为什么陈阿姨有了拐杖之后就变得易怒、易嗔了，原来她只是想要引起其他人的注意。

嗔，其实有的时候并不是本人发自内心的想法，来到世界活一回，谁不想快快乐乐度过一生？

嗔，有的时候是想要引起他人的注意；有的时候是压抑了太久；有的时候，也是一种缺乏安全感的表现。

更多的，是他们没有得到应有的关爱，他们渴望被这个世界所爱。

陈阿姨的儿子和女儿互相看了看，都明白了陈阿姨之所以像是变成了另外一个人的根本原因。

丧彪趴在陈阿姨的胳膊下面，用头拱了拱陈阿姨的胳膊，又伸出舌头舔了舔陈阿姨。

几天后，陈阿姨出院了。儿子和女儿一起来接，两个人为了定下来让陈阿姨去谁家争执不下。

后来，陈阿姨还是决定带着丧彪回自己的家，让他们俩常来看看自己就好了。

出院的那一天，女儿亲手将那断成两截的拐杖扔进了垃圾桶，丧彪朝着垃圾桶的方向猛地狂吠了两声。

玻璃弹珠

它托起我的手，把那两颗红色玻璃弹珠放在我的手心，合上……

1

星期天，动物园人潮涌动。巡逻保安正背着我，朝外走去，我肚子疼，他不得已带我去保安室休息。

突然，一个高中生抱着书包，从远处冲过来，“啪”的一声摔在我面前，抬头时，我俩四目相对。我从他扭曲的五官和惊恐的眼神中读出两个字：快跑!

“救命啊！”一声尖叫从远处传来，仿佛战前的擂鼓，挑起了战争的信号，此后一声接一声的惊呼浪潮般地涌来。

越往中心去，灯光越亮，人群的嘈杂声越甚，断断续续有呼救声传入耳中。一个叔叔一边向后退，一边掏出手机按下 110。

我趁保安慌神的时候，一跃而下，朝人潮中心跑去。

突然，一只大手伸出来，揪住我的衣领，另一只手托起我的屁股，“呼”的一下将我抱起，转头一看，正是刚才报警的叔叔。

“你爸妈呢？前面有危险！”

“放我下来！”我被叔叔紧紧抱在胸前，拼命挣扎。

“小孩子不要乱跑，一只大猩猩要吃人！可凶了！”叔叔夸张地做样子吓唬我，“我带你去找妈妈！”

“我自己可以走！”我表达不满，自从上了小学，就没被人这样抱过。

“我得把你安全地交给你家长！”叔叔好像升起一股责任感，把我环得更紧。

“我妈妈来了！”我伸手一指。

叔叔朝我指的地方看去，我双手一推，“刺溜”一下从他怀里滑出来，逆着人流向外跑去，头也不回地丢下一句话。

“谢谢叔叔，我有急事！”我逆着一窝蜂向外涌的人流，躲过错杂的脚步，向事发地跑去。吧嗒、吧嗒、吧嗒……节奏越来越快，好像一支交响乐正演奏到最激动的部分。

我终于赶到事发中心——大猩猩园区。

巨大的玻璃房中，一只成年雄性大猩猩，体形是一个青年的两倍，面庞粗犷，正从鼻孔里喷出沉重的粗气，臂膀有力地支在胸前，这些全都是攻击的信号。

群众四散逃窜；胆子大的几个青年，手持铁棍，紧张地围在玻璃房周围；管理员对着对讲机，颤抖着呼叫救援。

角落里是吓得瘫软在地的饲养员，连呼救的力气都没有。大猩猩蹲在地上，眼中喷着怒火，饲养员在它的面前犹如弱小的蚂蚁。它突然伸出右手，死死地掐住饲养员的脖子，慢慢地将他举到空中。

“救——命，救——命——”饲养员痛哭起来，抖如筛糠。

危急关头，我猛地大喊一声："呜噜！"

大猩猩的身形一滞，慢慢转过头，对上我的眼神。我从口袋里掏出一颗红色的玻璃弹珠，在它面前晃晃。

它看着弹珠，咧开嘴笑了，移开脚掌，在它的脚下，踩着一颗一模一样的弹珠。但转瞬即逝，它凶相重现，猛地扬起右手，将饲养员扇飞在地。

玻璃窗瞬间溅上喷射状的血迹，拖出一道长长的血痕。

大猩猩看着地上昏死过去的饲养员，满意地舔了舔自己的右掌，转过头，恶狠狠地盯着玻璃窗外的人类。

"抱歉！"它冲我开口说道。

远处突然鸣起急促的警笛，一声高过一声。

2

大人们以为小孩都喜欢去动物园，妈妈也不例外，她总是兴高采烈地背上水壶和零食，催促我快点儿穿鞋，周末动物园人多。

我不想扫她的兴，所以从没告诉她，其实我很讨厌动物园，因为里面关着的已经不是真正的动物，只是被驯服的玩偶。

城里有一座动物园，面积不大，但是一应俱全。

公园里有五六只猴子，分别蹲在不同的地方，一有游客，它们就跳下山围拢过来，游客给它们扔香蕉和橘子。它们会自己剥皮，动作娴熟。

鳄鱼，半漂浮在水池里，除了饲养员喂食的时候，鲜少见它动弹，偶尔扫一下尾巴，都能引得人群一阵惊呼。

狮子，身上的毛发已经打结，扭在一起，丝毫没有威风的样子，只有开饭的时候才能看到它身上的一丝生气。

然而，最令我印象深刻的是一只黑色的大猩猩。我们遇见的时候，它正坐在玻璃房子里，弓着上身，背对人群。有个中年男人带着个三四岁的小男孩，拍打着玻璃窗，试图让它转过来。不管人群发出什么声音，它还是一动不动，静静地坐在一块石头上，长时间地维持这个姿势，久到玻璃窗前就剩下我一个人。

我感觉到这里过分地冷清，也准备离开，就在此时，它竟然缓缓挪动自己的双腿，转过身来，正和我打了个照面。

我看着它，它也看着我，鼻子发出低喘，眼睛又黑又亮，胳膊垂在胸前。我也不知在想什么，鬼使神差地挥挥右手，跟它打了一个人类社会的招呼。

它明显愣住了，眼神开始发生变化。我走近几步，几乎贴在玻璃窗上，然后从上衣口袋里掏出两颗红色的玻璃弹珠，把它们放在手掌心里握住，冲它晃晃左手。它的目光紧紧跟随，我用右手掌轻轻盖在左手上，吹了口气，数着“一、二、三”，摊开双手，弹珠消失了。

沉默了三四秒，突然，它咧开嘴，露出发黄的牙齿大笑，从石头上跳下来，冲上来拍击着玻璃窗。我本能地后退了两步，看着它不停地跺脚，明亮的眼睛里溢满喜悦的光。我松了口气，面对着它笑出了声，我明白它的意思，再来一遍。

这是我从电视节目里学来的魔术，它是我的第一个观众。

当然，我又表演了一遍。它又一次拍掌跳跃，给我热烈的回应。

那一刻，我恍然以为它是一位老朋友。

我注意到玻璃窗旁有一个喂食的小窗口，灵机一动，跑去告诉饲养员那只大猩猩好像生病了。饲养员一听，换上防护服，准备进房查看大猩猩的状况。我趁机将两颗玻璃弹珠塞进了饲养员衣服的口袋。

他带着弹珠走进玻璃房，大猩猩装作与他玩闹的样子，将他扑倒在地，顺势从口袋中掏出弹珠，藏了起来。

我一直等在外面，直到饲养员离开，大猩猩露出一个狡黠的眼神，张开手掌，红色弹珠在它的掌心微微发亮，我隔着玻璃窗和它击了个掌。

妈妈在远处喊我的名字，我不舍地朝它挥手作别，刚走出两步，身后突然传来一声低沉的嗓音。

“你还会来吗？”

3

我和它在玻璃窗的两侧坐下来，分别握住两颗玻璃弹珠。弹珠在我们的手心发出晶莹的光，不知为什么，弹珠发光的同时，它竟能发出人类的语言。

它的家乡在非洲的喀麦隆，那里森林茂密，水源丰沛。大猩猩是群居动物，它的家族世代生活在那片土地上，直到二十年前的一个夜晚。

“咔咔咔！”它挥着手，嘴里模仿打雷闪电的声音。

它们一家是那个领地的领导者，而它的父亲是那一带最强壮的雄性大猩猩，没有其他大猩猩敢挑战它的地位。可那晚，事情起了变化，父亲照例在妻儿安睡后在四周站岗放哨。

“我们有天敌，”它舔了舔自己的牙齿，“猎豹。”

“不会吧？豹子个头那么小。”

“但它们速度非常敏捷，而且擅长偷袭。”它挠着地板，好似回忆起与豹子打斗的场面，表情微微狰狞，“但那晚，危险的并不是豹子。”

那晚，它听到一些响动，睁眼一看，父亲正对着几只成年大猩猩做出驱逐的动作。几只大猩猩并没有离去的意思，反而朝它的父亲逼近，想要围攻它。

它感到不好，叫醒家族的其他弟兄，围在父亲身边。那几只大猩猩面露恐惧，但仍不后退，好像誓要抢占它们的领地。平日没有大猩猩敢如此张扬地挑战它们，它们都见识过父亲的力量，单挑从来没输过。

两方周旋了许久，父亲并不愿意伤害它们，只想把它们赶走，但它们一直不肯退让，同时紧张地朝四周探看。

直到“乒”的一声枪响，几只大猩猩慌不择路地逃窜进丛林深处。父亲也顾不上它们，面色凝重起来，让它立刻叫醒家族里的所有成员，枪声是最危险的信号，那意味着地球上最残忍的动物——人类，要开始杀戮了。

“你们遇到偷猎者了？”作为人类，听到这样的故事，我内心生出一丝羞愧。

眼前这个力量碾轧人类的巨兽，它的种族竟只依靠植物和水果生存，而人类，已经拥有地球上那么多的资源，却还是不满足，连它们最后的生存之地都要剥夺。

“是的，偷猎者……”它的声音饱含苍凉。

偷猎者闯入它们家族的领地，手里端着黑色长枪，开着丛林越野车，车里还放着刚捕获的大猩猩尸体。

突然，一个黑影闪过，朝它们扔出石块和木棍，越来越多的石头砸在它们身上。终于，按捺不住的大猩猩开始反击，但这样正中下怀，偷猎者将它们引诱到布好的陷阱处。它惊慌失措地看着一个个家庭成员掉进陷阱，受伤而动弹不得，痛苦的嚎叫声回荡在树林里。最后只剩它和父亲二人，无力地被困在陷阱中间，父亲将它托起，拼命想让它借助树干逃跑。它那时年仅三岁，力量还不够强大，每次刚抓住树干，就会掉下来，最后一次父亲刚把它托起来，黑漆漆的枪管就对准了父亲的脑袋。

它第一次听见人类的语言。

“大的搞死，小的留着！”

父亲奋力一搏，将它抛向树干，向它发出了最后一声命令：跑!

它拼死抱住树干，不敢回头，“乒”的一声，它的身体一震，捂住耳朵，回头看见父亲的鼻孔里流出鲜红色的血，双眼圆睁，静静地注视着它。最终，它支撑不住掉了下来，一个大胡子笑嘻嘻地把它抓进笼子，这成了它日后每晚的噩梦。

故事讲完了，它的眼神飘向远方，双眼潮湿。

我心情沉重，低着头不知该说什么，突然，它敲敲玻璃窗，招手示意我靠近，对着我的耳边说了一句悄悄话。

“你帮我逃跑吧！”

4

每周一是饲养员带它放风的日子，它可以有机会去到户外，但那里四周都是高墙，它不可能翻出去。所以最好的时机，还是在饲养员打扫卫生或喂食的时候，它先假装生病，然后等饲养员进来，将其打晕，偷走钥匙，然后逃跑。

“不行，不行，”我打断它，“这样太危险了！”

“你看看狮山。”它指向对面。

我顺着它指的方向看去，狮山空荡荡的，并没有狮子在里面，奇怪，上周来狮子还在里面。

“死了，得病。”它叹了口气，又指向另一个方向，“斑马，已经两天没人去喂食了。”

“不可能！”我不相信，跑到斑马圈前看。两匹斑马骨瘦如柴，窝在地上一动不动。

“我的下场会跟它们一样，”它贴近玻璃窗，恳求地看着我，“我不想死在这里。”

我陷入挣扎，道：“可是，你跑出来去哪儿呢？”

“郊外有很深的大山，我曾途经那里，跟我的老家很像，”它张开手掌，把弹珠贴在玻璃上，看着我，缓缓说出两个字，“朋友。”

我望着空了的狮山和濒死的斑马，心一横，同意了它的计划。

我的工作就是负责制造混乱，引开巡逻的保安，让它能顺利抢去饲养员的钥匙。

然而，我们都低估了动物园的安保设施。饲养员按下一个报警器，安保人员瞬间包围了整个场馆。

此刻，饲养员倒在地上，脖子上有一道伤口，鲜血正缓缓地涌出。

“你……你为什么？”我惊恐地看着这一切，冲它喊道，“你只是要他的钥匙！为什么要杀了他？！”

它捏紧拳头砸在玻璃窗上，低声道：“我骗了你。”

它从一开始想的就不是逃跑，而是复仇，它要让人类付出鲜血，比它的家族更惨痛。

此时，玻璃房的门已经打开。它迈着沉重的步伐走出来，胆子小的保安已经瘫坐在地上，几个青年冲它拼命挥舞铁棍。它一伸手，抓住其中一根棍子，一使劲儿，棍子竟然生生地被掰弯。

几个青年还在不断地做出激怒它的动作，它仰天捶胸顿足，发出一声怒吼。它朝其中一个青年走去，抬起手，却在打下来的瞬间停住。

不知哪儿来的勇气，可能是觉得发生这一切，自己有责任吧，我冲上去挡在青年的面前。

它死死地盯着我，鼻子里的气几乎要喷到我的脸上，突然，它一把掐住我的脖子，将我整个提起，按在墙上。

我的求生本能开始挣扎，眼角的余光一瞥，一把手枪正对准它的脑袋。

“人类该死！”它咬牙切齿地说道。

“有人做了错的事情，”我感觉喘不上来气，“需要更多的人去修正它。”

它咧开嘴笑了，嘲讽地看着我，道：“靠你吗？”

此时，我被架在墙上，动弹不得，看上去的确滑稽。

它瞥了一眼四周的枪，捏紧拳头，一拳砸在我的脑袋旁，喘着粗气，道："人类不仅贪婪，还残忍，其实，那个故事我只讲了一半。"

父亲死后，它被抓进铁笼，带回了偷猎者们的营地，那里有好多帐篷。夜晚，一群人围在篝火前跳舞饮酒，它瑟缩在笼子里，直到支撑不住睡去。

半夜，它被一声尖厉的哨音惊醒，一把匕首在月光下闪着银光，扎进一个人的身体里。握刀的人正是白天抓他的大胡子，而另一个同伙，之前还在跟大胡子把酒言欢，此刻已经躺在了冰冷的地上。

篝火燃尽，夜色掩盖下，一场狂欢彻底变成了屠杀。

它看着我震惊的表情，沉重地说道："没想到吧？人类是这个世界上，在饿不死的情况下，唯一会有组织大规模地屠杀同类的物种！"

不等我回答，它不耐烦地看了一眼四周正在逐渐缩小的包围圈，托起我的手，和我轻轻地击了一下掌，把那两颗红色玻璃弹珠放在我的手心，合上。

突然，它一把将我放下来，扔向人群，不知是谁迅速将我抱起，朝外跑去。我回头朝它张望，只见它面露凶相，暴怒地冲着包围者们发出狂吼。

随着一声枪响，子弹穿过它的脑袋，留下一个巨大的血窟窿。它庞大的身躯轰然倒地，跟它的父亲一样，双目圆睁，从鼻孔里流出两行鲜血，很快汇集成一摊血红色的水渍。

我被一双大手蒙住眼睛，直至上车，也没有机会跟它说出道别的话，我就这样失去了一个朋友。

从那以后，我再也没去过动物园，而那两颗红色的玻璃弹珠，被我永远地藏了起来。

图书在版编目（CIP）数据

奇妙博物馆 / 奇妙博物馆著. --北京：北京联合出版公司，2021.8

ISBN 978-7-5596-5308-6

Ⅰ.①奇… Ⅱ.①奇… Ⅲ.①短篇小说—小说集—中国—当代 Ⅳ.① I247.7

中国版本图书馆 CIP 数据核字（2021）第 089868 号

奇妙博物馆

作　　者：奇妙博物馆
出 品 人：赵红仕
责任编辑：李艳芬

北京联合出版公司出版
（北京市西城区德外大街 83 号楼 9 层　100088）
三河市冀华印务有限公司印刷　新华书店经销
字数 240 千字　880 毫米 ×1230 毫米　1/32　印张 10.75
2021 年 8 月第 1 版　2021 年 8 月第 1 次印刷
ISBN 978-7-5596-5308-6
定价：49.80 元